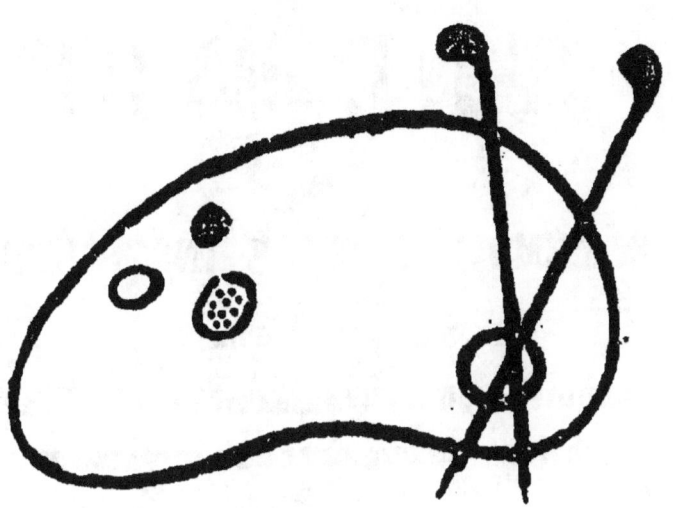

Début d'une série de documents
en couleur

CURRER BELL

JANE EYRE

OU

LES MÉMOIRES D'UNE INSTITUTRICE

ROMAN ANGLAIS

TRADUIT AVEC L'AUTORISATION DE L'AUTEUR

PAR Mme LESBAZEILLES SOUVESTRE

TOME PREMIER

PARIS

LIBRAIRIE HACHETTE ET Cie

79, BOULEVARD SAINT-GERMAIN, 79

Librairie HACHETTE et Cie, boulevard Saint-Germain, n° 79, à Paris.

BIBLIOTHÈQUE DES MEILLEURS ROMANS ÉTRANGERS

ÉDITIONS A 1 FRANC 25 CENTIMES LE VOLUME

ROMANS TRADUITS DE L'ANGLAIS

Ainsworth (W.) : Abigail, 1 v. — Crichton, 2 v. — Jack Sheppard, 2 v.

Anonymes : Les pilleurs d'épaves, 1 v. — Miss Mortimer, 1 v. — Paul Ferroll, 1 v. — Violette, 1 v. — Whitehall, 2 v. — Whitefriars, 2 v. — La veuve Barnaby, 2 vol. — Tom Brown à Oxford, 2 vol. — Mehalah, 1 vol. — Molly Bawn, 1 vol.

Austen (Miss) : Persuasion, 1 v.

Beaconsfield (lord) : Endymion, 2 vol.

Beecher-Stowe (Mrs) : La case de l'oncle Tom, 1 v. — La fiancée du ministre, 1 v.

Black (W.) : Anna Beresford, 1 vol.

Blackmore (R.) : Erema, 2 vol.

Braddon (Miss) : Œuvres, 41 volumes.

Bulwer-Lytton (sir Ed.) : Œuvres, 23 vol.

Conway (H.) : Le secret de la neige, 1 v.

Craik (Miss Mullock.) : Deux mariages, 1 v. — Une noble femme, 1 v. — Mildred, 1 v.

Cummins (Miss) : L'allumeur de réverbères, 1 v. — Mabel Vaughan, 1 v. — La rose du Liban, 1 v.

Currer-Bell (Miss Brontë) : Jane Eyre, 2 v. — Le Professeur, 1 v. — Shirley, 2 v.

Dasent : Les Vikings de la Baltique, 2 v.

Borsick (F.) : Olive Varcoe, 2 v.

Dickens (Ch.) : Œuvres, 28 volumes.

Dickens et Collins : L'abîme, 1 v. Vol. détaché de Pickwick.

Disraeli : Sybil, 2 v. — Lothair, 2 v.

Edwardes (Mrs Annie) : Un bas-bleu, 1 v. — Une singulière héroïne, 1 v.

Edwards (Miss Amélia.) : L'héritage de Jacob Trefalden, 2 vol.

Eliot (F.) : Les liaisons, 1 vol.

Fleming (Mrs) : Un mariage extravagant, 2 v. — L'héritière de Catheron, 2 vol. — Les chaînes d'or, 1 vol.

Fullerton (lady) : L'oiseau du bon Dieu, 1 v. — Hélène Middleton, 1 v.

Gaskell (Mrs) : Autour du sofa, 1 v. — Mary Barton, 1 v. — Marguerite Hell (Nord et Sud), 2 v. — Ruth, 1 v. — Les amoureux de Sylvie, 1 v. — Cousine Phillis, 1 v. — L'œuvre d'une nuit de mai, Le héros du fossoyeur, 1 v.

Grenville Murray : Le jeune Brown, 2 v. — La cabale de boudoir, 2 v. — Veuve ou mariée ? 1 v. — Une famille endettée, 1 v. — Étranges histoires, 1 v.

Hall (Cap. Basil) : Scènes de la vie maritime, 1 v. — Scènes du bord et de la terre ferme, 1 v.

Hamilton-Aïdé : Rita, 1 v.

Hardy (T.) : La trompette-major, 1 v.

Marwood (J.) : Lord Ulswater, 2 vol.

Haworth (Mrs) : Une méprise, — Les trois soirées de la Saint-Jean, — Morwell, 1 v.

Hawthorne : La lettre rouge, 1 v. — La maison aux 7 pignons, 1 v.

Hildreth : L'esclave blanc, 1 v.

Howells : La passagère de l'Aroostook, 1 v.

James : Léonora d'Orco, 1 v. — L'Américain à Paris, 1 v. — Roderick Hudson, 1 v.

Jenkin (Mrs) : Qui casse paie, 1 v.

Errold (D.) : Sous les rideaux, 1 v.

Kavanagh (J.) : Tuteur et pupille, 2 v.

Kingsley : Il y a deux ans, 2 v.

Lawrence (G.) : Franklyn et printemps, 1 v. — Guy Livingstone, 1 v. — Honneur stérile, 2 v. — L'épée et la robe, 1 v. — Maurice Dering, 1 v. — Flora Dellaway, 2 v.

Longfellow : Drames et poésies, 1 v.

Marryat (Miss) : Deux amours, 2 v.

Marsh (Mrs) : Le contrefait, 1 v.

Mayne-Reid : La piste de guerre, 1 v. — Le Quarteron, 1 v. — La fille du destin, 1 v. — Le roi des Séminoles, 1 v. — Les partisans, 1 v.

Melville (Whyte) : Les gladiateurs : Rome et Judée, 2 v. — Katerfelto, 1 v. — Digby Grand, 2 v. — Kate Coventry, 1 v. — Sarchedon, 1 v.

Ouida : Ariane, 2 v. — Pascarel, 1 v.

Page (H.) : Un collège de femmes, 1 v.

Poynter (E.) : Helly, 1 v.

Reade et Dion Boucicault : L'île providentielle, 2 v.

Seagrave (A.) : Marmorne, 1 v.

Smith (J.) : L'héritage, 2 v.

Stephens (Miss) : Opulence et misère, 1 v.

Thackeray : Henry Esmond, 2 v. — Histoire de Pendennis, 3 v. — La foire aux vanités, 2 v. — Le livre des Snobs, 1 v. — Mémoires de Barry Lyndon, 1 v.

Thackeray (Miss) : Sur la falaise, 1 v.

Townsend (V. V.) : Madeline, 1 v.

Trollope (A.) : Le domaine de Belton, 1 v. — La veuve remariée, 2 v. — Le cousin Henry, 1 v.

Trollope (Mrs) : La pupille, 1 v.

Wilkie Collins : Œuvres, 10 volumes.

Wood (Mrs) : Les Dias de lord Oakburn, 2 v. — Le serment de Lady Adélaïde, 2 v. — La châtelaine de Grayling, 2 v. — Le secret des Vernes, 2 v. — Edina, 2 v. — L'héritier de Court-Netherleigh, 2 v.

Coulommiers. — Imp. P. Brodard et Gallois.

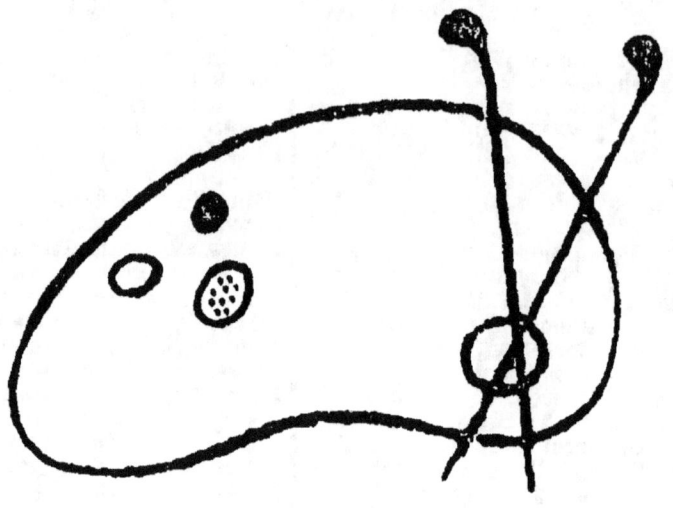

Fin d'une série de documents
en couleur

JANE EYRE

OUVRAGES DU MÊME AUTEUR

PUBLIÉS DANS LA BIBLIOTHÈQUE DES ROMANS ÉTRANGERS

PAR LA LIBRAIRIE HACHETTE ET Cie

Le Professeur, traduit par Mme Loreau. 1 vol.

Shirley, traduit par M. Ch. Romey. 2 vol.

Prix de chaque volume, broché. 1 fr. 25

Coulommiers. — Typ. P. BRODARD et GALLOIS.

CURRER BELL

JANE EYRE

OU

LES MÉMOIRES D'UNE INSTITUTRICE

ROMAN ANGLAIS

TRADUIT AVEC L'AUTORISATION DE L'AUTEUR

PAR Mme LESBAZEILLES SOUVESTRE

TOME PREMIER

PARIS

LIBRAIRIE HACHETTE ET Cie

79, BOULEVARD SAINT-GERMAIN, 79

1890

AVERTISSEMENT

On sait le retentissement qu'a eu en Angleterre le premier ouvrage de Currer Bell : il nous a paru si digne de son renom, que nous avons eu le désir d'en faciliter la lecture au public français. Faire partager aux autres l'admiration que nous avons nous-même ressentie, tel est le motif de notre essai de traduction.

Bien que ce livre soit un roman, il n'y faut pas chercher une rapide succession d'événements extraordinaires, de combinaisons artificiellement dramatiques. C'est dans la peinture de la vie réelle, dans l'étude profonde des caractères, dans l'essor simple et franc des sentiments vrais, que la fiction a puisé ses plus grandes beautés.

L'auteur cède la parole à son héroïne, qui nous raconte les faits de son enfance et de sa jeunesse, surtout les émotions qu'elle en éprouve. C'est l'histoire intime d'une intelligence avide, d'un cœur ardent, d'une âme puissante en un mot, placée dans des conditions étroites et subalternes, exposée aux luttes de la vie, et conquérant enfin sa place à force de constance et de courage.

Ce qui nous paraît surtout éminent dans cet ouvrage, plus éminent encore que le grand talent dont il fait preuve, c'est l'énergie morale dont ses pages sont empreintes. Certes, la passion n'y fait pas défaut; elle y abonde au contraire; mais au-dessus plane toujours le respect de la dignité humaine, le culte des principes éternels. L'instinct quelquefois s'exalte et s'emporte, mais la volonté est bientôt là qui le domine et le dompte. La difficulté de la lutte ne nous est pas voilée; mais la possibilité, l'honneur de la victoire, éclate toujours. C'est ainsi que ce livre, en nous montrant la vie telle qu'elle est, telle qu'elle doit être, robuste, militante, glorieuse en fin de compte, nous élève et nous fortifie.

La vigueur des caractères, des tableaux, des pensées même, a fait d'abord attribuer *Jane Eyre* à l'inspiration d'un homme, tandis que la finesse de l'analyse, la vivacité des sensations, semblaient trahir un esprit plus subtil, un cœur plus impressionnable. De longs débats se sont engagés à ce sujet entre les curiosités excitées. Aujourd'hui que le pseudonyme de Currer Bell a été soulevé, que l'on sait que cette plume si virile est tenue par la main d'une jeune fille, l'étonnement vient se mêler à l'admiration.

Quant à la traduction, nous l'avons faite avec bonne foi, avec simplicité. Souvent le tour d'une phrase pourrait être plus conforme au génie de notre langue, des équivalents auraient avantageusement remplacé certaines expressions un peu étranges pour notre oreille; mais nous y aurions perdu, d'un autre côté, une saveur originale, un parfum étranger, qui nous a semblé devoir être conservé. Nous voudrions que l'auteur, qui a eu confiance dans notre tentative, n'eût pas lieu de le regretter.

JANE EYRE.

CHAPITRE PREMIER.

Il était impossible de se promener ce jour-là. Le matin, nous avions erré pendant une heure dans le bosquet dépouillé de feuilles; mais, depuis le dîner (quand il n'y avait personne, Mme Reed dînait de bonne heure), le vent glacé d'hiver avait amené avec lui des nuages si sombres et une pluie si pénétrante, qu'on ne pouvait songer à aucune excursion.

J'en étais contente. Je n'ai jamais aimé les longues promenades, surtout par le froid, et c'était une chose douloureuse pour moi que de revenir à la nuit, les pieds et les mains gelés, le cœur attristé par les réprimandes de Bessie, la bonne d'enfants, et l'esprit humilié par la conscience de mon infériorité physique vis-à-vis d'Eliza, de John et de Georgiana Reed.

Eliza, John et Georgiana étaient groupés dans le salon auprès de leur mère; celle-ci, étendue sur un sofa au coin du feu, et entourée de ses préférés, qui pour le moment ne se disputaient ni ne pleuraient, semblait parfaitement heureuse. Elle m'avait défendu de me joindre à leur groupe, en me disant qu'elle regrettait la nécessité où elle se trouvait de me tenir ainsi éloignée, mais que, jusqu'au moment où Bessie témoignerait de mes efforts pour me donner un caractère plus sociable et plus enfantin, des manières plus attrayantes, quelque chose de plus radieux, de plus ouvert et de plus naturel, elle ne pourrait pas m'accorder les mêmes priviléges qu'aux petits enfants joyeux et satisfaits.

« Qu'est-ce que Bessie a encore rapporté sur moi? demandai-je.

— Jane, je n'aime pas qu'on me questionne! D'ailleurs, il est mal à une enfant de traiter ainsi ses supérieurs. Asseyez-vous quelque part et restez en repos jusqu'au moment où vous pourrez parler raisonnablement. »

Une petite salle à manger ouvrait sur le salon; je m'y glissai. Il s'y trouvait une bibliothèque; j'eus bientôt pris possession d'un

livre, faisant attention à le choisir orné de gravures. Je me plaçai dans l'embrasure de la fenêtre, ramenant mes pieds sous moi,
à la manière des Turcs, et, ayant tiré le rideau de damas rouge,
je me trouvai enfermée dans une double retraite. Les larges plis
de la draperie écarlate me cachaient tout ce qui se trouvait à ma
droite; à ma gauche, un panneau en vitres me protégeait, mais
ne me séparait pas d'un triste jour de novembre. De temps à
autre, en retournant les feuillets de mon livre, j'étudiais l'aspect
de cette soirée d'hiver. Au loin, on voyait une pâle ligne de
brouillards et de nuages, plus près un feuillage mouillé, des bosquets battus par l'orage, et enfin une pluie incessante que re-
poussaient en mugissant de longues et lamentables bouffées de
vent.

Je revenais alors à mon livre. C'était l'histoire des oiseaux de
l'Angleterre par Berwick. En général, je m'inquiétais assez peu
du texte; pourtant il y avait là quelques pages servant d'introduction, que je ne pouvais passer malgré mon jeune âge. Elles
traitaient de ces repaires des oiseaux de mer, de ces promon-
toires, de ces rochers solitaires habités par eux seuls, de ces
côtes de Norvége parsemées d'îles depuis leur extrémité sud
jusqu'au cap le plus au nord, « où l'Océan septentrional bouil-
lonne en vastes tourbillons autour de l'île aride et mélancolique
de Thull, et où la mer Atlantique se précipite au milieu des Hé-
brides orageuses. »

Je ne pouvais pas non plus passer sans la remarquer la des-
cription de ces pâles rivages de la Sibérie, du Spitzberg, de la
Nouvelle-Zemble, de l'Islande, de la verte Finlande! J'étais saisie à la pensée de cette solitude de la zone arctique, de ces immenses régions abandonnées, de ces réservoirs de glace, où des
champs de neiges accumulées pendant les hivers de bien des
siècles entassent montagnes sur montagnes pour entourer le
pôle, et y concentrent toutes les rigueurs du froid le plus in-
tense.

Je m'étais formé une idée à moi de ces royaumes blêmes comme
la mort, idée vague, ainsi que le sont toutes les choses à moitié
comprises qui flottent confusément dans la tête des enfants; mais
ce que je me figurais m'impressionnait étrangement. Dans cett'
introduction, le texte, s'accordant avec les gravures, donnait
un sens au rocher isolé au milieu d'une mer houleuse, au navire
brisé et jeté sur une côte déserte, aux pâles et froids rayons de la
lune qui, brillant à travers une ligne de nuées, venaient éclairer
un naufrage.

Chaque gravure me disait une histoire, mystérieuse souvent

pour mon intelligence inculte et pour mes sensations imparfaites, mais toujours profondément intéressante; intéressante comme celles que nous racontait Bessie, les soirs d'hiver, lorsqu'elle était de bonne humeur et quand, après avoir apporté sa table à repasser dans la chambre des enfants, elle nous permettait de nous asseoir toutes auprès d'elle. Alors, en tuyautant les jabots de dentelle et les bonnets de nuit de Mme Reed, elle satisfaisait notre ardente curiosité par des épisodes romanesques et des aventures tirées de vieux contes de fées et de ballades plus vieilles encore, ou, ainsi que je le découvris plus tard, de Paméla et de Henri, comte de Moreland.

Ayant ainsi Berwick sur mes genoux, j'étais heureuse, du moins heureuse à ma manière; je ne craignais qu'une interruption, et elle ne tarda pas à arriver. La porte de la salle à manger fut vivement ouverte.

« Hé! madame la boudeuse, » cria la voix de John Reed....
Puis il s'arrêta, car il lui sembla que la chambre était vide.

« Par le diable, où est-elle? Lizzy, Georgy, continua-t-il en s'adressant à ses sœurs, dites à maman que la mauvaise bête est allée courir sous la pluie! »

J'ai bien fait de tirer le rideau, pensai-je tout bas; et je souhaitai vivement qu'on ne découvrît pas ma retraite. John ne l'aurait jamais trouvée de lui-même; il n'avait pas le regard assez prompt; mais Eliza ayant passé la tête par la porte s'écria :

« Elle est certainement dans l'embrasure de la fenêtre! »
Je sortis immédiatement, car je tremblais à l'idée d'être retirée de ma cachette par John.

« Que voulez-vous? demandai-je avec une respectueuse timidité.

— Dites : « Que voulez-vous, monsieur Reed? » me répondit-on. Je veux que vous veniez ici! » Et, se plaçant dans un fauteuil, il me fit signe d'approcher et de me tenir debout devant lui!

John était un écolier de quatorze ans, et je n'en avais alors que dix. Il était grand et vigoureux pour son âge; sa peau était noire et malsaine, ses traits épais, son visage large, ses membres lourds, ses extrémités très-développées. Il avait l'habitude de manger avec une telle voracité, que son teint était devenu bilieux, ses yeux troubles, ses joues pendantes. Il aurait dû être alors en pension; mais sa mère l'avait repris un mois ou deux, à cause de sa santé. M. Miles, le maître de pension, affirmait pourtant que celle-ci serait parfaite si l'on envoyait un peu moins de gâteaux et de plats sucrés; mais la mère s'était récriée contre une aussi dure exigence, et elle préféra se faire à l'idée plus agréable que la maladie de John venait d'un excès de travail ou de la tristesse de se voir loin des siens.

John n'avait beaucoup d'affection ni pour sa mère ni pour ses sœurs. Quant à moi, je lui étais antipathique : il me punissait et me maltraitait, non pas deux ou trois fois par semaine, non pas une ou deux fois par jour, mais continuellement. Chacun de mes nerfs le craignait, et chaque partie de ma chair ou de mes os tressaillait quand il approchait. Il y avait des moments où je devenais sauvage par la terreur qu'il m'inspirait; car, lorsqu'il me menaçait ou me châtiait, je ne pouvais en appeler à personne. Les serviteurs auraient craint d'offenser leur jeune maître en prenant ma défense, et Mme Reed était aveugle et sourde sur ce sujet! Jamais elle ne le voyait me frapper, jamais elle ne l'entendait m'insulter, bien qu'il fît l'un et l'autre en sa présence.

J'avais l'habitude d'obéir à John. En entendant son ordre, je m'approchai donc de sa chaise. Il passa trois minutes environ à me tirer la langue; je savais qu'il allait me frapper, et, en attendant le coup, je regardais vaguement sa figure repoussante.

Je ne sais s'il lut ma pensée sur mon visage, mais tout à coup il se leva sans parler et me frappa rudement. Je chancelai, et, en reprenant mon équilibre, je m'éloignai d'un pas ou deux.

« C'est pour l'impudence avec laquelle vous avez répondu à maman, me dit-il, et pour vous être cachée derrière le rideau, et pour le regard que vous m'avez jeté il y a quelques instants. »

Accoutumée aux injures de John, je n'avais jamais eu l'idée de lui répondre, et j'en appelais à toute ma fermeté pour me préparer à recevoir courageusement le coup qui devait suivre l'insulte.

« Que faisiez-vous derrière le rideau? me demanda-t-il.

— Je lisais.

— Montrez le livre. »

Je retournai vers la fenêtre et j'allai le chercher en silence.

« Vous n'avez nul besoin de prendre nos livres; maman dit que vous dépendez de nous; vous n'avez pas d'argent, votre père ne vous en a pas laissé; vous devriez mendier, et non pas vivre ici avec les enfants riches, manger les mêmes aliments qu'eux, porter les mêmes vêtements, aux dépens de notre mère! Maintenant je vais vous apprendre à piller ainsi ma bibliothèque : car ces livres m'appartiennent, toute la maison est à moi ou le sera dans quelques années; allez dans l'embrasure de la porte, loin de la glace et de la fenêtre. »

Je le fis sans comprendre d'abord quelle était son intention; mais quand je le vis soulever le livre, le tenir en équilibre et faire un mouvement pour le lancer, je me reculai instinctivement en jetant un cri. Je ne le fis pourtant point assez promptement. Le volume vola dans l'air, je me sentis atteinte à la tête et blessée. La coupure saigna; je souffrais beaucoup; ma terreur avait cessé pour faire place à d'autres sentiments.

« Vous êtes un méchant, un misérable, m'écriai-je; un assassin, un empereur romain. »

Je venais justement de lire l'histoire de Rome par Goldsmith, et je m'étais fait une opinion sur Néron, Caligula et leurs successeurs.

— Comment, comment! s'écria-t-il, est-ce bien à moi qu'elle a dit cela? vous l'avez entendue, Eliza, Georgiana. Je vais le rapporter à maman, mais avant tout.... »

En disant ces mots, il se précipita sur moi; il me saisit par les cheveux et les épaules. Je sentais de petites gouttes de sang descendre le long de ma tête et tomber dans mon cou, ma crainte s'était changée en rage; je ne puis dire au juste ce que je fis de mes mains, mais j'entendis John m'insulter et crier. Du secours arriva bientôt. Eliza et sa sœur étaient allées chercher leur mère elle entra pendant la scène; sa bonne, Mlle Abbot et Bessie l'accompagnaient. On nous sépara et j'entendis quelqu'un prononcer ces mots :

« Mon Dieu! quelle fureur! frapper M. John!

— Emmenez-la, dit Mme Reed aux personnes qui la suivaient. Emmenez-la dans la chambre rouge et qu'on l'y enferme. »

Quatre mains se posèrent immédiatement sur moi, et je fus emportée.

CHAPITRE II.

Je résistai tout le long du chemin, chose nouvelle et qui augmenta singulièrement la mauvaise opinion qu'avaient de moi Bessie et Abbot. Il est vrai que je n'étais plus moi-même, ou plutôt, comme les Français le diraient, j'étais hors de moi; je savais que, pour un moment de révolte, d'étranges punitions allaient m'être infligées, et, comme tous les esclaves rebelles, j'étais résolue, dans mon désespoir, a pousser les choses jusqu'au bout.

« Mademoiselle Abbot, tenez son bras, dit Bessie; elle est comme un chat enragé.

— Quelle honte! quelle honte! continua la femme de chambre, oui, elle est semblable à un chat enragé! Quelle scandaleuse conduite, mademoiselle Eyre! Battre un jeune noble, le fils de votre bienfaitrice, votre maître!

— Mon maître! Comment est-il mon maître? Suis-je donc une servante?

— Vous êtes moins qu'une servante, car vous ne gagnez pas de quoi vous entretenir. Asseyez-vous là et réfléchissez à votre faute. »

Elles m'avaient emmenée dans la chambre indiquée par Mme Reed et m'avaient jetée sur une chaise.

Mon premier mouvement fut de me lever d'un bond : quatre mains m'arrêtèrent.

« Si vous ne demeurez pas tranquille, il faudra vous attacher, dit Bessie. Mademoiselle Abbot, prêtez-moi votre jarretière; car elle aurait bientôt brisé la mienne. »

Mlle Abbot se tourna pour débarrasser sa vigoureuse jambe de son lien. Ces préparatifs et la honte qui s'y rattachait calmèrent un peu mon agitation

« Ne la retirez pas, m'écriai-je, je ne bougerai plus. »

Et pour prouver ce que j'avançais, je cramponnai mes mains à mon siége.

« Et surtout ne remuez pas, » dit Bessie.

Quand elle fut certaine que j'étais vraiment décidée à obéir, elle me lâcha. Alors elle et Mlle Abbot croisèrent leurs bras et me regardèrent d'un air sombre, comme si elles eussent douté de ma raison.

« Elle n'en avait jamais fait autant, dit Bessie en se tournant vers la prude.

— Mais tout cela était en elle, répondit Mlle Abbot; j'ai souvent dit mon opinion à madame, et madame est convenue avec moi que j'avais raison; c'est une enfant dissimulée; je n'ai jamais vu de petite fille aussi dépourvue de franchise. »

Bessie ne répondit pas; mais bientôt s'adressant à moi, elle me dit :

« Ne savez-vous pas, mademoiselle, que vous devez beaucoup à Mme Reed? elle vous garde chez elle, et, si elle vous chassait, vous seriez obligée de vous en aller dans une maison de pauvres. »

Je n'avais rien à répondre à ces mots; ils n'étaient pas nouveaux pour moi, les souvenirs les plus anciens de ma vie se rattachaient à des paroles semblables. Ces reproches sur l'état de dépendance où je me trouvais étaient devenus des sons vagues pour mes oreilles; sons douloureux et accablants, mais à moitié inintelligibles. Mlle Abbot ajouta ·

« Vous n'allez pas vous croire semblable à M. et à Mlles Reed parce que madame a la bonté de vous faire élever avec eux. Ils seront riches et vous ne le serez pas; vous devez donc vous faire humble et essayer de leur être agréable.

— Ce que nous vous disons est pour votre bien, ajouta Bessie d'une voix moins dure. Vous devriez tâcher d'être utile et aimable, on vous garderait ici; mais si vous devenez brutale et colère, madame vous renverra, soyez-en sûre.

— Et puis, continua Mlle Abbot, Dieu la punira. Il pourra la frapper de mort au milieu de ses fautes, et alors où ira-t-elle? Venez, Bessie, laissons-la. Pour rien au monde je ne voudrais avoir un cœur semblable au sien. Dites vos prières, mademoiselle Eyre, lorsque vous serez seule : car, si vous ne vous repentez pas, Dieu pourra bien permettre à quelque méchant esprit de descendre par la cheminée pour vous enlever. »

Elles partirent en fermant la porte derrière elles.

La chambre rouge était une chambre de réserve où l'on couchait rarement. Je ne l'avais jamais vue habitée, excepté lorsqu'un grand nombre de visiteurs, en arrivant au château, obligeait à faire occuper toutes les pièces; et pourtant c'était une des plus grandes et des plus belles chambres de la maison. Au milieu se trouvait un lit aux quatre coins duquel s'élevaient des piliers d'acajou massif d'où pendaient des rideaux d'un damas rouge foncé; deux grandes fenêtres aux jalousies toujours fermées étaient à moitié cachées par des festons et des draperies semblables à celles du lit; le tapis était rouge, la table placée au pied du lit recouverte d'une draperie cramoisie; les murs tendus en couleur chamois et mouchetés de taches roses; l'armoire, la toilette, les chaises étaient en vieil acajou bien poli. Au milieu de ce sombre ameublement s'élevait sur le lit et se détachait en blanc une pile de matelas et d'oreillers, le tout recouvert d'une courte-pointe de Marseille. A la tête du lit, on voyait un grand fauteuil également blanc, et au-dessous se trouvait un petit tabouret.

Cette chambre était froide, on y faisait rarement du feu; éloignée de la cuisine et de la salle des domestiques, elle restait toujours silencieuse, et, comme on y entrait peu, elle avait quelque chose de solennel. La bonne y venait seule le samedi pour enlever la poussière amassée pendant toute une semaine sur les glaces et les meubles. Mme Reed elle-même la visitait à intervalles éloignés pour examiner certains tiroirs secrets de l'armoire, où étaient renfermés des papiers, sa cassette à bijoux et le portrait de son mari défunt.

Ces derniers mots renferment en eux le secret de la chambre

rouge, le secret de cet enchantement qui la rendait si déserte malgré sa beauté.

M. Reed y était mort il y avait neuf ans; c'était là qu'il avait rendu le dernier soupir; c'était de là que son cercueil avait été enlevé, et, depuis ce jour, une espèce de culte imposant avait maintenu cette chambre déserte.

Le siége sur lequel Bessie et Mlle Abbot m'avaient déposée était une petite ottomane placée près de la cheminée. Devant moi se trouvait le lit, à ma droite, la grande armoire sombre; à ma gauche, deux fenêtres closes et séparées par une glace qui réfléchissait la sombre majesté de la chambre et du lit; je ne savais pas si la porte avait été fermée, et, dès que j'osai remuer, je me levai pour m'en assurer. Hélas! jamais criminel n'avait été mieux emprisonné. En m'en retournant, je fus obligée de passer devant la glace; mon regard fasciné y plongea involontairement. Tout y était plus froid, plus sombre que dans la réalité; et l'étrange petite créature qui me regardait avec sa figure pâle, ses bras se détachant dans l'ombre, ses yeux brillants, et s'agitant avec crainte dans cette chambre silencieuse, me fit soudain l'effet d'un esprit; elle m'apparut comme un de ces chétifs fantômes, moitié fées, moitié lutins, dont Bessie parlait dans les contes racontés le soir auprès du feu, et qu'elle nous représentait sortant des vallées abandonnées où croissent les bruyères, pour s'offrir aux regards des voyageurs attardés.

Je retournai à ma place; la superstition commençait à s'emparer de moi, mais le moment de sa victoire complète n'était pas encore venu; mon sang échauffait encore mes veines; la rage de l'esclave révolté me travaillait encore avec force. J'avais à ralentir la course rapide de mes souvenirs vers le passé, avant de pouvoir me laisser abattre par l'effroi du présent.

Les violentes tyrannies de John Reed, l'orgueilleuse indifférence de ses sœurs, l'aversion de leur mère, la partialité des domestiques, obscurcissaient mon esprit, comme l'eussent fait autant d'impuretés jetées dans une source troublée. Pourquoi devais-je toujours souffrir? Pourquoi étais-je toujours traitée avec mépris, accusée, condamnée par avance? Pourquoi ne pouvais-je jamais plaire? Pourquoi était-il inutile d'essayer à gagner les bonnes grâces de personne?

Eliza, bien qu'entêtée et égoïste, était respectée; Georgiana, gâtée, envieuse, insolente, querelleuse, était traitée avec indulgence par tout le monde; sa beauté, ses joues roses, ses boucles d'or, semblaient ravir tous ceux qui la regardaient et racheter ses fautes. John n'était jamais contrarié, encore moins puni, quoiqu'il tordît le cou des pigeons, tuât les jeunes paons, dépouillât de leurs fruits les vignes des serres chaudes et brisât les boutons des plantes rares. Il reprochait quelquefois à sa mère d'avoir le teint noir comme il l'avait lui-même, déchirait ou tachait ses vêtements de soie, et pourtant elle le nommait son cher Benjamin. Quant à moi, je n'osais pas commettre une seule faute, je m'efforçais d'accomplir mes devoirs, et du matin au soir on me déclarait méchante et intraitable.

Cependant je continuais à souffrir, et ma tête saignait encore du coup que j'avais reçu. Personne n'avait fait un reproche à John pour m'avoir frappée; et, parce que je m'étais retournée contre lui, afin d'éviter quelque autre violence, tous m'avaient blâmée.

« Injustice ! injustice ! » criait ma raison excitée par le douloureux aiguillon d'une énergie précoce, mais passagère. Ce qu'il y avait en moi de résolution, exalté par tout ce qui se passait, me faisait rêver aux plus étranges moyens pour échapper à une aussi insupportable oppression; je songeais à fuir, par exemple, ou, si je ne pouvais m'échapper, à refuser toute espèce d'aliments et à me laisser mourir de faim.

Quel abattement dans mon âme pendant cette terrible après-midi, quel désordre dans mon esprit, quelle exaltation dans mon cœur, quelle obscurité, quelle ignorance dans cette lutte mentale ! Je ne pouvais répondre à cette incessante question de mon être intérieur : Pourquoi étais-je destinée à souffrir ainsi ? Maintenant, après bien des années écoulées, toutes ces raisons m'apparaissent clairement.

Au château de Gateshead, j'étais une cause de discorde; là, je ne ressemblais à personne; rien en moi ne pouvait s'harmoniser avec Mme Reed, ses enfants ou ceux de ses inférieurs qu'elle préférait. S'ils ne m'aimaient pas, il est vrai de dire que je ne les aimais guère davantage. Ils n'étaient pas forcés de montrer de l'affection à un être qui ne pouvait sympathiser avec aucun d'entre eux, à un être extraordinaire qui différait d'eux par le tempérament, les capacités et les inclinations, à un être inutile, incapable de servir leurs intérêts ou d'ajouter à leurs plaisirs, à un être nuisible cherchant à entretenir en lui des germes d'indignation contre leurs traitements, de mépris pour leurs opinions. Je sens que si j'avais été une enfant brillante, sans soin, exigeante, belle, folâtre, Mme Reed m'eût supportée plus volontiers, bien que je me fusse également trouvée sous sa dépendance et privée d'amis. Ses enfants m'eussent témoigné un peu plus de cette cordialité qui existe ordinairement entre

compagnons de jeu, et les domestiques eussent été moins disposés à faire de moi leur bouc émissaire.

La lumière du jour commençait à se retirer de la chambre
rouge ; il était quatre heures passées ; les nuages qui couvraient
le ciel devaient amener bientôt l'obscurité tant redoutée ; j'entendais la pluie battre continuellement contre les vitres de l'escalier ; peu à peu je devins froide comme la pierre et je perdis
tout courage. L'habitude que j'avais contractée d'humilité, de
doute de moi-même, d'abaissement, vint, comme une froide
ondée, tomber sur les cendres encore chaudes de ma colère mou-
rante. Tous disaient que j'avais de mauvais instincts, c'était
peut-être vrai. Ne venais-je pas de concevoir le coupable désir
de mourir volontairement ? c'était là certainement un crime. Et
étais-je en état de mourir, ou bien le caveau funéraire de la
chapelle du château était-il une demeure attrayante ? On m'a-
vait dit que M. Reed y était enseveli. Conduite ainsi au souvenir
du mort, je me mis à réfléchir avec une terreur croissante. Je
ne pouvais me souvenir de lui ; mais je savais qu'il était mon
oncle, le frère de ma mère ; qu'il m'avait prise chez lui, alors
que j'étais une pauvre enfant orpheline, et qu'à ses derniers
moments il avait exigé de Mme Reed la promesse que je serais
élevée comme ses propres enfants. Mme Reed croyait sans doute
avoir tenu sa parole, et, je puis le dire maintenant, elle avait
fait tout ce que lui permettait sa nature. Comment pouvait-elle
me voir avec satisfaction, moi qui après la mort de son mari
ne lui étais plus rien, empiéter sur la part de ses enfants ? Il
était pénible pour elle de s'être engagée par un serment forcé
à servir de mère à une enfant qu'elle ne pouvait pas aimer, et
de la voir ainsi s'introduire dans sa propre famille.

Une singulière idée s'empara de moi : je ne doutais pas, je
n'avais jamais douté que, si M. Reed eût vécu, il ne m'eût traitée avec bonté ; et maintenant, pendant que je regardais le lit
recouvert de blanc, les murailles que l'ombre de la nuit gagnait
peu à peu, et que je dirigeais de temps en temps mon regard
fasciné vers la glace qui n'envoyait plus que de sombres reflets,
je commençai à me rappeler ce que j'avais entendu dire sur les
morts qui, troublés dans leurs tombes par la violation de leurs
dernières volontés, reviennent sur la terre pour punir le par-
jure et venger l'opprimé. Je pensais que l'esprit de M. Reed,
fatigué par les souffrances de l'enfant de sa sœur, quitterait
peut-être sa demeure, qu'elle fût sous les voûtes de l'église ou
dans le monde inconnu des morts, et apparaîtrait devant moi
dans cette chambre. J'essuyai mes larmes et j'étouffai mes san-

glots, craignant que les signes d'une douleur trop violente n'éveillassent quelque voix surnaturelle et consolatrice, ou ne fissent sortir de l'obscurité quelque figure entourée d'une auréole, et qui se pencherait vers moi avec une étrange pitié; car 'e sentais bien que ces choses si consolantes en théorie seraient terribles si elles venaient à se réaliser. Je fis tous mes efforts pour éloigner cette pensée, pour demeurer ferme; écartant mes cheveux, je levai la tête, et j'essayai de regarder hardiment tout autour de moi. A ce moment, une lumière glissa le long de la muraille; je me demandai si ce n'était pas un rayon de la lune pénétrant à travers les jalousies. Non, la lune était immobile, et cette lumière vacillait. Pendant que je la regardais, elle glissa sur le plafond et vint se poser au-dessus de ma tête. Je suppose que ce devait être le reflet d'une lanterne portée par quelqu'un qui traversait la pelouse; mais alors mon esprit était préparé à la crainte; mes nerfs étaient ébranlés par une récente agitation, et je pris ce timide rayon pour le héraut d'une vision venant d'un autre monde; mon cœur battait avec violence, ma tête était brûlante; un son qui ressemblait à un bruissement d'ailes arriva jusqu'à mes oreilles; j'étais oppressée, suffoquée; je ne pus pas me contenir plus longtemps, je me précipitai vers la porte, et je secouai la serrure avec des efforts désespérés. J'entendis des pas se diriger de ce côté; la clef tourna; Bessie et Mlle Abbot entrèrent.

« Mademoiselle Eyre, êtes-vous malade? demanda Bessie.

— Quel bruit épouvantable! J'en ai été toute saisie, s'écria Mlle Abbot.

— Emmenez-moi, laissez-moi aller dans la chambre des enfants, répondis-je en criant.

— Pourquoi? Êtes-vous malade? avez-vous vu quelque chose? demanda de nouveau Bessie.

— Oh ! j'ai vu une lumière et j'ai cru qu'un fantôme allait venir. »

Je m'étais emparée de la main de Bessie, et elle ne me la retira pas.

« Elle a crié sans nécessité, déclara Mlle Abbot avec une sorte de dégoût; et quels cris! On aurait pu l'excuser si elle avait beaucoup souffert, mais elle voulait seulement nous faire venir. Je connais sa méchanceté et sa malice.

— Que signifie tout ceci? » demanda une voix impérieuse; et Mme Reed arriva par le corridor.

Son bonnet était soulevé par le vent, et sa marche précipitée agitait violemment sa robe.

« Bessie et Abbot, j'avais donné ordre de laisser Jane dans la chambre jusqu'au moment où je viendrais la chercher moi-même.

— Madame, Mlle Jane criait si fort ! hasarda Bessie.

— Laissez-la, répondit-on. Allons, enfant, lâchez la main de Bessie; soyez certaine que vous ne réussirez pas par de tels moyens. Je déteste l'hypocrisie, particulièrement chez les enfants, et il est de mon devoir de vous prouver que vous n'obtiendrez pas de votre ruse ce que vous en attendiez; vous resterez ici une heure de plus, et ce n'est qu'à condition d'une soumission et d'une tranquillité parfaites que vous recouvrerez votre liberté.

— Oh ! ma tante, ayez pitié de moi, pardonnez-moi; je ne puis plus souffrir tout ceci; punissez-moi d'une autre manière; je vais mourir ici.....

— Taisez-vous, votre violence me fait horreur ! »

Et sans doute elle le pensait; à ses yeux j'étais une comédienne précoce; elle me regardait sincèrement comme un être chez lequel se trouvaient mélangés des passions emportées, un esprit bas et une hypocrisie dangereuse.

Bessie et Abbot s'étaient retirées.

Mme Reed, impatientée de mes terreurs et de mes sanglots, me repoussa brusquement dans la chambre, et me renferma sans me dire un seul mot. Je l'entendis partir. Je suppose que j'eus alors une sorte d'évanouissement, car je n'ai pas conscience de ce qui suivit

---

CHAPITRE III.

Dès que la sensation se réveilla en moi, il me sembla que je sortais d'un effrayant cauchemar, et que je voyais devant mes yeux une lueur rougeâtre rayée de barres noires et épaisses. J'entendis des voix qui parlaient bas et que couvrait le murmure du vent ou de l'eau. L'agitation, l'incertitude, et par-dessus tout un sentiment de terreur, avaient jeté la confusion dans mes facultés. Au bout de peu de temps, je sentis quelqu'un s'approcher de moi, me soulever et me placer dans une position commode. Personne ne m'avait jamais traitée avec autant de sollicitude; ma tête était appuyée contre un oreiller ou posée sur un bras. Je me trouvais à mon aise.

Cinq minutes après, le nuage était dissipé. Je m'aperçus que

j'étais couchée dans mon lit et que la lueur rougeâtre venait du
feu. La nuit était tombée, une chandelle brûlait sur la table;
Bessie, debout au pied du lit, tenait dans sa main un vase plein
d'eau, et un monsieur, assis sur une chaise près de mon oreiller,
se penchait vers moi.

J'éprouvai un inexprimable soulagement, une douce conviction
que j'étais protégée, lorsque je m'aperçus qu'il y avait un inconnu
dans la chambre, un étranger qui n'habitait pas le château de
Gateshead et qui n'appartenait pas à la famille de Mme Reed.
Détournant mon regard de Bessie (quoique sa présence fût pour
moi bien moins gênante que ne l'aurait été par exemple celle de
Mlle Abbot), j'examinai la figure de l'étranger; je le reconnus :
c'était M. Löyd, le pharmacien. Mme Reed l'appelait quelquefois
quand les domestiques se trouvaient indisposés; pour elle et pour
ses enfants, elle avait recours à un médecin.

« Qui suis-je? » me demanda M. Loyd.

Je prononçai son nom en lui tendant la main. Il la prit et me
dit avec un sourire :

« Tout ira bien dans peu de temps. »

Puis il m'étendit soigneusement, recommandant à Bessie de
veiller à ce que je ne fusse pas dérangée pendant la nuit.
Après avoir donné quelques indications et déclaré qu'il revien-
drait le jour suivant, il partit, à mon grand regret. Je me
sentais si protégée, si soignée, pendant qu'il se tenait assis
sur cette chaise au chevet de mon lit! Quand il eut fermé la
porte derrière lui, la chambre s'obscurcit pour moi, et mon
cœur s'affaissa de nouveau. Une inexprimable tristesse pesait
sur lui.

« Vous sentez-vous besoin de sommeil, mademoiselle? demanda Bessie presque doucement.

— Pas beaucoup, hasardai-je, car je craignais de m'attirer une
parole dure; cependant j'essayerai de dormir.

— Désirez-vous boire, ou croyez-vous pouvoir manger un
peu ?

— Non, Bessie, je vous remercie.

— Alors je vais aller me coucher, car il est minuit passé; mais
vous pourrez m'appeler si vous avez besoin de quelque chose
pendant la nuit. »

Quelle merveilleuse politesse! Aussi je m'enhardis jusqu'à
faire une question.

« Bessie, demandai-je, qu'ai-je donc? suis-je malade?

— Je suppose qu'à force de pleurer vous vous serez évanouie
dans la chambre rouge. »

Bessie passa dans la pièce voisine, qui était destinée aux domestiques, et je l'entendis dire :

— Sarah, venez dormir avec moi dans la chambre des enfants, je ne voudrais pour rien au monde rester seule la nuit avec cette pauvre petite; si elle allait mourir! L'accès qu'elle a eu est si étrange! Elle aura probablement vu quelque chose. Madame est aussi par trop dure. »

Sarah revint avec Bessie. Elles se mirent toutes les deux au lit. Je les entendis parler bas une demi-heure avant de s'endormir. Je saisis quelques mots de leur conversation, et j'en pus deviner le sujet.

« Une forme tout habillée de blanc passa devant elle et disparut.... Un grand chien noir était derrière lui.... Trois violents coups à la porte de la chambre.... une lumière dans le cimetière, juste au-dessus de son tombeau.... »

A la fin toutes les deux s'endormirent. Le feu et la chandelle continuaient à brûler. Je passai la nuit dans une veille craintive; mes oreilles, mes yeux, mon esprit, étaient tendus par la frayeur, une de ces frayeurs que les enfants seuls peuvent éprouver.

Aucune maladie longue ou sérieuse ne suivit cet épisode de la chambre rouge. Cependant mes nerfs en reçurent une secousse dont je me ressens encore aujourd'hui. Oui, madame Reed, grâce à vous j'ai supporté les douloureuses angoisses de plus d'une souffrance mentale; mais je dois vous pardonner, car vous ne saviez pas ce que vous faisiez : vous croyiez seulement déraciner mes mauvais penchants, alors que vous brisiez les cordes de mon cœur.

Le jour suivant, vers midi, j'étais levée, habillée, et, après m'être enveloppée dans un châle, je m'étais assise près du foyer. Je me sentais faible et brisée; mais ma plus grande souffrance provenait d'un inexprimable abattement qui m'arrachait des pleurs secrets; à peine avais-je essuyé une larme de mes yeux qu'une autre la suivait, et pourtant j'aurais dû être heureuse, car personne de la famille Reed n'était là. Tous les enfants étaient sortis dans la voiture avec leur mère; Abbot elle-même cousait dans une autre chambre, et Bessie, qui allait et venait pour mettre des tiroirs en ordre, m'adressait de temps à autre une parole d'une douceur inaccoutumée. J'aurais dû me croire en paradis, habituée comme je l'étais à une vie d'incessants reproches, d'efforts méconnus; mais mes nerfs avaient été tellement ébranlés que le calme n'avait plus pouvoir de les apaiser, et que le plaisir n'excitait plus en eux aucune sensation agréable.

Bessie descendit dans la cuisine, et m'apporta une petite tarte sur une assiette de porcelaine de Chine, où l'on voyait des oiseaux de paradis posés sur une guirlande de boutons de roses. Cette assiette avait longtemps excité chez moi une admiration enthousiaste; j'avais souvent demandé qu'on me permît de la tenir dans mes mains et de l'examiner de plus près; mais jusque-là j'avais été jugée indigne d'une telle faveur; et maintenant cette précieuse porcelaine était placée sur mes genoux, et on m'engageait amicalement à manger la délicate pâtisserie qu'elle contenait · faveur inutile, venant trop tard, comme presque toutes les faveurs longtemps désirées et souvent refusées! Je ne pus pas manger la tarte; le plumage des oiseaux et les teintes des fleurs me semblèrent flétris.

Je mis de côté l'assiette et le gâteau. Bessie me demanda si je voulais un livre; ce mot vint me frapper comme un rapide aiguillon. Je lui demandai de m'apporter le *Voyage de Gulliver*. Ce volume, je l'avais lu et relu toujours avec un nouveau plaisir. Je prenais ces récits pour des faits véritables, et j'y trouvais un intérêt plus profond que dans les contes de fées; car, après avoir vainement cherché les elfes parmi les feuilles, les clochettes, les mousses, les lierres qui recouvraient les vieux murs, mon esprit s'était enfin résigné à la triste pensée qu'elles avaient abandonné la terre d'Angleterre, pour se réfugier dans quelque pays où les bois étaient plus incultes, plus épais, et où les hommes avaient plus besoin d'elles; tandis que le Lilliput et le Brobdignag étant placés par moi dans quelque coin de la terre, je ne doutais pas qu'un jour viendrait où, pouvant faire un long voyage, je verrais de mes propres yeux les petits champs, les petites maisons, les petits arbres de ce petit peuple; les vaches, les brebis, les oiseaux de l'un des royaumes, ou les hautes forêts, les énormes chiens, les monstrueux chats, les hommes immenses de l'autre empire.

Cependant, quand ce volume chéri fut placé dans mes mains, quand je me mis à le feuilleter page par page, cherchant dans ses merveilleuses gravures le charme que j'y avais toujours trouvé, tout m'apparut sombre et nu : les géants n'étaient plus que de grands spectres décharnés; les pygmées, des lutins redoutables et malfaisants; Gulliver, un voyageur désespéré, errant dans des régions terribles et dangereuses. Je fermai le livre que je n'osai plus continuer, et je le plaçai sur la table, à côté de cette tarte que je n'avais pas goûtée.

Bessie avait fini de nettoyer et d'arranger la chambre, et après s'être lavé les mains, elle ouvrit un tiroir rempli de brillantes étoffes de soie, et commença un chapeau neuf pour la poupée de Georgiana. Elle chantait en cousant :

« Il y a bien longtemps, alors que notre vie était semblable à celle des bohémiens. » . . . .

. . . .

Jadis, j'avais souvent entendu ce chant; il me rendait toujours joyeuse, car Bessie avait une douce voix, du moins elle me semblait telle; mais en ce moment, bien que sa voix fût toujours aussi douce, je trouvais à ses accents une indéfinissable tristesse. Quelquefois, préoccupée par son travail, elle chantait le refrain très-bas, et ces mots : « Il y a bien longtemps » arrivaient toujours comme la plus triste cadence d'un hymne funèbre. Elle passa à une autre ballade; celle-ci était vraiment mélancolique.

« Mes pieds sont meurtris; mes membres sont las. Le chemin est long; la montagne est sauvage; bientôt le triste crépuscule que la lune n'éclairera pas de ses rayons répandra son obscurité sur le sentier du pauvre orphelin.

« Pourquoi m'ont-ils envoyé si seul et si loin, là où s'étendent les marécages, là où sont amoncelés les sombres rochers? Le cœur de l'homme est dur et les bons anges veillent seuls sur les pas du pauvre orphelin.

« Cependant la brise du soir souffle doucement; le ciel est sans nuages, et les brillantes étoiles répandent leurs purs rayons. Dieu, dans sa bonté, accorde protection, soutien et espoir au pauvre orphelin.

« Quand même je tomberais en passant sur le pont en ruines, quand même je devrais errer, trompé par de fausses lumières, mon père, qui est au Ciel, murmurerait à mon oreille des promesses et des bénédictions, et presserait sur son cœur le pauvre orphelin.

« Cette pensée doit me donner courage, bien que je n'aie ni abri ni parents. Le ciel est ma demeure, et là le repos ne me manquera pas. Dieu est l'ami du pauvre orphelin. »

« Venez, mademoiselle Jane, ne pleurez pas, » s'écria Bessie lorsqu'elle eut fini. Autant valait dire au feu : « Ne brûle pas; » mais comment aurait-elle pu deviner les souffrances auxquelles j'étais en proie?

M. Loyd revint dans la matinée.

« Eh quoi! déjà debout? dit-il en entrant. Eh bien, Bessie, comment est-elle? »

Bessie répondit que j'allais très-bien.

« Alors elle devrait être plus joyeuse.... Venez ici, mademoiselle Jane; vous vous appelez Jane, n'est-ce pas?

— Oui, monsieur, Jane Eyre.

— Eh bien! vous avez pleuré, mademoiselle Jane Eyre; pourriez-vous me dire pourquoi? Avez-vous quelque tristesse?

— Non, monsieur

— Elle pleure sans doute parce qu'elle n'a pas pu aller avec madame dans la voiture, s'écria Bessie.

— Oh non! elle est trop âgée pour un tel enfantillage. »

Blessée dans mon amour-propre par une telle accusation, je répondis promptement :

« Jamais je n'ai pleuré pour si peu de chose; je déteste de sortir dans la voiture; je pleure parce que je suis malheureuse.

— Oh! fi, mademoiselle, » s'écria Bessie.

Le bon pharmacien sembla un peu embarrassé. J'étais devant lui. Il fixa sur moi des yeux scrutateurs. Ils étaient gris, petits, et manquaient d'éclat; maintenant, cependant, je crois que je les trouverais perçants; il était laid, mais sa figure exprimait la bonté. Après m'avoir regardée à loisir, il me dit :

« Qu'est-ce qui vous a rendue malade hier?

— Elle est tombée, dit Bessie, prenant de nouveau la parole.

— Encore comme un petit enfant. Ne sait-elle donc pas marcher à son âge? Elle doit avoir huit ou neuf ans!

— On m'a frappée, et voilà ce qui m'a fait tomber, m'écriai-je vivement, par un nouvel élan d'orgueil blessé; mais ce n'est pas là ce qui m'a rendue malade, » ajoutai-je pendant M. Loyd prenait une prise de tabac.

Au moment où il remettait sa tabatière dans la poche de son habit, une cloche se fit entendre pour annoncer le repas des domestiques.

« C'est pour vous, Bessie, dit le pharmacien en se tournant vers la bonne. Vous pouvez descendre, je vais lire quelque chose à Mlle Jane jusqu'au moment où vous reviendrez. »

Bessie eût préféré rester; mais elle fut obligée de sortir, parce qu'elle savait que l'exactitude était un devoir qu'on ne pouvait enfreindre au château de Gateshead.

« Si ce n'est pas la chute qui vous a rendue malade, qu'est-ce donc? continua M. Loyd, quand Bessie fut partie.

— On m'a enfermée seule dans la chambre rouge, et quand vient la nuit, elle est hantée par un revenant. »

2

Je vis M. Loyd sourire et froncer le sourcil.

« Un revenant? dit-il; eh bien, après tout, vous n'êtes qu'une enfant, puisque vous avez peur des ombres.

— Oui, continuai-je; je suis effrayée de l'ombre de M. Reed. Ni Bessie ni personne n'entre le soir dans cette chambre quand on peut faire autrement, et c'était cruel de m'enfermer seule, sans lumière; si cruel, que je ne crois pas pouvoir l'oublier jamais.

— Quelle folie! et c'est là ce qui vous a rendue si malheureuse? Avez-vous peur maintenant, au milieu du jour?

— Non, mais la nuit reviendra avant peu, et d'ailleurs je suis malheureuse pour d'autres raisons.

— Quelles autres raisons? Dites-m'en quelques-unes. »

Combien j'aurais désiré pouvoir répondre entièrement à cette question! mais combien c'était difficile pour moi! Les enfants sentent, mais n'analysent pas leurs sensations, et, s'ils parviennent à faire cette analyse dans leur pensée, ils ne peuvent pas la traduire par des paroles. Craignant cependant de perdre cette première et peut-être unique occasion d'adoucir ma tristesse en l'épanchant, je fis, après un instant de trouble, cette réponse courte, mais vraie.

« D'abord, je n'ai ni père, ni mère, ni frère, ni sœur.

— Mais vous avez une tante et des cousins qui sont bons pour vous. »

Je m'arrêtai encore un instant; puis je répondis simplement :

« C'est John Reed qui m'a frappée, et c'est ma tante qui m'a enfermée dans la chambre rouge. »

M. Loyd prit sa tabatière une seconde fois.

« Ne trouvez-vous pas le château de Gateshead bien beau? me demanda-t-il; n'êtes-vous pas bien reconnaissante de pouvoir demeurer dans une telle habitation?

— Ce n'est pas ma maison, monsieur, et Mlle Abbot dit que j'ai moins de droits ici qu'une servante.

— Bah! vous n'êtes pas assez simple pour avoir envie de quitter une si belle demeure?

— Si je pouvais aller ailleurs, je serais bien heureuse de la quitter; mais je ne le puis pas tant que je serai une enfant.

— Peut-être, qui sait? Avez-vous d'autres parents que Mme Reed?

— Je ne pense pas, monsieur.

— Aucun, du côté de votre père?

— Je ne sais pas; je l'ai demandé une fois à ma tante Reed: elle m'a dit que je pouvais avoir quelques pauvres parents du nom d'Eyre, mais qu'elle n'en savait rien.

— Si vous en aviez, aimeriez-vous à aller avec eux? »

Je réfléchis. La pauvreté semble douloureuse aux hommes, encore plus aux enfants. Ils ne se font pas idée de ce qu'est une pauvreté industrieuse, active et honorable ; le mot ne leur rappelle que des vêtements en lambeaux, le manque de nourriture, le foyer sans flammes, les rudes manières et les vices dégradants.

« Non, répondis-je, je ne voudrais pas appartenir à des pauvres.

— Pas même s'ils étaient bons pour vous? »

Je secouai la tête; je ne pouvais pas comprendre comment des pauvres auraient été bons ; et puis apprendre à parler comme eux, adopter leurs manières, ne point recevoir d'éducation, grandir comme ces malheureuses femmes que je voyais quelquefois nourrir leurs enfants ou laver leurs vêtements à la porte des fermes du village, non, je n'étais pas assez héroïque pour accepter l'abjection en échange de la liberté.

« Mais vos parents sont-ils donc si pauvres? Sont-ce des ouvriers ?

— Je ne puis le dire ; ma tante prétend que, si j'en ai, ils doivent appartenir à la race des mendiants, et je ne voudrais pas aller mendier.

— Aimeriez-vous à aller en pension ? »

Je réfléchis de nouveau. Je savais à peine ce qu'était une pension. Bessie m'en avait parlé comme d'une maison où les jeunes filles étaient assises sur des bancs de bois, devant une grande table, et où l'on exigeait d'elles de la douceur et de l'exactitude. John Reed détestait sa pension et raillait ses maîtres; mais les goûts de John ne pouvaient servir de règle aux miens. Si les détails que m'avait donnés Bessie, détails qui lui avaient été fournis par les jeunes filles d'une maison où elle avait servi avant de venir à Gateshead, étaient un peu effrayants, d'un autre côté, je trouvais bien de l'attrait dans les talents acquis par ces mêmes jeunes filles. Bessie me vantait les beaux paysages, les jolies fleurs exécutés par elles; puis elles savaient chanter des romances, jouer des pièces, traduire des livres français. En écoutant Bessie, mon esprit avait été frappé, et je sentais l'émulation s'éveiller en moi. D'ailleurs, la pension amènerait un complet changement de vie, remplirait une longue journée, m'éloignerait des habitants du château, serait enfin le commencement d'une nouvelle existence.

« Que j'aimerais à aller en pension ! répondis-je sans plus d'hésitation.

— Eh bien, eh bien! qui sait ce qui peut arriver? me dit M. Loyd en se levant. Il faudrait à cette enfant un changement d'air et d'entourage, ajouta-t-il, comme se parlant à lui-même, les nerfs ne sont pas en bon état. »

Bessie rentra. Au même moment on entendit la voiture de Mme Reed qui roulait dans la cour.

« Est-ce votre maîtresse, Bessie? demanda M. Loyd. Je voudrais bien lui parler avant de partir. »

Bessie l'invita à passer dans la salle à manger, et elle marcha devant lui pour lui montrer le chemin.

Dans l'entretien qui eut lieu entre lui et Mme Reed, je suppose, d'après ce qui se passa plus tard, que le pharmacien l'engagea à m'envoyer en pension. Cet avis fut sans doute adopté tout de suite; car le soir même Abbot et Bessie vinrent dans la chambre des enfants, et, me croyant endormie, se mirent à causer sur ce sujet.

« Madame, disait Abbot, est bien contente de se trouver débarrassée de cette ennuyeuse enfant, qui semble toujours vouloir surveiller tout le monde ou méditer quelque complot. »

Je crois qu'Abbot me considérait comme un Guy Faukes enfant.

Alors, pour la première fois, j'appris par la conversation d'Abbot et de Bessie que mon père avait été un pauvre ministre, ma mère l'avait épousé malgré ses amis, qui considéraient ce mariage comme au-dessous d'elle. Mon grand-père Reed, irrité de cette désobéissance, avait privé ma mère de sa dot.

Après un an de mariage, mon père fut attaqué du typhus. La contagion l'avait atteint pendant qu'il visitait les pauvres d'une grande ville manufacturière, où l'épidémie faisait de rapides progrès. Ma mère tomba malade en le soignant, et tous deux moururent à un mois d'intervalle.

Bessie, après avoir entendu ce récit, soupira et dit :

« Pauvre demoiselle Jane, elle est bien à plaindre!

— Oui, répondit Abbot; si c'était un bel enfant, on pourrait avoir pitié de son abandon; mais qui ferait attention à un semblable petit crapaud?

— C'est vrai, dit Bessie en hésitant; il est certain qu'une beauté comme Mlle Georgiana vous toucherait plus, si elle était dans la même position.

— Oui, s'écria l'ardente Mlle Abbot, je suis pour Mlle Georgiana, petite chérie avec ses yeux bleus, ses longues boucles et ses couleurs si fines, qu'on les dirait peintes. Bessie, j'ai envie de prendre un peu de lapin pour le souper.

— Moi aussi, avec quelques oignons grillés; venez, descendons. »

Et elles partirent.

CHAPITRE IV.

Depuis ma conversation avec M. Loyd et la conférence que je viens de rapporter entre Bessie et Mlle Abbot, j'espérais un prochain changement dans ma position; aussi combien étais-je impatiente d'une prompte guérison! Je désirais et j'attendais en silence; mais tout demeurait dans le même état. Les jours et les semaines s'écoulaient; j'avais recouvré ma santé habituelle : cependant, il n'était plus question du sujet qui m'intéressait tant, Mme Reed arrêtait quelquefois sur moi son regard sévère; mais elle m'adressait rarement la parole.

Depuis ma maladie, la ligne de séparation qui s'était faite entre ses enfants et moi devenait encore plus profonde. Je dormais à part dans un petit cabinet; je prenais mes repas seule; je passais tout mon temps dans la chambre des enfants, tandis que mes cousins se tenaient constamment dans le salon. Ma tante ne parlait jamais de m'envoyer en pension, et pourtant je sentais instinctivement qu'elle ne me souffrirait plus longtemps sous le même toit qu'elle; car alors, plus que jamais, chaque fois que son regard tombait sur moi, il exprimait une aversion profondément enracinée.

Eliza et Georgiana, obéissant évidemment aux ordres qui leur avaient été donnés, me parlaient aussi peu que possible. John me faisait des grimaces toutes les fois qu'il me rencontrait. Un jour, il essaya de me battre; mais je me retournai contre lui, poussée par ce même sentiment de colère profonde et de révolte désespérée qui une fois déjà s'était emparé de moi. Il crut prudent de renoncer à ses projets. Il s'éloigna de moi en me menaçant, et en criant que je lui avais cassé le nez. J'avais en effet frappé cette partie proéminente de son visage avec toute la force de mon poing; quand je le vis dompté, soit par le coup, soit par mon regard, je me sentis toute disposée à profiter de mes avantages; mais il avait déjà rejoint sa mère, et je l'entendis raconter, d'un ton pleureur, que cette méchante Jane s'était précipitée sur lui comme une chatte furieuse. Sa mère interrompit brusquement.

« Ne me parlez plus de cette enfant, John, lui dit-elle; je vous ai défendu de l'approcher; elle ne mérite pas qu'on prenne garde à ses actes; je ne désire voir ni vous ni vos sœurs jouer avec elle. »

J'étais appuyée sur la rampe de l'escalier, tout près de là. Je m'écriai subitement et sans penser à ce que je disais :

« C'est-à-dire qu'ils ne sont pas dignes de jouer avec moi. »

Mme Reed était une vigoureuse femme. En entendant cette étrange et audacieuse déclaration, elle monta rapidement l'escalier ; plus prompte qu'un vent impétueux, elle m'entraîna dans la chambre des enfants et me poussa près de mon lit, en me défendant de quitter cette place et de prononcer une seule parole pendant le reste du jour.

« Que dirait mon oncle Reed, s'il était là ? » demandai-je presque involontairement.

Je dis presque involontairement ; car ces paroles, ma langue les prononçait sans que pour ainsi dire mon esprit y eût consenti. Il y avait en moi une puissance qui parlait avant que je pusse m'y opposer.

« Comment ! » s'écria Mme Reed, respirant à peine. Ses yeux gris, ordinairement froids et immobiles, se troublèrent et prirent une expression de terreur ; elle lâcha mon bras, semblant douter si j'étais une enfant ou un esprit.

J'avais commencé, je ne pouvais plus m'arrêter.

« Mon oncle Reed est dans le ciel, continuai-je ; il voit ce que vous faites et ce que vous pensez, et mon père et ma mère aussi ; ils savent que vous m'enfermez tout le jour, et que vous souhaitez ma mort. »

Mme Reed se fut bientôt remise ; elle me secoua violemment, et, après m'avoir donné un soufflet, elle partit sans ajouter un seul mot.

Bessie y suppléa par un sermon d'une heure ; elle me prouva clairement que j'étais l'enfant la plus méchante et la plus abandonnée qui eût habité sous un toit. J'étais tentée de le croire, car je ne sentais que de mauvaises inspirations s'élever dans mon cœur.

Novembre, décembre et la moitié de janvier se passèrent. Noël et le nouvel an s'étaient célébrés à Gateshead avec la pompe ordinaire : des présents avaient été échangés, des dîners, des soirées donnés et reçus. J'étais naturellement exclue de ces plaisirs ; toute ma part de joie était d'assister chaque jour à la toilette d'Eliza et de Georgiana, de les voir descendre dans le salon avec leurs robes de mousseline légère, leurs ceintures roses leurs cheveux soigneusement bouclés. Puis j'épiais le passage du sommelier et du cocher ; j'écoutais le son du piano et de la harpe, le bruit des verres et des porcelaines, au moment où l'on apportait les rafraîchissements dans le salon. Quelquefois même, lorsque la porte s'ouvrait, le murmure interrompu de la conversation arrivait jusqu'à moi.

Quand j'étais fatiguée de cette occupation, je quittais l'escalier pour rentrer dans la chambre solitaire des enfants; quoique cette pièce fût un peu triste, je n'y étais pas malheureuse; je ne désirais pas descendre, car personne n'aurait fait attention à ma présence. Si Bessie s'était montrée bonne pour moi, j'aurais mieux aimé passer toutes mes soirées près d'elle que de rester des heures entières sous le regard sévère de Mme Reed, dans une pièce remplie de femmes élégantes.

Mais Bessie, aussitôt que ses jeunes maîtresses étaient habillées, avait l'habitude de se rendre dans les régions bruyantes de la cuisine ou de l'office, et elle emportait ordinairement la lumière avec elle; alors, jusqu'au moment où le feu s'éteignait, je m'asseyais près du foyer avec ma poupée sur mes genoux, jetant de temps en temps un long regard tout autour de moi, pour m'assurer qu'aucun fantôme n'avait pénétré dans cette chambre demi-obscure. Lorsque les cendres rouges commençaient à pâlir, je me déshabillais promptement, tirant de mon mieux sur les nœuds et sur les cordons, et j'allais chercher dans mon petit lit un abri contre le froid et l'obscurité. J'emportais ma poupée avec moi. On a toujours besoin d'aimer quelque chose, et ne trouvant aucun objet digne de mon affection, je m'efforçais de mettre ma joie à chérir cette image flétrie et aussi déguenillée qu'un épouvantail.

C'est à peine si je puis me rappeler maintenant avec quelle absurde sincérité j'aimais ce morceau de bois qui me paraissait vivant et capable de sentir; je ne pouvais pas m'endormir sans avoir enveloppé ma poupée dans mon peignoir, et quand elle était bien chaudement, je me trouvais plus heureuse, parce que je la croyais heureuse elle-même.

Les heures me semblaient bien longues jusqu'au départ des convives. J'écoutais toujours si je n'entendrais point dans l'escalier les pas de Bessie; elle venait quelquefois chercher son dé et ses oiseaux, ou m'apporter pour mon souper une talmouse ou quelque autre gâteau. Elle s'asseyait près de mon lit pendant que je mangeais, et, quand j'avais fini, elle ramenait mes couvertures sur moi, et me disait, en m'embrassant deux fois : « Bonne nuit, mademoiselle Jane. » Alors Bessie me semblait l'être le meilleur, le plus beau, le plus doux de la terre; je souhaitais du fond de mon cœur la voir toujours aussi bonne et aussi aimable. Je désirais qu'elle ne me grondât plus, qu'elle cessât de m'imposer des tâches impossibles.

Bessie devait être une fille capable. Elle faisait adroitement tout ce qu'elle entreprenait, et je crois qu'elle racontait d'une manière remarquable, car les histoires dont elle amusait mon enfance m'ont laissé une impression profonde. Elle était jolie, si mes souvenirs sont exacts ; c'était une jeune femme élancée, aux cheveux noirs, aux yeux foncés. Je me rappelle ses traits délicats, son teint blanc et transparent ; mais son caractère était vif et capricieux. Cependant, bien qu'elle fût indifférente aux grands principes de justice, je la préférais à tous les autres habitants de Gateshead.

On était au 15 du mois de janvier, l'horloge avait sonné neuf heures. Bessie était descendue déjeuner, mes cousines n'avaient pas encore été appelées par leur mère. Eliza mettait son chapeau et sa robe la plus chaude pour aller visiter son poulailler. C'était son occupation favorite ; mais ce qui lui plaisait plus encore, c'était de vendre ses œufs à la femme de charge et d'amasser l'argent qu'elle en recevait. Elle avait des dispositions pour le commerce et une tendance singulière à thésauriser ; car, non contente de trafiquer de ses œufs et de ses poulets, elle cherchait à tirer le plus d'argent possible de ses fleurs, de ses graines et de ses boutures. Le jardinier avait ordre d'acheter à la jeune fille tous les produits de son jardin qu'elle désirait vendre, et Eliza aurait vendu les cheveux de sa tête si elle avait pu en tirer bénéfice. Quant à son argent, elle l'avait d'abord caché dans des coins, après l'avoir enveloppé dans de vieux morceaux de papier ; mais quelques-unes de ces cachettes ayant été découvertes par la servante, Eliza craignit de perdre un jour tout son trésor, et elle consentit à le confier à sa mère en exigeant un intérêt de 50 ou 60 pour 100. Cet énorme intérêt, elle le touchait à chaque trimestre, et, pleine d'une anxieuse sollicitude, elle conservait dans un petit livre le compte de son argent.

Georgiana était assise devant une glace sur une chaise haute. Elle entremêlait ses cheveux de fleurs artificielles et de plumes fanées qu'elle avait trouvées dans une mansarde. Cependant je faisais mon lit, ayant reçu de Bessie l'ordre exprès de le finir avant son retour ; car Bessie m'employait souvent comme une servante subalterne, pour nettoyer la chambre et épousseter les meubles. Après avoir étendu la courte-pointe et plié mes vêtements de nuit, j'allai à la fenêtre ; quelques livres d'images et quelques jeux y avaient été oubliés. Je voulus les ranger, mais Georgiana m'ordonna durement de laisser ses affaires en repos. Me trouvant inoccupée, j'approchai mes lèvres des fleurs de glace qui obscurcissaient les carreaux, et bientôt je pus voir au dehors. Le sol avait été pétrifié par une rude gelée.

De la fenêtre on apercevait la loge du portier et l'allée par laquelle entraient les voitures; mon haleine avait, comme je l'ai dit, fait une place à mon regard sur le feuillage argenté qui rev... it les vitres, quand je vis les portes s'ouvrir. Une voiture entra. Je la regardai avec distraction se diriger vers la maison. Beaucoup de voitures venaient à Gateshead, mais les visiteurs qu'elles contenaient n'étaient jamais intéressants pour moi.

La calèche s'arrêta devant la porte; la sonnette fut tirée, et on introduisit le nouveau venu. Comme ces détails m'étaient indifférents, je reportai toute mon attention sur un petit rouge-gorge affamé, qui était venu chanter dans les branches dépouillées d'un cerisier placé devant le mur, au-dessous de la fenêtre. Il me restait encore du pain de mon déjeuner; j'en émiettai un morceau et je secouai l'espagnolette, voulant répandre les miettes sur le bord de la fenêtre, lorsque Bessie monta précipitamment l'escalier et arriva dans la chambre en criant :

« Mademoiselle Jane, retirez votre tablier. Que faites-vous là? avez-vous lavé votre figure et vos mains ce matin? »

Avant de répondre, je tirai une fois encore l'espagnolette, car je tenais à donner moi-même le pain au petit oiseau. Le châssis céda, je jetai une partie des miettes par terre et l'autre sur les branches de l'arbre; puis, refermant la fenêtre, je répondis tranquillement :

« Non, Bessie, je finis d'épousseter.

— Quelle petite fille désagréable et sans soin! Que faisiez-vous là? Vous êtes toute rouge comme une coupable. Pourquoi avez-vous ouvert la croisée? »

Je n'eus pas l'embarras de répondre, car Bessie semblait trop occupée pour écouter mes explications; elle m'emmena vers la table de toilette, prit du savon et de l'eau, et m'en frotta sans pitié la figure et les mains. Heureusement pour moi elle y mit peu de temps; ensuite elle lissa mes cheveux, me retira mon tablier, et me poussant sur l'escalier, m'ordonna de descendre bien vite dans la salle à manger, où j'étais attendue.

J'allais demander qui m'attendait et si ma tante se trouvait en bas; mais Bessie avait déjà disparu en fermant la porte de la chambre derrière elle.

Je descendis lentement. Depuis plus de trois mois je n'avais pas été appelée par Mme Reed. Renfermée pendant si longtemps dans la chambre du premier, le rez-de-chaussée était devenu pour moi une région imposante et dans laquelle il m'était pénible d'entrer. J'arrivai dans l'antichambre devant la porte de la salle à manger; là je m'arrêtai intimidée et tremblante; redoutant sans cesse des punitions injustes, j'étais devenue en peu de temps défiante et craintive. Je n'osais pas avancer; pendant une dizaine de minutes je demeurai dans une hésitation agitée. Tout à coup la sonnette retentit violemment: force me fut d'entrer.

«Qui donc peut m'attendre? me demandais-je intérieurement, pendant qu'avec mes deux mains je tournais le dur loquet qui résista quelques secondes à mes efforts. Qui vais-je trouver avec ma tante?»

Le loquet céda, la porte s'ouvrit; je m'avançai en saluant bien bas, et je regardai autour de moi. Quelque chose de sombre et de long, une sorte de colonne obscure, arrêta mes yeux. Je reconnus enfin une triste figure habillée de noir qui se tenait debout devant moi. La partie supérieure de ce personnage étrange ressemblait à un masque taillé, qu'on aurait planté sur une longue flèche en guise de tête.

Mme Reed occupait sa place ordinaire, près du feu. Elle me fit signe d'approcher; j'obéis, et regardant l'étranger immobile, elle me présenta à lui en disant:

« Voici la petite fille dont je vous ai parlé. »

Il tourna lentement la tête de mon côté, et, après m'avoir examinée d'un regard inquisiteur qui perçait à travers des cils noirs et épais, il demanda d'un ton solennel et d'une voix très-basse quel âge j'avais.

« Dix ans, répondit ma tante.

— Tant que cela?» reprit-il d'un air de doute.

Et il prolongea son examen quelques minutes encore; puis, s'adressant à moi, il me dit:

« Quel est votre nom, enfant?

— Jane Eyre, monsieur. »

En prononçant ces paroles, je le regardais: il me sembla grand, mais je me souviens qu'alors j'étais très-petite; ses traits me parurent grossièrement accentués, et je leur trouvais, ainsi qu'à toutes les autres lignes de sa personne, une expression dure et hypocrite.

« Eh bien! Jane Eyre, êtes-vous une bonne petite fille? »

Impossible de répondre affirmativement. Ceux qui m'entouraient pensaient le contraire; je demeurai silencieuse. Mme Reed parla pour moi, et secouant la tête d'une manière expressive, elle reprit rapidement:

« Moins nous parlerons sur ce sujet, mieux peut-être cela vaudra, monsieur Brockelhurst.

— En vérité, j'en suis fâché; il faut que je m'entretienne quelques instants avec elle. »

Et, renonçant à sa position perpendiculaire, il s'installa dans un fauteuil vis-à-vis Mme Reed.

« Venez ici, » me dit-il.

Il frappa légèrement du pied le tapis et m'ordonna de me placer devant lui. Sa figure me produisait un effet étrange, quand, me trouvant sur la même ligne que lui, je pus voir son grand nez et sa bouche garnie de dents énormes.

« Il n'y a rien de si triste que la vue d'un méchant enfant, reprit-il, surtout d'une méchante petite fille. Savez-vous où vont les réprouvés après leur mort? »

Ma réponse fut rapide et orthodoxe.

« En enfer, m'écriai-je.

— Et qu'est-ce que l'enfer? pouvez-vous me le dire?

— C'est un gouffre de flammes.

— Aimeriez-vous à être précipitée dans ce gouffre et à y brûler pendant l'éternité?

— Non, monsieur.

— Et que devez-vous donc faire pour éviter une telle destinée? »

Je réfléchis un moment, et cette fois il fut facile de m'attaquer sur ce que je répondis.

« Je dois me maintenir en bonne santé et ne pas mourir.

— Et que ferez-vous pour cela? des enfants plus jeunes que vous périssent journellement. Il y a encore bien peu de temps, j'ai enterré un petit enfant de cinq ans; mais il était bon, et son âme est allée au ciel; on ne pourrait en dire autant de vous, si vous étiez appelée dans un autre monde. »

Ne pouvant pas faire cesser ses doutes, je fixai mes yeux sur ses deux grands pieds, et je soupirai en souhaitant la fin de cet interrogatoire.

« J'espère que ce soupir vient du cœur, reprit M. Brockelhurst, et que vous vous repentez d'avoir toujours été un sujet de tristesse pour votre excellente bienfaitrice. »

Bienfaitrice! bienfaitrice! ils appellent tous Mme Reed ma bienfaitrice; s'il en est ainsi, une bienfaitrice est quelque chose de bien désagréable.

« Dites-vous vos prières matin et soir? continua mon interrogateur.

— Oui, monsieur.

— Lisez-vous la Bible?

— Quelquefois.

— Le faites-vous avec plaisir? aimez-vous cette lecture?

— J'aime les Révélations, le Livre de Daniel, la Genèse, Samuel, quelques passages de l'Exode, des Rois, des Chroniques, et j'aime aussi Job et Jonas.

— Et les Psaumes, j'espère que vous les aimez?

— Non, monsieur.

— Oh! quelle honte! J'ai un petit garçon plus jeune que vous, qui sait déjà six psaumes par cœur; et quand on lui demande ce qu'il préfère, manger un pain d'épice ou apprendre un verset, il vous répond: « J'aime mieux apprendre un verset, parce que « les anges chantent les psaumes, et que je veux être un petit « ange sur la terre; » et alors on lui donne deux pains d'épice, en récompense de sa piété d'enfant.

— Les Psaumes ne sont point intéressants, observai-je.

— C'est une preuve que vous avez un mauvais cœur. Il faut demander à Dieu de le changer, de vous en accorder un autre plus pur, de vous retirer ce cœur de pierre pour vous donner un cœur de chair. »

J'essayais de comprendre par quelle opération pourrait s'accomplir ce changement, lorsque Mme Reed m'ordonna de m'asseoir, et prenant elle-même le fil de la conversation :

« Je crois, monsieur Bockelhurst, dit-elle, vous avoir mentionné dans ma lettre, il y a trois semaines environ, que cette petite fille n'a pas le caractère et les dispositions que j'eusse voulu voir en elle. Si donc vous l'admettez dans l'école de Lowood, je demanderai que les chefs et les maîtresses aient l'œil sur elle; je les prierai surtout de se tenir en garde contre son plus grand défaut, je veux parler de sa tendance au mensonge. Je dis toutes ces choses devant vous, Jane, ajouta-t-elle, afin que vous n'essayiez pas de tromper M. Brockelhurst. »

J'étais tout naturellement portée à craindre et à détester Mme Reed, elle qui semblait sans cesse destinée à me blesser cruellement. Je n'étais jamais heureuse en sa présence; quels que fussent mes soins pour lui obéir et lui plaire, mes efforts étaient toujours repoussés, et je ne recevais en échange que des reproches semblables à celui que je viens de rapporter. Cette accusation qui m'était infligée devant un étranger me fut profondément douloureuse. Je voyais vaguement qu'elle venait de briser toutes mes espérances dans cette nouvelle vie où je devais entrer; je sentais confusément, et sans m'en rendre compte, qu'elle semait l'aversion et la malveillance sur le chemin que j'allais parcourir.

Je me voyais transformée aux yeux de M. Brockelhurst en

petite fille dissimulée; et que pouvais-je faire pour effacer cette injustice ?

« Rien, rien, » pensai-je en moi-même. Je m'efforçai de réprimer un sanglot et j'essuyai rapidement quelques larmes, preuves trop évidentes de mon angoisse.

« Le mensonge est un triste défaut chez un enfant, dit M. Brockelhurst, et celui qui aura trompé pendant sa vie trouvera la punition de ses fautes dans un gouffre de flammes et de soufre; mais elle sera surveillée; je parlerai d'elle à Mlle Temple et aux institutrices.

— Je voudrais, continua Mme Reed, que son éducation fût en rapport avec sa position, qu'on la rendît utile et humble. Quant aux vacances, je vous demanderai la permission de les lui laisser passer à Lowood.

— Vos projets sont pleins de sagesse, madame, reprit M. Brockelhurst; l'humilité est une vertu chrétienne, et elle est nécessaire surtout aux élèves de Lowood. Je demande sans cesse qu'on apporte un soin tout particulier à la leur inspirer. J'ai longtemps cherché les meilleurs moyens de mortifier en elles le sentiment mondain de l'orgueil, et l'autre jour j'ai eu une preuve de mon succès. Ma seconde fille est allée avec sa mère visiter l'école, et à son retour elle s'est écriée : « O mon père!
« combien tous ces enfants de Lowood semblent tranquilles et
« simples, avec leurs cheveux relevés derrière l'oreille, leurs
« longs tabliers, leurs petites poches cousues à l'extérieur
« de leurs robes ! Elles sont vêtues presque comme les en-
« fants des pauvres; et, ajouta-t-elle, elles regardaient ma
« robe et celle de maman comme si elles n'eussent jamais vu
« de soie. »

— Voilà une discipline que j'approuve entièrement, continua Mme Reed; j'aurais cherché dans toute l'Angleterre que je n'eusse rien trouvé de mieux pour le caractère de Jane. Mais, mon cher monsieur Brockelhurst, je demande de l'uniformité sur tous points.

— Certes, madame, c'est un des premiers devoirs chrétiens, et à Lowood nous l'avons observée dans tout : une nourriture et des vêtements simples, un bien-être que nous avons eu soin de ne pas exagérer, des habitudes dures et laborieuses : telle est la règle de cette maison.

— Très-bien, monsieur : alors je puis compter que cette enfant sera reçue à Lowood, qu'elle y sera élevée comme il convient à sa position, et en vue de ses devoirs à venir.

— Vous le pouvez, madame; elle sera placée dans cet asile de plantes choisies, et j'espère que l'inestimable privilége de son admission la rendra reconnaissante.

— Je l'enverrai aussitôt que possible, monsieur Brockelhurst; car j'ai bien hâte, je vous assure, d'être débarrassée d'une responsabilité qui devient aussi lourde.

— Sans doute, sans doute. Madame, ajouta-t-il, je me vois obligé de vous faire mes adieux. Je ne retournerai à mon château que dans une semaine ou deux; car mon bon ami, l'archidiacre, ne veut pas me permettre de le quitter avant ce temps-là; mais je ferai dire à Mlle Temple qu'elle a une nouvelle élève à attendre, et ainsi la réception de Mlle Jane n'éprouvera aucune difficulté. Adieu, madame.

— Adieu, monsieur; rappelez-moi au souvenir de Mme et de Mlle Brockelhurst.

— Je n'y manquerai pas, madame. Petite, dit-il en se tournant vers moi, voici un livre intitulé le *Guide de l'Enfance;* vous lirez les prières qui s'y trouvent; mais lisez surtout cette partie; vous y verrez racontée la mort soudaine et terrible de Martha G...., méchante petite fille qui, comme vous, avait pris l'habitude du mensonge. »

En disant ces mots, M. Brockelhurst me mit dans la main une brochure soigneusement recouverte d'un papier, et, après avoir fait demander sa voiture, il nous quitta.

Je restai seule avec Mme Reed. Quelques minutes se passèrent en silence. Elle cousait et je l'examinais.

Mme Reed pouvait avoir trente-six ou trente-sept ans : c'était une femme d'une constitution robuste, aux épaules carrées, aux membres vigoureux; elle n'était point lourde, bien que petite et forte; sa figure paraissait large, à cause du développement excessif de son menton. Elle avait le front bas, la bouche et le nez assez réguliers; ses yeux, sans bonté, brillaient sous des cils pâles; sa peau était noire et ses cheveux blonds. D'un tempérament fort et sain, elle ignorait la maladie; c'était une ménagère soigneuse et habile, qui surveillait aussi bien ses fermes que sa maison; ses enfants seuls se riaient quelquefois de son autorité; elle s'habillait avec goût, et sa tenue faisait toujours ressortir sa toilette.

Assise sur une chaise basse, non loin de son fauteuil, j'avais pu l'examiner et étudier tous les traits de son visage. Je tenais dans ma main ce livre qui racontait la mort subite d'une menteuse; mon attention s'y reporta, et ce fut comme un avertissement pour moi.

Ce qui venait de se passer, ce que Mme Reed avait dit à

M. Brockelhurst, toute leur conversation enfin était encore récente et douloureuse dans mon esprit; chaque mot m'avait frap -
pée comme un dard, et j'étais là, agitée par un vif ressentiment.

Mme Reed leva les yeux de son ouvrage, les fixa sur moi, et
ses doigts s'arrêtèrent.

« Sortez d'ici, retournez dans votre chambre, » me dit-elle.

Mon regard, ou je ne sais quelle autre chose, l'avait sans doute
blessée; car, bien qu'elle se contînt, son accent était très-irrité.
Je me levai et je me dirigeai vers la porte; mais je revins sur mes
pas, j'allai du côté de la fenêtre, puis au milieu de la chambre;
enfin je m'approchai d'elle.

Il fallait parler; j'avais été impitoyablement foulée aux pieds,
je sentais le besoin de me venger; mais comment? Quelles étaient
mes forces pour lutter contre une telle adversaire? Je fis appel à
tout ce qu'il y avait d'énergie en moi, et je la concentrai dans
ces seuls mots :

« Je ne suis pas dissimulée; si je l'étais, j'aurais dit que je
vous aimais; mais je déclare que je ne vous aime pas; je vous déteste plus que personne au monde, excepté toutefois John Reed.
Cette histoire d'une menteuse, vous pouvez la donner à votre
fille Georgiana, car c'est elle qui vous trompe, et non pas moi. »

Les doigts de Mme Reed étaient demeurés immobiles, ses yeux
de glace continuaient à me fixer froidement.

« Qu'avez-vous encore à me dire? » me demanda-t-elle d'un
ton qu'on aurait plutôt employé avec une femme qu'avec une
enfant.

Ce regard, cette voix, réveillèrent toutes mes antipathies.
Émue, aiguillonnée par une invincible irritation, je continuai :

« Je suis heureuse que vous ne soyez pas une de mes parentes,
je ne vous appellerai plus jamais ma tante; je ne viendrai jamais vous voir lorsque je serai grande, et quand quelqu'un me
demandera si je vous aime et comment vous me traitiez, je lui
dirai que votre souvenir seul me fait mal, et que vous avez été
cruelle pour moi.

— Comment oseriez-vous affirmer de semblables choses, Jane?

— Comment je l'oserai, madame Reed? Je l'oserai, parce que
c'est la vérité. Vous croyez que je ne sens pas et que je puis
vivre sans que personne m'aime, sans qu'on soit bon pour moi;
mais non, et vous n'avez pas eu pitié de moi; je me rappellerai
toujours avec quelle dureté vous m'avez repoussée dans la chambre rouge, quel regard vous m'avez jeté, alors que j'étais à l'agonie. Et pourtant, oppressée par la souffrance, je vous avais crié:
« Ma tante ayez pitié de moi ! » Et cette punition, vous me l'aviez

infligée parce que j'avais été frappée, jetée à terre par votre misérable fils. Je dirai l'exacte vérité à tous ceux qui me questionneront. On croit que vous êtes bonne; mais votre cœur est dur, et vous êtes dissimulée. »

Quand j'eus cessé de parler, le plus étrange sentiment de triomphe que j'aie jamais éprouvé s'était emparé de mon âme. Je crus qu'une chaîne invisible s'était brisée et que je venais de conquérir une liberté inespérée.

Je pouvais le croire en effet, car Mme Reed semblait effrayée; son ouvrage avait glissé de ses genoux, elle levait les mains, paraissait agitée, et à sa figure contractée on eût dit qu'elle allait pleurer.

« Jane, me dit-elle, vous vous trompez. Qu'avez-vous ? pourquoi tremblez-vous si fort ? Voulez-vous boire un peu d'eau ?

— Non, madame Reed.

— Souhaitez-vous quelque autre chose, Jane? Je vous assure que je désire être votre amie.

— Non; vous prétendiez tout à l'heure, devant M. Brockelhurst, que j'avais un mauvais caractère et que j'étais une menteuse; mais tout le monde saura votre conduite à Lowood.

— Jane, ce sont là des choses que vous ne comprenez pas; il faut bien corriger les enfants de leurs défauts.

— Le mensonge n'est pas mon défaut, m'écriai-je d'une voix sauvage.

— Avouez, Jane, que vous êtes en colère, et maintenant retournez dans votre chambre, ma chère enfant, et couchez-vous un peu.

— Je ne suis pas votre chère enfant, et ne puis pas me coucher. Envoyez-moi en pension aussitôt que vous le pourrez, madame Reed, car je déteste cette maison.

— Oh! oui, je t'y enverrai aussitôt que possible, » murmura Mme Reed en ramassant son ouvrage; puis elle quitta vivement la chambre.

On m'avait laissée seule, maîtresse du terrain; c'était ma plus rude bataille, ma première victoire : je restai un moment à la place où s'était assis M. Brockelhurst, jouissant de ma solitude conquise. D'abord je me souris à moi-même, et je sentis mon être se dilater; mais ce farouche plaisir cessa aussi vite que les battements accélérés de mon pouls : un enfant ne peut pas discuter avec ses supérieurs ainsi que je l'avais fait, il ne peut pas donner un libre cours à ses sentiments de rage, sans éprouver ensuite les douleurs du remords et la glace du repentir. Quand j'avais accusé et menacé Mme Reed, mon esprit flamboyait comme un tas de bruyères embrasées ; mais, de même que celles-ci, après avoir été enflammées, ne laissent plus que cendres, mon âme se trouva anéantie, lorsque, après une demi-heure de silence et de réflexion, je reconnus la folie de ma conduite, et la tristesse d'une position où j'étais haïe autant que je haïssais.

J'avais goûté la vengeance pour la première fois ; comme les vins épicés, elle me sembla agréable, chaude et vivifiante ; mais l'arrière-goût métallique et brûlant me laissa la sensation d'un empoisonnement. Alors je serais allée de bon cœur demander pardon à Mme Reed ; mais je savais par l'expérience et par l'instinct que je l'aurais ainsi rendue plus ennemie, et que j'aurais excité les violents entraînements de ma nature.

Le moins que je pusse montrer, c'était l'emportement dans mes paroles ; le moins que je pusse sentir, c'était une sombre indignation. Je pris un volume de contes arabes, en m'efforçant de lire ; mais je ne compris rien : ma pensée flottante ne pouvait se fixer sur moi-même, ni sur ces pages que j'avais trouvées jadis si séduisantes. J'ouvris la porte vitrée de la salle à manger : le bosquet était silencieux ; une gelée que n'avait brisée ni le soleil ni le vent, couvrait la terre. Je me servis de ma robe pour envelopper ma tête et mes bras, et j'allai me promener dans une partie du parc tout à fait séparée du reste.

Mais je ne trouvai plus aucun plaisir sous ces arbres silencieux, parmi ces pommes de pins, dernières dépouilles de l'automne dont le sol était couvert, au milieu de ces feuilles mortes amoncelées par le vent et roidies par les glaces ; je m'appuyai contre la grille, et je regardai un champ vide où les troupeaux ne paissaient plus, et où l'herbe avait été tondue par l'hiver et revêtue de blanc. C'était un jour bien sombre, un ciel bien obscur, tout chargé de neige. Par intervalles, des flocons de glace tombaient sans se fondre sur le sentier durci et dans le clos couvert de givre. J'étais triste et malheureuse, et je murmurais tout bas : « Que faire, que faire ? »

J'entendis tout à coup une voix claire me crier :

« Mademoiselle Jane, où êtes-vous ? venez déjeuner. »

C'était Bessie, je le savais, et je ne répondis rien ; mais bientôt le bruit léger de ses pas arriva jusqu'à moi. Elle traversait le sentier et se dirigeait de mon côté.

« Méchante petite fille, me dit-elle, pourquoi ne venez-vous pas quand on vous appelle ? »

La présence de Bessie me sembla encore plus douce que le

pensées dont j'étais accablée, bien que, selon son habitude, elle fût un peu de mauvaise humeur. Le fait est qu'après ma lutte avec Mme Reed et ma victoire sur elle, la colère passagère d'une servante me touchait peu, et j'étais prête à venir me réchauffer à la lumière de son jeune cœur.

Je jetai donc mes deux bras autour de son cou, en lui disant :
« Venez, Bessie, ne grondez plus. »

Je ne m'étais jamais montrée si ouverte, si peu craintive ; cette manière d'être plut à Bessie.

« Vous êtes une étrange enfant, mademoiselle Jane, me dit-elle en me regardant ; une petite créature vagabonde, aimant la solitude. Vous allez en pension, n'est-ce pas ? »

Je fis un signe affirmatif.

« Et n'êtes-vous pas triste de quitter la pauvre Bessie ?

— Que suis-je pour Bessie ? elle me gronde toujours.

— C'est qu'aussi vous vous montrez bizarre, timide, effarouchée. Si vous étiez un peu plus hardie....

— Oui, pour recevoir encore plus de coups.

— Sottise ! Mais du reste il est certain que vous n'êtes pas bien traitée ; ma mère, lorsqu'elle vint me voir la semaine dernière, me dit que pour rien au monde elle ne voudrait voir un de ses enfants à votre place. Mais venez, j'ai une bonne nouvelle pour vous.

— Je ne le pense pas, Bessie.

— Enfant, que voulez-vous dire ? Pourquoi fixer sur moi un regard si triste ? Eh bien ! vous saurez que monsieur, madame et mesdemoiselles sont allés prendre le thé chez une de leurs connaissances ; quant à vous, vous le prendrez avec moi ; je demanderai à la cuisinière de vous faire un petit gâteau, et ensuite vous m'aiderez à visiter vos tiroirs, parce qu'il faudra bientôt que je fasse votre malle. Madame veut que vous quittiez Gateshead dans un jour ou deux ; vous choisirez ceux de vos vêtements que vous voulez emporter.

— Bessie, dis-je, promettez-moi de ne plus me gronder jusqu'à mon départ.

— Eh bien, oui ; mais soyez une bonne fille et n'ayez pas peur de moi. Ne reculez pas quand je parle un peu haut, car c'est là ce qui m'irrite le plus.

— Je ne crois pas avoir jamais peur de vous maintenant, Bessie, parce que je suis habituée à vos manières ; mais j'aurai bientôt de nouvelles personnes à craindre.

— Si vous les craignez, elles vous détesteront.

— Comme vous, Bessie ?

— Je ne vous déteste pas, mademoiselle; je crois vous aimer encore plus que les autres.

— Vous ne me le montrez pas.

— Intraitable petite fille, voilà une nouvelle façon de parler; qui donc vous a rendue si hardie?

— Bientôt je serai loin de vous, Bessie, et d'ailleurs.... »

J'allais parler de ce qui s'était passé entre moi et Mme Reed; mais à la réflexion, je pensai qu'il valait mieux garder le silence sur ce sujet.

« Et alors vous êtes contente de me quitter?

— Non, Bessie, non, en vérité; et même dans ce moment je commence à en être un peu triste.

— Dans ce moment, et un peu! comme vous dites cela froidement, ma petite demoiselle! Je suis sûre que, si je vous demandais de m'embrasser, vous me refuseriez.

— Oh non, je veux vous embrasser, et ce sera un plaisir pour moi; baissez un peu votre tête. »

Bessie s'inclina, et nous nous embrassâmes; puis, étant tout à fait remise, je la suivis à la maison.

L'après-midi se passa dans la paix et l'harmonie. Le soir, Bessie me conta ses histoires les plus attrayantes et me chanta ses chants les plus doux. Même pour moi, la vie avait ses rayons de soleil.

CHAPITRE V.

On était au matin du 19 janvier; cinq heures venaient de sonner au moment où Bessie entra avec une chandelle dans mon petit cabinet. J'étais debout et presque entièrement habillée. Levée depuis une demi-heure, je m'étais lavé la figure, et j'avais mis mes vêtements à la pâle lumière de la lune, dont les rayons perçaient l'étroite fenêtre de mon réduit. Je devais quitter Gateshead ce jour même et prendre, à six heures, la voiture qui passait devant la loge du portier.

Bessie seule était levée; après avoir allumé le feu, elle commença à faire chauffer mon déjeuner. Les enfants mangent rarement lorsqu'ils sont excités par la pensée d'un voyage.

Quant à moi, je ne pus rien prendre. Ce fut en vain que Bessie me pria d'avaler une ou deux cuillerées de la soupe au lait qu'elle avait préparée. Elle chercha alors quelques biscuits et les fourra dans mon sac; puis, après m'avoir attaché mon manteau et mon chapeau, elle s'enveloppa dans un châle, et nous quittâmes ensemble la chambre des enfants. Quand je fus arrivée devant la chambre à coucher de Mme Reed, Bessie me demanda si je voulais dire adieu à sa maîtresse.

« Non, Bessie, répondis-je ; hier soir, lorsque vous étiez descendue pour le souper, elle s'est approchée de mon lit, et m'a déclaré que le lendemain matin je n'aurais besoin de déranger ni elle ni mes cousines ; elle m'a aussi dit de ne point oublier qu'elle avait toujours été ma meilleure amie ; elle m'a priée de parler d'elle, et de lui être reconnaissante pour ce qu'elle avait fait en ma faveur.

— Et qu'avez-vous répondu, mademoiselle?

— Rien ; j'ai caché ma figure sous mes couvertures. et je me suis tournée du côté de la muraille.

— C'était mal, mademoiselle Jane.

— Non, Bessie, c'était parfaitement juste. Votre maîtresse n'a jamais été mon amie. Bien loin de là, elle m'a toujours traitée en ennemie.

— Oh ! mademoiselle Jane, ne dites pas cela.

— Adieu au château de Gateshead, » m'écriai-je en passant sous la grande porte.

La lune avait disparu, et la nuit était obscure. Bessie portait une lanterne, dont la lumière venait éclairer les marches humides du perron, ainsi que les allées sablées qu'un récent dégel avait détrempées Cette matinée d'hiver était glaciale, mes dents claquaient. La loge du portier était éclairée; en y arrivant, nous y trouvâmes la femme qui allumait son feu. Le soir précédent, ma malle avait été descendue, ficelée et déposée à la porte. Il était six heures moins quelques minutes, et lorsque l'horloge eut sonné, un bruit de roues annonça l'arrivée de la voiture; je me dirigeai vers la porte, et je vis la lumière de la lanterne avancer rapidement à travers des espaces ténébreux.

« Part-elle seule? demanda la femme du portier.

— Oui.

— A quelle distance va-t-elle?

— A cinquante milles.

— C'est bien loin; je suis étonnée que Mme Reed ose la livrer à elle-même pendant une route aussi longue. »

Une voiture traînée par deux chevaux et dont l'impériale était couverte de voyageurs venait d'arriver et de s'arrêter devant la porte. Le postillon et le conducteur demandèrent que tout se fît rapidement; ma malle fut hissée; on m'arracha des bras de Bessie, tandis que j'étais suspendue à son cou.

« Ayez bien soin de l'enfant, cria-t-elle au conducteur, lorsque celui-ci me plaça dans l'intérieur.

— Oui, » répondit-il. La portière fut fermée, et j'entendis un voix qui criait : « Enlevez ! » Alors la voiture continua sa route.

C'est ainsi que je fus séparée de Bessie et du château de Gateshead; c'est ainsi que je fus emmenée vers des régions inconnues et que je croyais éloignées et mystérieuses.

Je ne me rappelle que peu de chose de mon voyage : le jour me parut d'une excessive longueur; il me semblait que nous franchissions des centaines de lieues. On traversa plusieurs villes, et dans l'une d'elles la voiture s'arrêta. Les chevaux furent changés et les voyageurs descendirent pour dîner. On me mena dans une auberge où le conducteur voulut me faire manger quelque chose; mais comme je n'avais pas faim, il me laissa dans une salle immense aux deux bouts de laquelle se trouvait une cheminée; un lustre était suspendu au milieu, et on apercevait une grande quantité d'instruments de musique dans une galerie placée au haut de la pièce.

Je me promenai longtemps dans cette salle, accablée d'étranges pensées. Je craignais que quelqu'un ne vînt m'enlever; car je croyais aux ravisseurs, leurs exploits ayant souvent figuré dans les chroniques de Bessie. Enfin mon protecteur revint et me replaça dans la voiture; après être monté sur le siége, il souffla dans sa corne, et nous nous mîmes à rouler sur la route pierreuse qui conduit à Lowood.

Le soir arrivait humide et chargé de brouillards; quand le jour eut cessé pour faire place au crépuscule, je compris que nous étions bien loin de Gateshead. Nous ne traversions plus de villes, le paysage était changé. De hautes montagnes grisâtres fermaient l'horizon; l'obscurité augmentait à mesure que nous descendions dans la vallée; tout autour de nous nous n'avions que des bois épais. Depuis longtemps la nuit avait entièrement voilé le paysage, et j'entendais encore dans les feuilles le murmure du vent.

Bercée par ces sons harmonieux, je m'endormis enfin. Je sommeillais depuis longtemps, lorsque la voiture s'arrêtant tout à coup, je m'éveillai. Devant moi se tenait une étrangère que je pris pour une domestique, car à la lueur de la lanterne je pus voir sa figure et ses vêtements.

« Y a-t-il ici une petite fille du nom de Jane Eyre ? demanda-t-elle.

— Oui, » répondis-je.

Aussitôt on me fit descendre. Ma malle fut remise à la servante, et la diligence repartit. Le bruit et les secousses de la voiture avaient engourdi mes membres et m'avaient étourdie. Je rassemblai toutes mes facultés pour regarder autour de moi. Le vent, la pluie et l'obscurité remplissaient l'espace. Je pus néanmoins distinguer un mur dans lequel était pratiquée une porte, ouverte pour le moment; mon nouveau guide me la fit traverser, puis, après l'avoir soigneusement fermée derrière elle elle tira le verrou.

J'avais alors devant moi une maison, ou, pour mieux dire, une série de maisons qui occupaient un terrain assez considérable; leurs façades étaient percées d'un grand nombre de fenêtres, dont quelques-unes seulement étaient éclairées. On me fit passer par un sentier large, sablonneux et humide, et au bout duquel se trouvait encore une porte. De là, nous entrâmes dans un corridor qui conduisait à une chambre à feu. La servante m'y laissa seule.

Je demeurai debout devant le foyer, m'efforçant de réchauffer mes doigts glacés; puis je promenai mon regard autour de moi : il n'y avait pas de lumière, mais la flamme incertaine du foyer me montrait par intervalles un mur recouvert d'une tenture, des tapis, des rideaux et des meubles d'un acajou brillant.

J'étais dans un salon, non pas aussi élégant que celui de Gateshead, mais qui pourtant me parut très-confortable. Je m'efforçais de comprendre le sujet d'une des peintures suspendues au mur, lorsque quelqu'un entra avec une lumière; derrière, se tenait une seconde personne.

La première était une femme d'une taille élevée. Ses cheveux et ses yeux étaient noirs; son front, élevé et pâle. Bien qu'à moitié cachée dans un châle, son port me sembla noble et sa contenance grave.

« Cette enfant est bien jeune pour être envoyée seule, » dit-elle, en posant la bougie sur la table.

Elle m'examina attentivement pendant une minute ou deux, puis elle ajouta :

« Il faudra la coucher tout de suite; elle a l'air fatiguée. Êtes-vous lasse, mon enfant? me dit-elle en mettant sa main sur mon épaule.

— Un peu, madame.

— Et vous avez faim, sans doute? Avant de l'envoyer au lit, faites-lui donner à manger, mademoiselle Miller. Est-ce la première fois que vous quittez vos parents pour venir en pension, mon enfant? »

Je lui répondis que je n'avais point de parents ; elle me demanda depuis quand ils étaient morts, quels étaient mon âge et mon nom, si je savais lire, écrire et coudre ; ensuite elle me caressa doucement la joue, en me disant : « J'espère que vous serez une bonne enfant ; » puis elle me remit entre les mains de Mlle Miller.

La jeune dame que je venais de quitter pouvait avoir vingt-neuf ans ; celle qui m'accompagnait paraissait de quelques années plus jeune. La première m'avait frappée par son aspect, sa voix et son regard. Mlle Miller se faisait moins remarquer ; elle avait un teint couperosé et une figure fatiguée ; sa démarche et ses mouvements précipités annonçaient une personne qui doit faire face à beaucoup de devoirs ; elle avait l'air d'une sous-maîtresse, et j'appris qu'en effet c'était son rôle à Lowood. Ell me conduisit de pièce en pièce, de corridor en corridor, à tra vers une maison grande et irrégulièrement bâtie. Un silenc absolu, qui m'effrayait un peu, régnait dans cette partie que nous venions de traverser. Un murmure de voix lui succéda bientôt. Nous entrâmes dans une salle immense. A chaque bout se dressaient deux tables éclairées chacune par deux chandelles. Autour étaient assises sur des bancs des jeunes filles dont l'âge variait depuis dix jusqu'à vingt ans. Elles me semblèrent innombrables, quoiqu'en réalité elles ne fussent pas plus de quatre-vingts. Elles portaient toutes le même costume : des robes en étoffe brune et d'une forme étrange ; et par-dessus la robe de longs tabliers de toile. C'était l'heure de l'étude ; elles repassaient leurs leçons du lendemain, et de là provenait le murmure que j'avais entendu. Mlle Miller me fit signe de m'asseoir sur un banc près de la porte ; puis, se dirigeant vers le bout de cette longue chambre, elle s'écria :

« Monitrices, réunissez les livres de leçons et retirez-les. »

Quatre grandes filles se levèrent des différentes tables, prirent les livres et les mirent de côté.

Mlle Miller s'écria de nouveau :

« Monitrices, allez chercher le souper. »

Les quatre jeunes filles sortirent et revinrent au bout de quelques instants, portant chacune un plateau sur lequel un gâteau. que je ne reconnus pas d'abord, avait été placé et coupé par morceaux Au milieu, je vis un gobelet et un vase plein d'eau. Les parts furent distribuées aux élèves, et celles qui avaient soif prirent un peu d'eau dans le gobelet qui servait à toutes. Quand arriva mon tour, je bus, car j'étais très-altérée, mais je ne pus rien manger ; l'excitation et la fatigue du voyage m'avaient retiré l'appétit. Lorsque le plateau passa devant moi , je pus voir que le souper se composait d'un gâteau d'avoine coupé en tranches.

Le repas achevé, Mlle Miller lut la prière, et les jeunes filles montèrent l'escalier deux par deux. Épuisée par la fatigue, je fis peu d'attention au dortoir; cependant il me parut très-long, comme la salle d'étude.

Cette nuit-là, je devais coucher avec Mlle Miller; elle m'aida à me déshabiller. Une fois étendue, je jetai un regard sur ces interminables rangées de lits, dont chacun fut bientôt occupé par deux élèves. Au bout de dix minutes, l'unique lumière qui nous éclairait fut éteinte, et je m'endormis au milieu d'une obscurité et d'un silence complets.

La nuit se passa rapidement; j'étais trop fatiguée même pour rêver; je ne m'éveillai qu'une fois, et j'entendis le vent mugir en tourbillons furieux et la pluie tomber par torrents. Alors seulement je m'aperçus que Mlle Miller avait pris place à mes côtés. Quand mes yeux se rouvrirent, on sonnait une cloche ; toutes les jeunes filles étaient debout et s'habillaient. Le jour n'avait pas encore commencé à poindre, et une ou deux lumières brillaient dans la chambre. Je me levai à contre-cœur, car le froid était vif , et tout en grelottant je m'habillai de mon mieux. Aussitôt qu'un des bassins fut libre, je me lavai; mais il fallut attendre longtemps , car chacun d'eux servait à six élèves. Une fois la toilette finie, la cloche retentit de nouveau. Toutes les élèves se placèrent en rang, deux par deux, descendirent l'escalier et entrèrent dans une salle d'étude à peine éclairée.

Les prières furent lues par Mlle Miller, qui, après les avoir achevées, s'écria :

« Formez les classes! »

Il en résulta quelques minutes de bruit. Mlle Miller ne cessait de répéter : «Ordre et silence.» Quand tout fut redevenu calme, je m'aperçus que les élèves s'étaient séparées en quatre groupes. Chacun de ces groupes se tenait debout devant une chaise placée près d'une table. Toutes les élèves avaient un volume à la main, et un grand livre, que je pris pour une Bible, était placé devant le siége vacant. Il y eut une pause de quelques secondes, pendant lesquelles j'entendis le vague murmure qu'occasionne toujours la réunion d'un grand nombre de personnes. Mlle Miller alla de classe en classe pour étouffer ce bruit sourd, qui se prolongeait indéfiniment.

Le son d'une cloche lointaine venait de frapper nos oreilles, lorsque trois dames entrèrent dans la chambre. Chacune d'elles s'assit devant une des tables. Mlle Miller se plaça à la quatrième chaise, celle qui était le plus près de la porte, et autour de laquelle on n'apercevait que de très-jeunes enfants. On m'ordonna de prendre place dans la petite classe, et on me relégua tout au bout du banc.

Le travail commença; on récita les leçons du jour, ainsi que quelques textes de l'Écriture sainte. Vint ensuite une longue lecture dans la Bible; cette lecture dura environ une heure. Lorsque tous ces exercices furent terminés, il faisait grand jour. La cloche infatigable sonna pour la quatrième fois. Les élèves se séparèrent de nouveau et se dirigèrent vers le réfectoire. J'étais bien aise de pouvoir manger un peu. J'avais pris si peu de chose la veille, que j'étais à demi évanouie d'inanition.

Le réfectoire était une grande salle basse et sombre. Sur deux longues tables fumaient des bassins qui n'étaient pas propres malheureusement à exciter l'appétit. Il y eut un mouvement général de mécontentement lorsque l'odeur de ce plat, destiné à leur déjeuner, arriva jusqu'aux jeunes filles. La grande classe, qui marchait en avant, murmura ces mots :

« C'est répugnant, le potage est encore brûlé.

— Silence !» cria une voix; ce n'était pas Mlle Miller qui avait parlé, mais la maîtresse d'une classe supérieure, petite femme bien vêtue, mais dont l'ensemble avait quelque chose de maussade.

Elle se plaça au bout de la première table, tandis qu'une autre dame, dont l'extérieur était plus aimable, présidait à la seconde; Mlle Miller surveillait la table à laquelle j'étais assise ; enfin une femme d'un certain âge, et qui avait l'air d'une étrangère, vint se placer à une quatrième table, vis-à-vis de Mlle Miller. J'appris plus tard que c'était la maîtresse de français. On récita une longue prière et on chanta un cantique ; une bonne apporta du thé pour les maîtresses, et les préparatifs achevés, le repas commença.

J'avalai quelques cuillerées de mon bouillon, sans penser au goût qu'il pouvait avoir; mais quand ma faim fut un peu apaisée, je m'aperçus que je mangeais une soupe détestable. Chacune remuait lentement sa cuiller, goûtait sa soupe, essayait de l'avaler, puis renonçait à des efforts reconnus inutiles. Le déjeuner finit sans que personne eût mangé; on rendit grâce de ce qu'on n'avait pas reçu, et l'on chanta un second cantique.

De la salle à manger on passa dans la salle d'étude; je sortis parmi les dernières, et je vis une maîtresse goûter au bouillon; elle regarda les autres; toutes semblaient mécontentes; l'une d'elles murmura tout bas :

« L'abominable cuisine ! c'est honteux ! »

On ne se remit au travail qu'au bout d'un quart d'heure. Pendant ce temps il était permis de parler haut et librement; toutes profitaient du privilége. La conversation roula sur le déjeuner, et chacune des élèves déclara qu'il n'était pas mangeable. Pauvres créatures ! c'était leur seule consolation. Il n'y avait d'autre maîtresse dans la chambre que Mlle Miller. De grandes jeunes filles l'entouraient et parlaient d'un air sérieux et triste. J'entendis prononcer le nom de Mme Brockelhurst. Mlle Miller secoua la tête, comme si elle désapprouvait ce qui était dit, mais elle ne parut pas faire de grands efforts pour calmer l'irritation générale; elle la partageait sans doute.

L'horloge sonna neuf heures. Mlle Miller se plaça au centre de la chambre, et s'écria :

« Silence ! à vos places ! »

L'ordre se rétablit; au bout de dix minutes la confusion avait cessé, et toutes ces voix bruyantes étaient rentrées dans le silence. Les maîtresses avaient repris leur poste; l'école entière semblait dans l'attente.

Les quatre-vingts enfants étaient rangés immobiles sur des bancs tout autour de la chambre. Réunion curieuse à voir : toutes avaient les cheveux lissés sur le front et passés derrière l'oreille; pas une boucle n'encadrait leurs visages; leurs robes étaient brunes et montantes; le seul ornement qui leur fût permis était une collerette. Sur le devant de leurs robes, on avait cousu une poche qui leur servait de sac à ouvrage, et ressemblait un peu aux bourses des Highlanders; elles portaient des bas de laine, de gros souliers de paysannes, dont les cordons étaient retenus par une simple boucle de cuivre. Une vingtaine d'entre elles étaient des jeunes filles arrivées à tout leur développement, ou plutôt même de jeunes femmes; ce costume leur allait mal et leur donnait un aspect bizarre, quelle que fût d'ailleurs leur beauté. Je les regardais et j'examinais aussi de temps en temps les maîtresses. Aucune d'elles ne me plaisait précisément : la grande avait l'air dur, la petite semblait irritable, la Française était brusque et grotesque. Quant à Mlle Miller, pauvre créature, elle était d'un rouge pourpre, et paraissait accablée de préoccupations; pendant que mes yeux allaient de l'une à l'autre, toute l'école se leva simultanément et comme par une même impulsion.

De quoi s'agissait-il ? je n'avais entendu donner aucun ordre ; quelqu'un pourtant m'avait poussé le bras ; mais, avant que j'eusse eu le temps de comprendre, la classe s'était rassise.

Tous les yeux s'étant tournés vers un même point, les miens suivirent cette direction, et j'aperçus dans la salle la personne qui m'avait reçue la veille. Elle était au fond de la longue pièce, près du feu ; car il y avait un foyer à chaque bout de la chambre. Elle examina gravement et en silence la double rangée de jeunes filles. Mlle Miller s'approcha d'elle, lui fit une question, et après avoir reçu la réponse demandée, elle retourna à sa place et dit à haute voix :

« Monitrice de la première classe, apportez les sphères. »

Pendant que l'ordre était exécuté, l'inconnue se promena lentement dans la chambre ; je ne sais si j'ai en moi un instinct de vénération, mais je me rappelle encore le respect admirateur avec lequel mes yeux suivaient ses pas. Vue en plein jour, elle m'apparut belle, grande et bien faite ; dans ses yeux bruns brillait une vive bienveillance ; ses sourcils longs et bien dessinés relevaient la blancheur de son front. Ses cheveux, d'une teinte foncée, s'étageaient en petites boucles sur chacune de ses tempes. On ne portait alors ni bandeaux ni longues frisures. Sa robe était d'après la mode de cette époque, couleur de pourpre et garnie d'un ornement espagnol en velours noir, et à sa ceinture brillait une montre d'or, bijou plus rare alors qu'aujourd'hui. Que le lecteur se représente, pour compléter ce portrait, des traits fins, un teint pâle, mais clair, un port noble, et il aura, aussi complétement que peuvent l'exprimer des mots, l'image de Mlle Temple, de Marie Temple, ainsi que je l'appris plus tard, en voyant son nom écrit sur un livre de prières qu'elle m'avait confié pour le porter a l'église.

La directrice de Lowood, car c'était elle, s'assit devant la table où avaient été placées les sphères ; elle réunit la première classe autour d'elle, et commença une leçon de géographie ; les classes inférieures furent appelées par les autres maîtresses, et pendant une heure on continua les répétitions de grammaire et d'histoire puis vinrent l'écriture et l'arithmétique.

Le cours de musique fut fait par Mlle Temple à quelques-unes des plus âgées. L'horloge avertissait lorsque l'heure fixée pour chaque leçon s'était écoulée. A moment où elle sonna midi, la directrice se leva.

« J'ai un mot à adresser aux élèves de Lowood, » dit-elle

Le murmure qui suivait chaque leçon avait déjà commencé à se faire entendre; mais à la voix de Mlle Temple, il cessa immédiatement. Elle continua :

« Vous avez eu ce matin un déjeuner que vous n'avez pu manger; vous devez avoir faim, j'ai donné ordre de vous servir une collation de pain et de fromage. »

Les maîtresses se regardèrent avec surprise.

« Je prends sur moi la responsabilité de cet acte, » ajouta-t-elle, comme pour expliquer sa conduite; puis elle quitta la salle d'étude.

Le pain et le fromage furent apportés et distribués, au grand contentement de toute l'école; on donna ensuite ordre de se rendre au jardin. Chacune mit un grossier chapeau de paille, retenu par des brides de calicot teint, et s'enveloppa d'un manteau de drap gris; je fus habillée comme les autres, et en suivant le flot j'arrivai en plein air.

Le jardin était un vaste terrain, entouré de murs assez hauts pour éloigner tout regard indiscret; d'un des côtés se trouvait une galerie couverte. Le milieu, entouré de larges allées, était partagé en petits massifs. Toutes les élèves recevaient en entrant un de ces petits massifs pour le cultiver, de sorte que chaque carré avait son propriétaire. En été, lorsque la terre était couverte de fleurs, ces petits jardins devaient être charmants à voir; mais à la fin de janvier, tout était gelé, pâle et triste. Je frissonnai et je regardai autour de moi.

Le jour n'était pas propice aux exercices du dehors; non pas qu'il fût précisément pluvieux, mais il était assombri par un brouillard épais, qui commençait à se résoudre en une pluie fine. Les orages de la veille avaient maintenu la terre humide. Les plus fortes des jeunes filles couraient de côté et d'autre et se livraient à des exercices violents; quelques-unes, pâles et maigres, allaient chercher un abri et de la chaleur sous la galerie; on entendait souvent une toux creuse sortir de leurs poitrines.

Je n'avais encore parlé à personne, et personne ne semblait faire attention à moi; j'étais seule, mais l'isolement ne me pesait pas; j'y étais habituée. Je m'appuyai contre une des colonnes de la galerie, ramenant sur ma poitrine mon manteau de drap; je tâchai d'oublier le froid qui m'assaillait au dehors et la faim qui me rongeait au dedans. Tout mon temps fut employé à examiner et à penser; mais mes réflexions étaient trop vagues et trop entrecoupées pour pouvoir être rapportées. Je savais à peine où j'étais; Gateshead et ma vie passée flottaient

derrière moi à une distance qui me semblait incommensurable.
Le présent était confus et étrange, et je ne pouvais former aucune conjecture sur l'avenir.

Je me mis à regarder le jardin, qui rappelait singulièrement
celui d'un cloître ; puis mes yeux se reportèrent sur la maison,
dont une partie était grise et vieille, tandis que l'autre paraissait
entièrement neuve.

La nouvelle partie, qui contenait la salle d'étude et les dortoirs, était éclairée par des fenêtres rondes et grillées, ce qui lui
donnait l'aspect d'une église. Une large pierre, placée au-dessus
de l'entrée, portait cette inscription :

*Institution de Lowood : cette partie a été bâtie par Naomi
Brockelhurst, du château de Brockelhurst, en ce comté.*

*Que votre lumière brille devant les hommes, afin qu'ils puissent
voir vos bonnes œuvres et glorifier votre Père qui est dans le ciel.*
(Saint Matth., v. 16.)

Après avoir lu et relu ces mots, je compris qu'ils deman-
daient une explication, et que seule je ne pourrais pas en saisir
entièrement le sens. Je réfléchissais à ce que voulait dire institution, et je m'efforçais de trouver le rapport qu'il pouvait y
avoir entre la première partie de l'inscription et le verset de la
Bible, lorsque le son d'une toux creuse me fit tourner la tête.

J'aperçus une jeune fille assise près de moi sur un banc de
pierre ; elle tenait un livre qui semblait l'absorber tout entière ;
d'où j'étais, je pus lire le titre : c'était *Rasselas* ; ce nom me
frappa par son étrangeté, et d'avance je supposai que le volume
devait être intéressant. En retournant une page, la jeune fille
leva les yeux, j'en profitai pour lui parler.

« Votre livre est-il amusant ? » demandai-je.

J'avais déjà formé le projet de le lui emprunter un jour à
venir.

« Je l'aime, me répondit-elle après une courte pause qui lui
permit de m'examiner.

— De quoi y parle-t-on ? » continuai-je.

Je ne pouvais comprendre comment j'avais la hardiesse de
lier ainsi conversation avec une étrangère ; cette avance était
contraire à ma nature et à mes habitudes. L'occupation dans
laquelle je l'avais trouvée plongée avait sans doute touché dans
mon cœur quelque corde sympathique ; moi aussi, j'aimais lire
des choses frivoles et enfantines, il est vrai ; car je n'étais pas
à même de comprendre les livres solides et sérieux.

« Vous pouvez le regarder, » me dit l'inconnue en m'offrant
le livre.

Je fus convaincue par un rapide examen que le contenu était moins intéressant que le titre. *Rasselas* me sembla un livre ennuyeux, à moi qui n'aimais que les enfantillages. Je n'y vis ni fées ni génies; je le rendis donc à sa propriétaire. Elle le reçut tranquillement et sans me rien dire; elle allait même recommencer son attentive lecture, lorsque je l'interrompis de nouveau.

« Pouvez-vous me dire, demandai-je, ce que signifie l'inscription gravée sur cette pierre? Qu'est-ce que l'institution de Lowood?

— C'est la maison où vous êtes venue demeurer.

— Pourquoi l'appelle-t-on institution? Est-elle différente des autres écoles?

— C'est en partie une école de charité; vous et moi et toutes les autres élèves sommes des enfants de charité; vous devez être orpheline? Votre père et votre mère ne sont-ils pas morts?

— Tous deux sont morts à une époque dont je ne puis me souvenir.

— Eh bien, toutes les enfants que vous verrez ici ont perdu au moins un de leurs parents, et voilà la raison qui a fait donner à cette école le nom d'institution pour l'éducation des orphelines.

— Payons-nous, ou bien nous élève-t-on gratuitement?

— Nous ou nos amis payons 15 livres sterling par an.

— Alors pourquoi nous appelle-t-on des enfants de charité?

— Parce que la somme de 15 livres sterling n'étant pas suffisante pour faire face aux dépenses de notre entretien et de notre éducation, ce qui manque est fourni par une souscription.

— Quels sont les souscripteurs?

— Des personnes charitables demeurant dans les environs, ou bien même habitant Londres.

— Et quelle est cette Naomi Brockelhurst?

— C'est la dame qui a bâti la nouvelle partie de cette maison, ainsi que l'indique l'inscription. Son fils a maintenant la direction générale de l'école.

— Pourquoi?

— Parce qu'il est trésorier et chef de l'établissement.

— Alors la maison n'appartient pas à cette dame qui a une montre d'or, et qui nous a fait donner du pain et du fromage?

— A Mlle Temple? oh non! Je souhaiterais bien qu'elle lui appartînt, mais elle doit compte à M. Brockelhurst de tous ses actes. C'est lui qui achète notre nourriture et nos vêtements.

— Demeure-t-il ici?

— Non; il habite un château qui est éloigné de Lowood d'une demi-lieue.

— Est-il bon ?

— C'est un pasteur, et on prétend qu'il fait beaucoup de bien.

— N'avez-vous pas dit que cette grande dame s'appelait Mlle Temple ?

— Oui.

— Et comment s'appellent les autres maîtresses ?

— Celle que vous voyez là et dont le visage est rouge, c'est Mlle Smith. Elle taille et surveille notre couture; car nous faisons nous-mêmes nos robes, nos manteaux et tous nos vêtements. La petite, qui a des cheveux noirs, c'est Mlle Scatcherd. Elle donne les leçons d'histoire, de grammaire, et fait les répétitions de la seconde classe. Enfin, celle qui est enveloppée dans un châle et porte son mouchoir attaché à son côté, avec un ruban jaune, c'est Mme Pierrot; elle vient de Lille, et enseigne le français.

— Aimez-vous les maîtresses ?

— Assez.

— Aimez-vous la petite qui a des cheveux noirs, et madame.... je ne puis pas prononcer son nom comme vous.

— Mlle Scatcherd est vive, il faudra faire bien attention à ne pas la blesser. Mme Pierrot est une assez bonne personne.

— Mais Mlle Temple est la meilleure, n'est-ce pas ?

— Oh ! Mlle Temple est très-bonne; elle sait beaucoup; elle est supérieure aux autres maîtresses, parce qu'elle est plus instruite qu'elles toutes.

— Y a-t-il longtemps que vous demeurez à Lowood ?

— Deux ans.

— Êtes-vous orpheline ?

— Ma mère est morte.

— Êtes-vous heureuse ici ?

— Vous me faites trop de questions; nous avons assez causé pour aujourd'hui, et je désirerais lire un peu. »

Mais, à ce moment, la cloche ayant sonné pour annoncer le dîner, tout le monde rentra.

Le parfum qui remplissait la salle à manger était à peine plus appétissant que celui du déjeuner. Le repas fut servi dans deux grands plats d'étain, d'où sortait une épaisse fumée, répandant l'odeur de graisse rance. Le dîner se composait de pommes de terre sans goût et de viande qui en avait trop, le tout cuit ensemble. Chaque élève reçut une portion assez abondante; je mangeai ce que je pus, tout en me demandant si je ferais tous les jours aussi maigre chère.

Après le dîner, nous passâmes dans la salle d'étude; les leçons recommencèrent et se prolongèrent jusqu'à cinq heures. Il n'y eut dans l'après-midi qu'un seul événement de quelque importance. La jeune fille avec laquelle j'avais causé sous la galerie fut renvoyée d'une leçon d'histoire par Mlle Scatcherd, sans que je pusse en savoir la cause. On lui ordonna d'aller se placer au milieu de la salle d'étude. Cette punition me sembla bien humiliante, surtout à son âge; elle semblait avoir de treize à quatorze ans; je m'attendais à lui voir donner des signes de souffrance et de honte; mais, à ma grande surprise, elle ne pleura ni ne rougit; calme et grave, elle resta là, en butte à tous les regards. « Comment peut-elle supporter ceci avec tant de tranquillité et de fermeté? pensai-je; si j'étais à sa place, je souhaiterais de voir la terre m'engloutir. »

Mais elle semblait porter sa pensée au delà de son châtiment et de sa triste position. Elle ne paraissait point préoccupée de ce qui l'entourait. J'avais entendu parler de personnes qui rêvaient éveillées; je me demandais s'il n'en était pas ainsi pour elle : ses yeux étaient fixés sur la terre, mais ils ne la voyaient pas; son regard semblait plonger dans son propre cœur.

« Elle pense au passé, me dis-je, mais certes le présent n'est rien pour elle. »

Cette jeune fille était une énigme pour moi; je ne savais si elle était bonne ou mauvaise.

Lorsque cinq heures furent sonnées, on nous servit un nouveau repas, consistant en une tasse de café et un morceau de pain noir; je bus mon café et je dévorai mon pain; mais j'en aurais désiré davantage, j'avais encore faim. Vint ensuite une demi-heure de récréation, puis de nouveau l'étude; enfin, le verre d'eau, le morceau de gâteau d'avoine, la prière, et tout le monde alla se coucher.

C'est ainsi que se passa mon premier jour à Lowood.

CHAPITRE VI.

Le jour suivant commença de la même manière que le premier; on se leva et on s'habilla à la lumière; mais ce matin-là nous fûmes dispensés de la cérémonie du lavage, car l'eau était

gelée dans les bassins. La veille au soir il y avait eu un changement de température; un vent du nord-est, soufflant toute la
nuit à travers les crevasses de nos fenêtres, nous avait fait
frissonner dans nos lits et avait glacé l'eau.

Avant que l'heure et demie destinée à la prière et à la lecture
de la Bible fût écoulée, je me sentis presque morte de froid. Le
déjeuner arriva enfin. Ma part me sembla bien petite, et j'en
aurais volontiers accepté le double. Ce jour-là, je fus enrôlée
dans la quatrième classe, et on me donna des devoirs à faire.
Jusque-là je n'avais été que spectatrice à Lowood; j'allais devenir actrice. Comme j'étais peu habituée à apprendre par cœur,
les leçons me semblèrent d'abord longues et difficiles; le passage continuel d'une étude à l'autre m'embrouillait : aussi ce fut
une vraie joie pour moi lorsque, vers trois heures de l'après-
midi, Mlle Smith me remit avec une bande de mousseline, longue
de deux mètres, un dé et des aiguilles. Elle m'envoya dans un
coin de la chambre, et m'ordonna d'ourler cette bande. Presque
tout le monde cousait à cette heure, excepté toutefois quelques
élèves qui lisaient tout haut, groupées autour de la chaise de
Mlle Scatcherd. La classe était silencieuse, de sorte qu'il était
facile d'entendre le sujet de la leçon, de remarquer la manière
dont chaque enfant s'en tirait, et d'écouter les reproches ou les
louanges adressées par la maîtresse.

On lisait l'histoire d'Angleterre. Parmi les lectrices se trouvait la jeune fille que j'avais rencontrée sous la galerie. Au commencement de la leçon, elle était sur les premiers rangs; mais
pour quelque erreur de prononciation, ou pour ne s'être point
arrêtée quand elle le devait, elle fut renvoyée au fond de la
pièce. Mlle Scatcherd continua jusque dans cette place obscure
à la rendre l'objet de ses incessantes observations; elle se tournait continuellement vers elle pour lui dire :

« Burns (car dans ces pensions de charité on appelle les
enfants par leur nom de famille, comme cela se pratique dans
les écoles de garçons), Burns, vous tenez votre pied de côté;
remettez-le droit immédiatement.... Burns, vous plissez votre
menton de la manière la plus déplaisante; cessez tout de suite....
Burns, je vous ai dit de tenir la tête droite; je ne veux pas
vous voir devant moi dans une telle attitude. »

Lorsque le chapitre eut été lu deux fois, on ferma les livres
et l'interrogation commença.

La leçon comprenait une partie du règne de Charles Ier; il
y avait plusieurs questions sur le tonnage, l'impôt et le droit
payé par les bateaux. La plupart des élèves étaient incapables

de répondre; mais toutes les difficultés étaient immédiatement résolues, dès qu'elles arrivaient à Mlle Burns; elle semblait avoir retenu toute la leçon, et elle avait une réponse prête pour chaque question. Je m'attendais à voir Mlle Scatcherd louer son attention. Je l'entendis, au contraire, s'écrier tout à coup :

« Petite malpropre, vous n'avez pas nettoyé vos ongles ce matin. »

L'enfant ne répondit rien; je m'étonnai de son silence.

« Pourquoi, pensai-je, n'explique-t-elle pas qu'elle n'a pu laver ni ses ongles ni sa figure, parce que l'eau était gelée? »

Mais à ce moment mon attention fut détournée de ce sujet par Mlle Smith, qui me pria de lui tenir un écheveau de fil. Pendant qu'elle le dévidait, elle me parlait de temps en temps, me demandant si j'avais déjà été en pension, si je savais marquer, coudre, tricoter; jusqu'à ce qu'elle eût achevé, je ne pus donc pas continuer à examiner la conduite de Mlle Scatcherd. Quand je retournai à ma place, elle venait de donner un ordre dont je ne saisis pas bien l'importance; mais je vis Burns quitter immédiatement la salle, se diriger vers une petite chambre où l'on serrait les livres, et revenir au bout d'une minute, portant dans ses mains un paquet de verges liées ensemble.

Elle présenta avec respect ce fatal instrument à Mlle Scatcherd; puis alors elle détacha son sarrau tranquillement et sans en avoir reçu l'ordre. La maîtresse la frappa rudement sur les épaules. Pas une larme ne s'échappa des yeux de la jeune fille. J'avais cessé de coudre, car à ce spectacle mes doigts s'étaient mis à trembler et une colère impuissante s'était emparée de moi. Quant à Burns, pas un trait de sa figure pensive ne s'altéra, son expression resta la même.

« Petite endurcie, s'écria Mlle Scatcherd, rien ne peut-il donc vous corriger de votre désordre? Reportez ces verges! »

Burns obéit. Je la regardai furtivement au moment où elle sortit de la chambre : elle remettait son mouchoir dans sa poche, et une larme brillait sur ses joues amaigries.

La récréation du soir était l'heure la plus agréable de toute la journée. Le pain et le café donnés à cinq heures, sans apaiser la faim, ranimaient pourtant la vitalité. La longue contrainte cessait; la salle d'étude était plus chaude que le matin. On laissait le feu brûler activement pour suppléer à la chandelle, qui n'arrivait qu'un peu plus tard. La pâle lueur du foyer, le tumulte permis, le bruit confus de toutes les voix, tout enfin éveillait en nous une douce sensation de liberté.

Le soir de ce jour où j'avais vu Mlle Scatcherd battre son

élève, je me promenais, comme d'ordinaire, au milieu des tables et des groupes joyeux, sans une seule compagne, et ne me trouvant pourtant point isolée. Quand je passais devant les fenêtres, je relevais de temps en temps les rideaux et je regardais au dehors. La neige tombait épaisse; il s'en était déjà amoncelé contre le mur. Approchant mon oreille de la fenêtre, je pus distinguer, malgré le bruit intérieur, le triste mugissement du vent. Il est probable que, si j'avais quitté une maison aimée, des parents bons pour moi, à cette heure j'aurais vivement regretté la séparation. Le vent aurait navré mon cœur; cet obscur chaos aurait troublé mon âme : mais dans la situation où j'étais, je ne trouvais dans toutes ces choses qu'une étrange excitation. Insouciante et fiévreuse, je souhaitais que le vent mugît plus fort, que la faible lueur qui m'environnait se changeât en obscurité, que le bruit confus devînt une immense clameur.

Sautant par-dessus les bancs, rampant sous les tables, j'arrivai jusqu'au foyer et je m'agenouillai devant le garde-feu. Ici je trouvai Burns absorbée et silencieuse. Étrangère à ce qui se passait dans la salle, elle reportait toute son attention sur un livre qu'elle lisait à la clarté de la flamme.

« Est-ce encore *Rasselas?* demandai-je en me plaçant derrière elle.

— Oui, me répondit-elle, je l'ai tout à l'heure fini. »

Au bout de cinq minutes, elle ferma en effet le livre; j'en fus bien aise.

« Maintenant, pensai-je, elle voudra peut-être bien causer un peu avec moi. »

Je m'assis près d'elle sur le plancher.

« Quel est votre autre nom que Burns, demandai-je?

— Hélène.

— Venez-vous de loin?

— Je viens d'un pays tout au nord, près de l'Écosse.

— Y retournerez-vous?

— Je l'espère, mais personne n'est sûr de l'avenir.

— Vous devez désirer de quitter Lowood?

— Non; pourquoi le désirerais-je? J'ai été envoyée à Lowood pour mon instruction; à quoi me servirait de m'en aller avant de l'avoir achevée?

— Mais Mlle Scatcherd est si cruelle pour vous!

— Cruelle, pas le moins du monde; elle est sévère; elle déteste mes défauts.

— Si j'étais à votre place, je la détesterais bien elle-même; je lui résisterais ; si elle me frappait avec des verges, je les lui arracherais des mains ; je les lui briserais à la figure !

— Il est probable que non ; mais si vous le faisiez, M. Brockelhurst vous chasserait de l'école, et ce serait un grand chagrin pour vos parents. Il vaut bien mieux supporter patiemment une douleur dont vous souffrez seule que de commettre un acte irréfléchi, dont les fâcheuses conséquences pèseraient sur toute votre famille ; et d'ailleurs, la Bible nous ordonne de rendre le bien pour le mal.

— Mais il est dur d'être frappée, d'être envoyée au milieu d'une pièce remplie de monde, surtout à votre âge ; je suis beaucoup plus jeune que vous, et je ne pourrais jamais le supporter.

— Et pourtant il serait de votre devoir de vous y résigner, si vous ne pouviez pas l'éviter ; ce serait mal et lâche à vous de dire : « Je ne puis pas, » lorsque vous sauriez que cela est dans votre destinée. »

Je l'écoutais avec étonnement, je ne pouvais pas comprendre cette doctrine de résignation, et je pouvais encore moins accepter cette indulgence qu'elle montrait pour ceux qui la châtiaient. Je sentais qu'Hélène Burns considérait toute chose à la lumière d'une flamme invisible pour moi ; je pensais qu'elle pouvait bien avoir raison et moi tort ; mais je ne me sentais pas disposée à approfondir cette matière.

« Vous dites que vous avez des défauts, Hélène ; quels sont-ils ? Vous me semblez bonne.

— Alors apprenez de moi à ne pas juger d'après l'apparence. Comme le dit Mlle Scatcherd, je suis très-négligente ; je mets rarement les choses en ordre et je ne les y laisse jamais ; j'oublie les règles établies ; je lis quand je devrais apprendre mes leçons ; je n'ai aucune méthode ; je dis quelquefois, comme vous, que je ne puis pas supporter d'être soumise à un règlement. Tout cela est très-irritant pour Mlle Scatcherd, qui est naturellement propre et exacte.

— Et intraitable et cruelle, » ajoutai-je.

Mais Hélène ne voulut pas approuver cette addition ; elle demeura silencieuse.

« Mlle Temple est-elle aussi sévère que Mlle Scatcherd ? »

En entendant prononcer le nom de Mlle Temple, un doux sourire vint éclairer sa figure sérieuse.

« Mlle Temple, dit-elle, est remplie de bonté ; il lui est douloureux d'être sévère, même pour les plus mauvaises élèves ; elle voit mes fautes et m'en avertit doucement ; si je fais quelque chose digne de louange, elle me récompense libéralement : et une preuve de ma nature défectueuse, c'est que ses reproches si doux, si raisonnables, n'ont pas le pouvoir de me corriger de mes fautes; ses louanges, qui ont tant de valeur pour moi, ne peuvent m'exciter au soin et à la persévérance.

— C'est étonnant, m'écriai-je; il est si facile d'être soigneuse!

— Pour vous, je n'en doute pas. Le matin, pendant la classe, j'ai remarqué que vous étiez attentive; votre pensée ne semblait jamais errer pendant que Mlle Miller expliquait la leçon et vous questionnait, tandis que la mienne s'égare continuellement. Alors que je devrais écouter Mlle Scatcherd et recueillir assidûment tout ce qu'elle dit, je n'entends souvent même plus le son de sa voix. Je tombe dans une sorte de rêve. Je pense quelquefois que je suis dans le Northumberland; je prends le bruit que j'entends autour de moi pour le murmure d'un petit ruisseau qui coulait près de notre maison. Quand vient mon tour, il faut que je sorte de mon rêve; mais comme, pour mieux entendre le ruisseau de ma vision, je n'ai point écouté ce qu'on disait, je n'ai pas de réponse prête.

— Et pourtant comme vous avez bien répondu ce matin!

— C'est un pur hasard; le sujet de la lecture m'intéressait. Au lieu de rêver à mon pays, je m'étonnais de ce qu'un homme qui aimait le bien pût agir aussi injustement, aussi follement que Charles Iᵉʳ. Je pensais qu'il était triste, avec cette intégrité et cette conscience, de ne rien admettre en dehors de l'autorité. S'il eût seulement été capable de voir en avant, de comprendre où tendait l'esprit du siècle! Et pourtant je l'aime, je le respecte, ce pauvre roi assassiné; ses ennemis furent plus coupables que lui : ils versèrent un sang auquel ils n'avaient pas le droit de toucher. Comment osèrent-ils le frapper? »

Hélène parlait pour elle; elle avait oublié que je n'étais pas à même de la comprendre, que je ne savais rien, ou du moins presque rien à ce sujet; je la ramenai sur mon terrain.

« Et quand Mlle Temple vous donne des leçons, votre pensée continue-t-elle à errer?

— Non certainement; c'est rare du moins. Mlle Temple a presque toujours à me dire quelque chose de plus nouveau que mes propres réflexions; son langage me semble doux, et ce qu'elle m'apprend est justement ce que je désirais savoir.

— Alors avec Mlle Temple vous êtes bonne?

— Oui, c'est-à-dire que je suis bonne passivement; je ne fais point d'efforts; je vais où me guide mon penchant; il n'y a pas de mérite dans une telle bonté.

— Un grand, au contraire; vous êtes bonne pour ceux qui

sont bons envers vous; c'est tout ce que j'ai jamais désiré. Si l'on obéissait à ceux qui sont cruels et injustes, les méchants auraient trop de facilité; rien ne les effrayerait plus, et ils ne changeraient pas; au contraire, ils deviendraient de plus en plus mauvais. Quand on nous frappe sans raison, nous devrions aussi frapper rudement, si rudement que la personne qui a été injuste ne fût jamais tentée de recommencer.

— Quand vous serez plus âgée, j'espère que vous changerez d'idées; vous êtes encore une enfant, et vous ne savez pas.

— Mais je sens, Hélène, que je détesterai toujours ceux qui ne m'aimeront pas, quoi que je fasse pour leur plaire, et que je résisterai à ceux qui me puniront injustement; c'est tout aussi naturel que de chérir ceux qui me montreront de l'affection, et d'accepter un châtiment si je le reconnais mérité.

— Les païens et les tribus sauvages proclament cette doctrine; mais les chrétiens et les nations civilisées la désavouent.

— Comment? Je ne comprends pas.

— Ce n'est pas la violence qui dompte la haine, ni la vengeance qui guérit l'injure.

— Qu'est-ce donc alors?

— Lisez le Nouveau Testament; écoutez ce que dit le Christ, et voyez ce qu'il fait : que sa parole devienne votre règle, et sa conduite votre exemple

— Et que dit-il?

— Il dit : « Aimez vos ennemis; bénissez ceux qui vous maudis- « sent, et faites du bien à ceux qui vous haïssent et vous traitent « avec mépris. »

— Alors il me faudrait aimer Mme Reed? je ne le puis pas. Il faudrait bénir son fils John? c'est impossible! »

À son tour, Hélène me demanda de m'expliquer : je commençai à ma manière le récit de mes souffrances et de mes ressenti- ments. Quand j'étais excitée, je devenais sauvage et amère; je parlais comme je sentais, sans réserve, sans pitié. Hélène m'é- couta patiemment jusqu'à la fin; je m'attendais à quelque re- marque, mais elle resta muette.

« Eh bien! m'écriai-je, Mme Reed n'est-elle pas une femme dure et sans cœur?

— Sans doute; elle a manqué de bonté envers vous, parce qu'elle n'aimait pas votre caractère, de même que Mlle Scatcherd n'aime pas le mien. Mais comme vous vous rappelez exactement toutes ses paroles, toutes ses actions! Quelle profonde impression son injustice semble avoir faite sur votre cœur! Aucun mauvais traitement n'a laissé en moi une trace aussi profonde. Ne seriez-vous pas plus heureuse si vous essayiez d'oublier sa sévérité, ainsi que les émotions passionnées qu'elle a excitées en vous? La vie me semble trop courte pour la passer à nourrir la haine ou à inscrire les torts des autres; ne sommes-nous pas tous chargés de fautes en ce monde? Le temps viendra, bientôt, je l'espère, où nous nous dépouillerons de nos enveloppes corruptibles; alors l'avilissement et le péché nous quitteront en même temps que notre incommode prison de chair; alors il ne restera plus que l'étincelle de l'esprit, le principe impalpable de la vie pure, comme lorsqu'il sortit des mains du Créateur pour animer la créature. Il retournera d'où il vient. Peut-être se communiquera-t-il à quelque esprit plus grand que l'homme; peut-être traversera-t-il des degrés de gloire; peut-être enfin le pâle rayon de l'âme humaine se transformera-t-il en la brillante lumière de l'âme des séraphins. Mais ce qui est certain, c'est que ce principe ne peut pas dégénérer et ne peut être allié à l'esprit du mal; non, je ne puis le croire, ma foi est tout autre. Personne ne me l'a enseignée et j'en parle rarement, mais elle est ma joie et je m'y attache; je ne fais pas de l'espérance le privilége de quelques-uns; je l'étends sur tous; je considère l'éternité comme un repos, comme une demeure lumineuse, non pas comme un abîme et un lieu de terreur; avec cette foi, je ne puis confondre le criminel et son crime; je pardonne sincèrement au premier, et j'abhorre le second; le désir de la vengeance ne peut accabler mon cœur; le vice ne me dégoûte pas assez pour m'éloigner du coupable, et l'injustice ne me fait pas perdre tout courage; je vis calme, les yeux tournés vers la fin de mon existence. »

La tête d'Hélène s'affaissait de plus en plus, à mesure qu'elle parlait; je vis par son regard qu'elle ne désirait plus causer avec moi, mais plutôt s'entretenir avec ses propres pensées.

Cependant on ne lui laissa pas beaucoup de temps pour la méditation; une monitrice, arrivée presque au même moment où nous finissions notre entretien, s'écria avec un fort accent du Cumberland :

« Hélène Burns, si vous ne mettez pas vos tiroirs en ordre et si vous ne pliez pas votre ouvrage, je vais dire à Mlle Scatcherd de venir tout examiner. »

Hélène soupira en se voyant contrainte de renoncer à sa rêverie, elle se leva pourtant, et, sans rien répondre, elle obéit immédiatement

CHAPITRE VII.

Les trois premiers mois passés à Lowood me semblèrent un siècle. Ce fut pour moi une lutte fatigante contre toutes sortes de difficultés. Il fallut s'accoutumer à un règlement nouveau, à des tâches dont je n'avais pas l'habitude. La crainte de manquer à quelqu'un de mes devoirs m'épuisait encore plus que les souffrances matérielles, bien que celles-ci ne fussent pas peu de chose. Pendant les mois de janvier, de février et de mars, les neiges épaisses et les dégels avaient rendu les routes impraticables : aussi ne nous obligeait-on pas à sortir, si ce n'est pour aller à l'église; cependant on nous forçait à passer chaque jour une heure en plein air. Nos vêtements étaient insuffisants pour nous protéger contre un froid aussi rude; au lieu de brodequins, nous n'avions que des souliers dans lesquels la neige entrait facilement; nos mains, n'étant pas protégées par des gants, se couvraient d'engelures, ainsi que nos pieds. Je me rappelle encore combien ceux-ci me faisaient souffrir chaque soir, lorsque la chaleur les gonflait, et chaque matin, lorsqu'il fallait me rechausser; en outre, l'insuffisance de nourriture était un vrai supplice. Douées de ces grands appétits des enfants en croissance, nous avions à peine de quoi nous soutenir. Il en résultait un abus dont les plus jeunes avaient seules à se plaindre. Chaque fois qu'elles en trouvaient l'occasion, les grandes, toujours affamées, menaçaient les petites pour obtenir une partie de leur portion; bien des fois j'ai partagé entre deux de ces quêteuses le précieux morceau de pain noir donné avec le café; et, après avoir versé à une troisième la moitié de ma tasse, j'avalais le reste en pleurant de faim tout bas.

En hiver, les dimanches étaient de tristes jours. Nous avions deux milles à faire pour arriver à l'église de Brocklebridge, où officiait notre chef. Nous partions ayant froid; en arrivant, nous avions plus froid encore; et avant la fin de l'office du matin nos membres étaient paralysés. Trop loin pour retourner dîner, nous recevions entre les deux services du pain et de la viande froide, et des parts aussi insuffisantes que dans nos repas ordinaires.

Après l'office du soir, nous nous en retournions par une route escarpée. Le vent du nord soufflait si rudement sur le sommet des montagnes qu'il nous gerçait la peau.

Je me rappellerai toujours Mlle Temple. Elle marchait légèrement et avec rapidité le long des rangs accablés, ramenant sur sa poitrine son manteau qu'écartait un vent glacial; et, par ses préceptes et son exemple, elle encourageait tout le monde à demeurer ferme et à marcher en avant comme de vieux soldats. Quant aux autres maîtresses, pauvres créatures, elles étaient trop abattues elles-mêmes pour tenter d'égayer les élèves!

Combien toutes nous désirions la lumière et la chaleur d'un feu petillant, lorsque nous arrivions à Lowood! Mais cette douceur était refusée aux petites. Chacun des foyers était immédiatement occupé par un double rang de grandes élèves; et les plus jeunes, se pressant les unes contre les autres, cachaient sous leurs tabliers leurs bras transis.

Une petite jouissance nous était pourtant réservée : à cinq heures, on nous distribuait une double ration de pain et un peu de beurre; c'était le festin hebdomadaire auxquel nous pensions d'un dimanche à l'autre. J'essayais, en général, de me réserver la moitié de ce délicieux repas; quant au reste, je me voyais invariablement obligée de le partager.

Le dimanche soir se passait à répéter par cœur le catéchisme, les cinquième, sixième et septième chapitres de saint Matthieu, et à écouter un long sermon que nous lisait Mlle Miller, dont les bâillements impossibles à réprimer attestaient assez la fatigue. Cette lecture était souvent interrompue par une douzaine de petites filles qui, gagnées par le sommeil, se mettaient à jouer le rôle d'Eutychus et tombaient, non pas d'un troisième grenier, mais d'un quatrième banc. On les ramassait à demi mortes, et, pour tout remède, on les forçait à se tenir debout au milieu de la salle, jusqu'à la fin du sermon; quelquefois pourtant leurs jambes fléchissaient, et toutes ensemble elles tombaient à terre; leurs corps étaient alors soutenus par les grandes chaises des monitrices.

Je n'ai pas encore parlé des visites de M. Brockelhurst : il fut absent une partie du premier mois; il avait peut-être prolongé son séjour chez son ami l'archidiacre. Cette absence était un soulagement pour moi; je n'ai pas besoin de dire que j'avais des raisons pour craindre son arrivée. Il revint pourtant

J'habitais Lowood depuis trois semaines environ. Une après-midi, comme j'étais assise, une ardoise sur mes genoux et très en peine d'achever une longue addition, mes yeux se levèrent avec distraction et se dirigèrent du côté de la fenêtre

Il me sembla voir passer une figure; je la reconnus presque instinctivement, et lorsque, deux minutes après, toute l'école,

les professeurs y compris, se leva en masse, je n'eus pas besoin
de regarder pour savoir qui l'on venait de saluer ainsi : un long
pas retentit en effet dans la salle, et le grand fantôme noir qui
avait si désagréablement froncé le sourcil en m'examinant à
Gateshead apparut à côté de Mlle Temple; elle aussi s'était levée. Je regardai de côté cette espèce de spectre; je ne m'étais
pas trompée, c'était M. Brockelhurst, avec son pardessus bou-
tonné, et l'air plus sombre, plus maigre et plus sévère que
jamais.

J'avais mes raisons pour craindre cette apparition; je ne me
rappelais que trop bien les dénonciations perfides de Mme Reed,
la promesse faite par M. Brockelhurst d'instruire Mlle Temple et
les autres maîtresses de ma *nature corrompue*. Depuis trois semaines je craignais l'accomplissement de cette promesse; chaque
jour je regardais si cet homme n'arrivait pas, car ce qu'il allait
dire de ma conversation avec lui et de ma vie passée allait me
flétrir par avance; et il était là, à côté de Mlle Temple, il lui
parlait bas. J'étais convaincue qu'il révélait mes fautes, et
j'examinais avec une douloureuse anxiété les yeux de la directrice, m'attendant sans cesse à voir leur noir orbite me lancer
un regard d'aversion et de mépris. Je prêtai l'oreille, j'étais assez près d'eux pour entendre presque tout ce qu'ils disaient. Le
sujet de leur conversation me délivra momentanément de mes
craintes.

« Je suppose, mademoiselle Temple, disait M. Brokelhurst,
que le fil acheté à Lowood fera l'affaire. Il me paraît d'une bonne
grosseur pour les chemises de calicot. Je me suis aussi procuré
des aiguilles qui me semblent convenir très-bien au fil. Vous direz à Mlle Smith que j'ai oublié les aiguilles à repriser, mais la
semaine prochaine elle en recevra quelques paquets, et, sous
aucun prétexte, elle ne doit en donner plus d'une à chaque élève;
elles pourraient les perdre, et ce serait une occasion de désordre.
Et à propos, madame, je voudrais que les bas de laine fussent
mieux entretenus. Lorsque je vins ici la dernière fois, j'examinai, en passant dans le jardin de la cuisine, les vêtements qui
séchaient sur les cordes, et je vis une très-grande quantité de
bas noirs en très-mauvais état; la grandeur des trous attestait
qu'ils n'avaient point été raccommodés à temps. »

Il s'arrêta.

« Vos ordres seront exécutés, monsieur, reprit Mlle Temple.

— Et puis, madame, continua-t-il, la blanchisseuse m'a dit que
quelques-unes des petites filles avaient eu deux collerettes dans
une semaine; c'est trop, la règle n'en permet qu'une

— Je crois pouvoir expliquer ceci, monsieur. Agnès et Catherine Johnstone avaient été invitées à prendre le thé avec quelques amies à Lowton, et je leur ai permis, pour cette occasion, de mettre des collerettes blanches. »

M. Brockelhurst secoua la tête.

« Eh bien! pour une fois, cela passera; mais que de semblables faits ne se renouvellent pas trop souvent. Il y a encore une chose qui m'a surpris. En réglant avec la femme de charge, j'ai vu qu'un goûter de pain et de fromage avait été deux fois servi à ces enfants pendant la dernière quinzaine; d'où cela vient-il? J'ai regardé sur le règlement, et je n'ai pas vu que le goûter y fût indiqué. Qui a introduit cette innovation, et de quel droit?

— Je suis responsable de ceci, monsieur, reprit Mlle Temple; le déjeuner était si mal préparé que les élèves n'ont pas pu le manger, et je n'ai pas voulu leur permettre de rester à jeun jusqu'à l'heure du dîner.

— Un instant, madame! Vous savez qu'en élevant ces jeunes filles, mon but n'est pas de les habituer au luxe, mais de les rendre patientes et dures à la souffrance, de leur apprendre à se refuser tout à elles-mêmes. S'il leur arrive par hasard un petit accident, tel qu'un repas gâté, on ne doit pas rendre cette leçon inutile en remplaçant un bien-être perdu par un autre plus grand; pour choyer le corps, vous oubliez le but de cette institution. De tels événements devraient être une cause d'édification pour les élèves; ce serait là le moment de leur prêcher la force d'âme dans les privations de la vie; un petit discours serait bon dans de semblables occasions; là, un maître sage trouverait moyen de rappeler les souffrances des premiers chrétiens, les tourments des martyrs, les exhortations de notre divin Maître lui-même, qui ordonnait à ses disciples de prendre leur croix et de le suivre. On pourrait leur répéter ces mots du Christ : « L'homme ne vit pas seulement de pain, mais de toute parole « sortant de la bouche de Dieu. » Puis aussi cette consolante sentence : « Heureux ceux qui souffrent la faim et la soif pour « l'amour de moi! » O madame! vous mettez dans la bouche de ces enfants du pain et du fromage au lieu d'une soupe brûlée; je vous le dis, en vérité, vous nourrissez ainsi leur vile enveloppe, mais vous tuez leur âme immortelle. »

M. Brockelhurst s'arrêta de nouveau, comme s'il eût été suffoqué par ses pensées. Mlle Temple avait baissé les yeux lorsqu'il avait commencé à parler, mais alors elle regardait droit devant elle, et sa figure naturellement pâle comme le marbre en avait aussi pris la froideur et la fixité; sa bouche était si bien fermée que le ciseau du sculpteur eût semblé seul capable de l'ouvrir; peu à peu, son front avait contracté une expression de sévé..té immobile.

M. Brockelhurst était debout devant le foyer. Les mains derrière le dos, il surveillait majestueusement toute l'école. Tout à coup il fit un mouvement comme si son regard eût rencontré quelque objet choquant; il se retourna, et s'écria plus vivement qu'il ne l'avait encore fait :

« Mademoiselle Temple! mademoiselle Temple! quelle est cette enfant avec des cheveux frisés, des cheveux rouges, madame, frisés tout autour de la tête ? »

Il étendit sa canne vers l'objet de son horreur; sa main tremblait.

« C'est Julia Severn, répondit Mlle Temple très-tranquillement.

— Julia Severn, madame; eh bien, pourquoi, au mépris de tous les principes de cette maison, suit-elle aussi ouvertement les lois du monde ? Ici, dans un établissement évangélique, porter une telle masse de boucles !

— Les cheveux de Julia frisent naturellement, répondit Mlle Temple avec plus de calme encore.

— Naturellement, oui; mais nous ne nous conformons pas à la nature; je veux que ces jeunes filles soient les enfants de la grâce! Et pourquoi cette abondance? j'ai dit bien des fois que je désirais voir les cheveux modestement aplatis. Mademoiselle Temple, il faut que les cheveux de cette petite soient entièrement coupés. J'enverrai le perruquier demain ; mais j'en vois d'autres qui ont une chevelure beaucoup trop longue et beaucoup trop abondante. Dites à cette grande fille de se tourner vers moi, ou plutôt dites à tout le premier banc de se lever et de regarder du côté de la muraille. »

Mlle Temple passa son manchon sur ses lèvres comme pour réprimer un sourire involontaire; néanmoins elle donna l'ordre, et, quand la première classe eut compris ce qu'on exigeait d'elle, elle obéit. En me penchant sur mon banc, je pus apercevoir les regards et les grimaces avec lesquels elles exécutaient leur manœuvre. Je regrettais que M. Brockelhurst ne pût pas les voir aussi. Il eût peut-être compris alors que, quelques soins qu'il prît pour l'extérieur, l'intérieur échappait toujours à son influence.

Il examina pendant cinq minutes le revers de ces médailles vivantes, puis il prononça la sentence. Elle retentit à mes oreilles comme le glas d'un arrêt mortel.

— Tous ces cheveux, dit-il, seront coupés »

Mlle Temple voulut faire une observation.

« Madame, dit-il, j'ai à servir un maître dont le royaume n'est
pas de ce monde; ma mission est de mortifier dans ces jeunes
filles les désirs de la chair, de leur apprendre à s'habiller modestement et simplement, et non pas à tresser leurs cheveux et à se
parer de vêtements somptueux. Eh bien ! chacune des enfants
placées devant nous a arrangé ses longs cheveux en nattes que
la vanité elle-même semble avoir tressées. Oui, je le répète,
tout ceci doit être coupé; pensez au temps que nous avons déjà
perdu. »

Ici M. Brockelhurst fut interrompu. Trois dames entrèrent
dans la chambre. Elles auraient dû arriver un peu plus tôt pour
entendre le sermon sur la parure, car elles étaient splendidement
vêtues de velours, de soie et de fourrure ; deux d'entre elles,
belles jeunes filles de seize à dix-sept ans, portaient des chapeaux
de castor ornés de plumes d'autruche, ce qui, à cette époque,
était la grande mode. Une quantité de boucles légères et soigneusement peignées sortaient de ces gracieuses coiffures. La
plus âgée de ces dames était enveloppée dans un magnifique
châle de velours bordé d'hermine; elle portait un faux tour de
boucles à la française.

Ces dames, qui n'étaient autres que Mme et Mlles Brockelhurst, furent reçues avec respect par Mlle Temple; on les conduisit au bout de la chambre à des places d'honneur.

Il paraît qu'elles étaient venues dans la voiture avec M. Brockelhurst, et qu'elles avaient scrupuleusement examiné les chambres de l'étage supérieur, pendant que M. Brockelhurst faisait
ses comptes avec la femme de charge, questionnait la blanchisseuse et forçait la directrice à écouter ses sermons.

Pour le moment, elles adressaient quelques observations et
quelques reproches à Mlle Smith, qui était chargée de l'entretien
du linge et de l'inspection des dortoirs; mais je n'eus pas le
temps de les écouter, mon attention ayant été bientôt détournée
par autre chose.

Jusque-là, tout en prêtant l'oreille à la conversation de M. Broc
kelhurst et de Mlle Temple, je n'avais pas négligé les précau-
tions nécessaires à ma sûreté personnelle. Je pensais que tout
irait bien si je pouvais éviter d'être aperçue; dans ce but, je
m'étais bien enfoncée sur mon banc, et, faisant semblant d'être
très-occupée de mon addition, je m'étais arrangée de manière
à cacher ma figure derrière mon ardoise; j'aurais sûrement
échappé aux regards, si elle n'eût glissé de mes mains et ne fût

tombée à terre avec grand bruit. Tous les yeux se dirigèrent de mon côté.

Je compris que tout était perdu, et je rassemblai mes forces contre ce qui allait arriver.

L'orage ne se fit pas attendre.

« Une enfant sans soin, » dit M. Brockelhurst; puis il ajouta immédiatement : « Il me semble que c'est la nouvelle élève; il ne faut pas que j'oublie ce que j'ai à dire sur son compte; » et il s'écria, il me sembla du moins qu'il parlait très-haut : « Faites venir l'enfant qui a brisé son ardoise. »

Seule, je n'aurais pu bouger, j'étais paralysée; mais deux grandes filles qui étaient à côté de moi me forcèrent à me lever, et me poussèrent vers le juge redouté. Mlle Temple m'aida doucement à venir jusqu'à lui, et murmura à mon oreille :

« Ne soyez pas effrayée, Jeanne; j'ai vu que c'était un accident, et vous ne serez pas punie. »

Ces bonnes paroles me frappèrent au cœur comme un aiguillon.

« Dans une minute elle me méprisera et verra en moi une hypocrite, » pensai-je. Et alors un sentiment de rage contre Mme Reed et M. Brockelhurst alluma mon sang : je n'étais pas une Hélène Burns.

« Avancez cette chaise, » dit M. Brockelhurst, en indiquant un siége très-élevé d'où venait de descendre une monitrice.

On l'apporta.

« Placez-y l'enfant, » continua-t-il.

J'y fus placée, par qui? c'est ce que je ne puis dire. Je m'aperçus seulement qu'on m'avait hissée à la hauteur du nez de M. Brockelhurst. Des pelisses en soie pourpre, un nuage de plumes argentées s'étendaient et se balançaient au-dessous de mes pieds.

« Mesdames, dit M. Brockelhurst en se tournant vers sa famille, mademoiselle Temple, maîtresses et élèves, vous voyez toutes cette petite fille. »

Sans doute elles me voyaient toutes; leurs regards étaient pour moi comme des miroirs ardents sur ma figure brûlante.

« Vous voyez qu'elle est jeune encore; son extérieur est celui de l'enfance. Dieu lui a libéralement départi l'enveloppe qu'il accorde à tous. Aucune difformité n'indique en elle un être à part. Qui croirait que l'esprit du mal a déjà trouvé en elle un serviteur et un agent? Et pourtant, chose triste à dire, c'est la vérité. »

Il s'arrêta; j'eus le temps de raffermir mes nerfs et de sentir ma rougeur disparaître. L'épreuve ne pouvait plus être évitée ; j'étais décidée à la supporter avec courage.

« Mes chères enfants, continua le ministre, c'est une bien malheureuse et bien triste chose, et il est de mon devoir de vous en avertir : cette petite fille, qui aurait dû être un des agneaux de Dieu, est une réprouvée ; loin de demeurer membre du troupeau fidèle, ce n'est plus qu'une étrangère ; soyez sur vos gardes, défiez-vous de son exemple ; s'il est nécessaire, évitez sa compagnie, éloignez-la de vos jeux, ne l'introduisez pas dans vos conversations. Et vous, maîtresses, ayez les yeux sur tous ses mouvements, pesez ses paroles, examinez ses actes, châtiez son corps afin de sauver son âme, si toutefois la chose est possible ; car cette enfant, ma langue hésite à le dire, cette enfant, née dans un pays chrétien, est pire que les idolâtres qui adressent leurs prières à Brama ou s'agenouillent devant Jagernau ; cette enfant est une menteuse ! »

Il s'arrêta encore une dizaine de minutes, pendant lesquelles, étant en parfaite possession de moi-même, je pus voir sa femme et ses filles tirer des mouchoirs de leurs poches et les porter à leurs yeux. La plus âgée de ces dames inclinait sa tête à droite et à gauche ; quant aux plus jeunes, elles murmuraient sans cesse : « Quelle honte ! »

M. Brockelhurst s'écria pour finir :

« Toutes ces choses, je les ai apprises de sa bienfaitrice, de cette pieuse et charitable dame qui l'a adoptée alors qu'elle était une orpheline, qui l'a élevée avec ses propres filles ; et cette malheureuse enfant a payé sa bonté et sa générosité par une ingratitude si grande, que l'excellente Mme Reed a été forcée de séparer Jeanne de ses enfants, dans la crainte de voir son exemple entacher leur pureté. Elle l'a envoyée ici pour la guérir, comme les Juifs envoyaient leurs malades au lac de Bethséda. Directrice, maîtresses, je vous le demande encore, ne laissez pas les eaux croupir autour d'elle ! »

Après cette sublime conclusion, M. Brockelhurst attacha le dernier bouton de son pardessus et dit quelque chose tout bas à sa famille. Celle-ci se leva, salua Mlle Temple et quitta cérémonieusement la salle d'étude. Arrivé à la porte, mon juge se retourna et dit :

« Laissez-la encore une demi-heure sur cette chaise, et que personne ne lui parle pendant le reste du jour. »

J'étais donc assise là-haut. Moi qui avais déclaré ne jamais pouvoir supporter la honte d'être debout au milieu de la salle, je me trouvais maintenant exposée à tous les regards sur ce piédestal de honte. Aucun langage ne peut exprimer mes sensations ; mais au moment où elles gonflaient ma poitrine, une jeune fille passa à mes côtés ; elle leva les yeux sur moi. Quelle flamme étrange y brillait ! quelle impression extraordinaire me produisit leur lumineux regard ! Je me sentis plus forte ; c'était un héros, un martyr, qui, passant devant une victime ou une esclave, lui communiquait sa force. Je me rendis maîtresse de la haine qui me montait au cœur, je levai la tête et je me tins ferme sur ma chaise.

Hélène Burns fit à Mlle Smith une question sur son travail. Elle fut grondée pour avoir demandé une chose aussi simple, et, en s'en retournant à sa place, elle me sourit de nouveau. Quel sourire ! Je me le rappelle maintenant ; c'était la marque d'une belle intelligence et d'un vrai courage ; il éclaira ses traits accentués, sa figure amaigrie, ses yeux abattus, comme l'aurait fait le regard d'un ange ; et pourtant Hélène Burns portait au bras un écriteau où on lisait ces mots :

Enfant désordonnée.

Une heure auparavant, j'avais entendu Mlle Scatcherd la condamner au pain et à l'eau pour avoir taché un exemple d'écriture en le copiant.

CHAPITRE VIII.

Avant que ma demi-heure de pénitence fût écoulée, j'entendis sonner cinq heures. On cessa le travail, et tout le monde se rendit au réfectoire pour prendre le café. Je me hasardai à descendre ; il faisait nuit close ; je me glissai dans un coin et je m'assis sur le parquet. Le charme qui m'avait soutenue jusqu'alors était sur le point de se rompre. La réaction commença, et le chagrin qui s'empara de moi était si accablant que je m'affaissai sans force, la figure tournée vers la terre. Je me mis à pleurer. Hélène Burns n'était pas là. Rien ne venait à mon secours. Laissée seule, je m'abandonnai moi-même, et je versai des larmes abondantes. En arrivant à Lowood, j'étais décidée à être si bonne, à faire tant d'efforts, à me concilier tant d'amis, à obtenir le respect et à mériter l'affection. J'avais déjà fait des progrès visibles ; le matin même on m'avait placée à la tête de ma classe; Mlle Miller m'avait chaudement complimentée; Mlle Temple m'avait accordé un sourire approbateur, et s'était engagée à m'enseigner le dessin et à me faire apprendre le français, si mes progrès continuaient pendant deux mois. J'étais aimée de mes compagnes; celles de mon âge me traitaient en égale; les grandes ne me tracassaient pas : et maintenant j'allais être jetée à terre de nouveau, être foulée aux pieds sans savoir si je pourrais jamais me relever.

« Non, je ne le pourrai pas, » pensai-je en moi-même, et je me mis à désirer sincèrement la mort.

Comme je murmurais ce souhait au milieu de mes sanglots, quelqu'un s'approcha, je tressaillis; Hélène Burns était près de moi, la flamme du foyer me l'avait montrée traversant la longue chambre déserte. Elle m'apportait mon pain et mon café.

« Mangez quelque chose, » me dit-elle.

Mais je repoussai ce qu'elle m'avait offert, sentant que, dans la situation où je me trouvais, une goutte de café ou une miette de pain me ferait mal. Hélène me regarda probablement avec surprise; quels que fussent mes efforts, je ne pouvais pas faire cesser mon agitation, je continuais à pleurer tout haut. Elle s'assit près de moi, tenant ses genoux entre ses bras et y appuyant sa tête; mais elle demeurait silencieuse comme une Indienne. Je fus la première à parler.

« Hélène, dis-je, pourquoi restez-vous avec une enfant que tout le monde considère comme une menteuse?

— Tout le monde, Jane? A peine quatre-vingts personnes vous ont entendu donner ce titre, et le monde en contient des centaines de millions.

— Que m'importent ces millions? Les quatre-vingts que je connais me méprisent.

— Jane, vous vous trompez; il est probable que pas une des élèves ne vous méprise ni ne vous hait, et beaucoup vous plaignent, j'en suis sûre.

— Comment peuvent-elles me plaindre, après ce qu'a dit M. Brockelhurst?

— M. Brockelhurst n'est pas un Dieu; ce n'est pas un homme en qui l'on ait confiance. Personne ne l'aime ici, car il n'a jamais rien fait pour gagner notre affection. S'il vous eût accordé des faveurs spéciales, vous auriez sans doute trouvé tout autour de vous des ennemies, soit déclarées, soit secrètes. Mais, après tout ce qui s'est passé, presque toutes voudraient vous témoigner de la sympathie, si elles l'osaient. Maîtresses et élèves pourront vous regarder froidement pendant un jour ou deux; mais des sentiments amis sont cachés dans leurs cœurs et paraîtront bientôt, d'autant qu'ils auront été comprimés pendant quelque temps. Et d'ailleurs, Jane.... »

Elle s'arrêta.

« Eh bien, Hélène? » dis-je en mettant mes mains dans les siennes.

Elle prit doucement mes doigts pour les réchauffer et continua :

« Si le monde entier vous haïssait et vous croyait coupable, mais que votre conscience vous approuvât, et qu'en interrogeant votre cœur il vous parût pur de toute faute, Jeanne, vous ne seriez pas sans amie.

— Je le sais, mais ce n'est point assez pour moi. Si les autres ne m'aiment pas, je préfère mourir plutôt que de vivre ainsi; je ne puis pas accepter d'être seule et détestée. Hélène, voyez, pour obtenir une véritable affection de vous, de Mlle Temple et de tous ceux que j'aime sincèrement, je consentirais à avoir le bras brisé, à être roulée à terre par un taureau, ou à me tenir debout derrière un cheval furieux qui m'enverrait son sabot dans la poitrine.

— Silence, Jane! Vous placez trop haut l'amour des hommes; vous êtes trop impressionnable, trop ardente. La main souveraine qui a créé votre corps et y a envoyé le souffle de vie, a placé pour vous des ressources en dehors de vous-même et des créatures faibles comme vous. Au delà de cette terre il y a un royaume invisible; au-dessus de ce monde, habité par les hommes, il y en a un habité par les esprits, et ce monde rayonne autour de nous, il est partout; et ces esprits veillent sur nous, car ils ont mission de nous garder; et si nous mourons dans la souffrance et dans la honte, si nous avons été accablés par le mépris, abattus par la haine, les anges voient notre torture et nous reconnaissent innocents, si toutefois nous le sommes; et je sais que vous êtes innocente de ces fautes dont M. Brockelhurst vous a lâchement accusée, d'après ce qui lui avait été dit par Mme Reed; car j'ai reconnu une nature sincère dans vos yeux ardents et sur votre front pur. Dieu, qui attend la séparation de notre chair et de notre esprit, nous couronnera après la mort; il nous accordera une pleine récompense. Pourquoi nous laisserions-nous abattre par le malheur, puisque la vie est si courte, et que la mort est le commencement certain de la gloire et du bonheur? »

J'étais silencieuse, Hélène m'avait calmée; mais dans cette tranquillité qu'elle m'avait communiquée, il y avait un mélange d'inexprimable tristesse: j'éprouvais une impression douloureuse à mesure qu'elle parlait, mais je ne pouvais dire d'où cela venait. Quand elle eut fini de parler, sa respiration devint plus rapide, et une petite toux sèche sortit de sa poitrine. J'oubliai alors pour un moment mes chagrins, et je me laissai aller à une vague inquiétude. Inclinant ma tête sur l'épaule d'Hélène, je passai mon bras autour de sa taille; elle m'approcha d'elle, et nous restâmes ainsi en silence.

Une autre personne entra dans la salle; le vent, qui avait écarté quelques nuages épais, avait laissé la lune à découvert, et ses rayons, en frappant directement sur une fenêtre voisine, nous éclairèrent en plein, ainsi que la personne qui s'avançait. C'était Mlle Temple.

« Je venais vous chercher, Jane, dit-elle; j'ai à vous parler dans ma chambre, et, puisque Hélène est avec vous, elle peut venir aussi. »

Nous nous levâmes pour suivre la directrice; il nous fallut traverser plusieurs passages et monter un escalier avant d'arriver à son appartement.

Il me parut gai; il était éclairé par un bon feu. Mlle Temple dit à Hélène de s'asseoir dans un petit fauteuil d'un côté du foyer, et en ayant pris un autre elle-même, elle m'engagea à me placer à ses côtés.

« Êtes-vous consolée? me demanda-t-elle, en me regardant en face; avez-vous assez pleuré vos chagrins?

— Je crains de ne jamais pouvoir me consoler.

— Pourquoi?

— Parce que j'ai été accusée injustement; parce que tout le monde, et vous-même, madame, vous me croyez bien coupable.

— Nous croirons ce que nous verrons, et nous formerons notre opinion d'après vos actes, mon enfant. Continuez à être bonne, et vous me contenterez.

— Est-ce bien vrai, mademoiselle Temple?

— Oui, me répondit-elle en passant son bras autour de moi. Et maintenant dites-moi quelle est cette dame que M. Brocelhurst appelle votre bienfaitrice.

— C'est Mme Reed, la femme de mon oncle; mon oncle est mort et m'a laissée à ses soins.

— Elle ne vous a donc pas librement adoptée?

— Non, Mme Reed en était fâchée; mais mon oncle, à ce que m'ont souvent répété les domestiques, lui avait fait promettre en mourant de me garder toujours près d'elle.

— Eh bien, Jane, vous savez, ou, si vous ne le savez pas, je vous apprendrai que lorsqu'un criminel est accusé, on lui

permet toujours de prendre la parole pour sa défense. Vous avez
été chargée d'une faute qui n'est pas la vôtre; défendez-vous
aussi bien que vous le pourrez; dites tout ce que vous offrira
votre mémoire; mais n'ajoutez rien, n'exagérez rien. »

Je résolus, au fond de mon cœur, d'être modérée et exacte:
et, après avoir réfléchi quelques minutes pour mettre de l'ordre
dans ce que j'avais à dire, je me mis à raconter toute l'histoire
de ma triste enfance.

J'étais épuisée par l'émotion; aussi mes paroles furent-elles
plus douces qu'elles ne l'étaient d'ordinaire lorsque j'abordais
ce sujet douloureux. Me rappelant ce qu'Hélène m'avait dit sur
l'indulgence, je mis dans mon récit bien moins de fiel que je
n'en mettais d'habitude; raconté ainsi, il était plus vraisem-
blable, et, à mesure que j'avançais, je sentais que Mlle Temple
me croyait entièrement.

Dans le courant de mon récit, j'avais parlé de M. Loyd comme
étant venu me voir après mon accès, car je n'avais point oublié
le terrible épisode de la chambre rouge. J'avais même craint
qu'en le racontant, mon irritation ne me fît dépasser en quelque sorte les justes limites. Rien ne pouvait, en effet, adoucir
en moi le souvenir de cette douloureuse agonie qui s'était alors
emparée de mon cœur, et je me rappelais toujours comment
Mme Reed avait dédaigné mes instantes supplications, et m'a-
vait enfermée pour la seconde fois dans cette sombre chambre,
que je croyais hantée par un esprit.

J'avais achevé; Mlle Temple me regarda en silence pendant
quelques minutes; puis elle me dit :

« Je connais M. Loyd, je lui écrirai; si sa réponse s'accorde
avec ce que vous avez dit, vous serez publiquement déchargée
de toute accusation; pour moi, Jane, dès à présent je vous
considère comme innocente. »

Elle m'embrassa et me garda près d'elle. J'en fus heureuse,
car je prenais un plaisir d'enfant à contempler sa figure, ses
vêtements, ses bijoux, son front pur, ses cheveux brillants, ses
yeux noirs qui rayonnaient. Se tournant alors vers Hélène, elle
lui dit :

« Comment êtes-vous ce soir, Hélène? avez-vous beaucoup
toussé aujourd'hui ?

— Pas tout à fait autant que de coutume, je crois, madame.

— Et comment vont vos douleurs de poitrine?

— Un peu mieux. »

Mlle Temple se leva, prit la main d'Hélène, et tâta son pouls;
puis elle retourna à se place, et je l'entendis soupirer.

Elle demeura pensive pendant quelques minutes; mais, sortant tout à coup de sa réflexion, elle nous dit gaiement :

« Vous êtes mes hôtes ce soir, et je veux vous traiter comme tels. »

En disant ces mots, elle sonna.

« Barbara, dit-elle à la servante qui entra, je n'ai pas encore eu mon thé; apportez le plateau et donnez des tasses pour ces deux jeunes filles. »

Le plateau fut apporté. Combien mes yeux furent charmés par ces tasses de porcelaine, et cette théière, placée sur une petite table ronde près du feu ! Combien me semblèrent délicieux le parfum du thé et l'odeur des tartines, dont à mon grand désappointement, car la faim commençait à se faire sentir, je n'aperçus qu'une très-petite quantité. Mlle Temple en fit aussi la remarque.

« Barbara, dit-elle, ne pourriez-vous pas nous apporter un peu plus de pain et de beurre ? il n'y en a pas assez pour trois. »

La servante sortit et revint bientôt.

« Mademoiselle, dit-elle, Mme Harden dit qu'elle a envoyé la quantité ordinaire. »

Mme Harden était la femme de charge; elle était taillée sur le même modèle que M. Brockelhurst; elle semblait faite de la même chair et des mêmes os.

« Oh! très-bien, répondit Mlle Temple; nous nous en passerons alors. »

Au moment où la servante s'en allait, elle ajouta en souriant :

« Heureusement que, pour cette fois, j'ai de quoi suppléer à ce qui manque. »

Elle invita Hélène et moi à nous approcher de la table, et plaça devant chacune de nous une tasse de thé et une délicieuse mais petite tartine de beurre; puis elle se leva, ouvrit un tiroir et en tira un paquet enveloppé de papier : un pain d'épice d'une majestueuse grandeur s'offrit à nos regards.

« J'aurais voulu vous en donner à chacune un morceau pour l'emporter, dit-elle; mais, puisque nous n'avons pas assez de pain et de beurre, il faudra bien le manger maintenant. »

Et sa main généreuse nous en coupa de grosses tranches.

Ce soir-là, il nous sembla que nous étions nourries de nectar et d'ambroisie. Le sourire de satisfaction avec lequel Mlle Temple nous regardait pendant que nous apaisions nos appétits voraces sur le mets délicat qu'elle nous avait libéralement réparti, ne fut pas la moindre de nos joies.

Le thé achevé et le plateau enlevé, elle nous rappela près du feu; chacune de nous fut placée à ses côtés, et une conversation s'engagea entre elle et Hélène. Ce n'était pas un petit privilége que d'être admise à l'entendre.

Mlle Temple avait toujours quelque chose de serein dans son apparence, de noble dans son maintien. On trouvait dans son langage cette exactitude épurée qui prévient l'exagération ou la passion. Ceux qui la regardaient ou l'écoutaient éprouvaient non-seulement un vif plaisir, mais aussi un profond respect.

Ce fut ce qui m'arriva. Quant à Hélène, elle me frappa d'admiration.

Le repas confortable, le foyer réjouissant, la présence et la bonté de son institutrice aimée, ou plutôt quelque chose qui se passa dans cette âme privilégiée, réveilla toutes les puissances de son être; elles s'allumèrent et commencèrent par animer d'une teinte brillante ses joues, qui jusque-là avaient toujours été pâles et privées de sang; puis elles vinrent éclairer ses yeux, leur donner un doux rayonnement, et ils acquirent tout à coup une beauté plus originale que celle de Mlle Temple, une beauté qui n'était produite ni par une riche couleur ni par de longs cils ou des sourcils bien dessinés, mais par la force de la pensée et la splendeur de l'âme. Cette âme était là sur ses lèvres, et les paroles coulaient de je ne sais quelle source mystérieuse.

Une jeune fille de quatorze ans a-t-elle un cœur assez grand, assez vigoureux pour renfermer la source sans cesse agitée d'une éloquence pure, pleine et fervente? tel fut le sujet de la conversation d'Hélène pendant toute cette soirée, dont je ne perdrai jamais le souvenir; son esprit semblait vouloir vivre autant dans un court espace que les autres durant une longue existence.

Mlle Temple et Hélène parlèrent de choses qui m'étaient étrangères, des peuples et des temps passés, des contrées éloignées, des secrets de la nature découverts ou devinés. Elles parlèrent de différents livres; combien elles en avaient lu! que de connaissances elles possédaient! les noms des auteurs français leur semblaient familiers. Mais mon étonnement fut au comble, quand Mlle Temple demanda à Hélène si elle trouvait quelquefois un moment pour repasser le latin que son père lui avait enseigné, et, prenant un livre dans sa bibliothèque, elle lui dit de lire et de traduire une page de Virgile.

Hélène obéit, et mon admiration croissait à chaque ligne. Au moment où elle finissait, la cloche annonça qu'il était temps de se coucher. Nous ne pouvions donc plus rester. Mlle Temple nous embrassa, et nous pressant sur son cœur, elle nous dit:

« Dieu vous bénisse, mes enfants! »

Elle retint Hélène pressée contre elle un peu plus longtemps que moi. Elle la laissa partir plus difficilement; ce fut Hélène que son œil suivit; ce fut pour elle qu'elle soupira tristement une seconde fois, et qu'elle essuya une larme.

En atteignant le dortoir, nous entendîmes la voix de Mlle Scatcherd; elle examinait les tiroirs, elle était justement à celui d'Hélène Burns, et, en entrant, celle-ci fut vivement réprimandée. On lui déclara que le lendemain on lui attacherait à l'épaule une demi-douzaine d'objets dépliés.

« Il est bien vrai que mes tiroirs étaient dans un désordre honteux, me dit tout bas Hélène; j'avais l'intention de les ranger, et je l'ai oublié. »

Le lendemain, Mlle Scatcherd écrivit en gros caractères, sur un morceau de carton, ce mot :

Désordonnée,

puis elle l'attacha sur le front d'Hélène, sur ce front bon, élevé, doux, intelligent.

Jusqu'au soir, la jeune fille supporta son châtiment avec patience et sans avoir un seul instant conçu de ressentiment; car elle le considérait comme une punition méritée.

Au moment où Mlle Scatcherd s'en alla, après la classe du soir, je courus à Hélène. Je lui arrachai du front ce papier, et je le jetai au feu.

Cette rage, dont Hélène était incapable, avait dévoré mon âme pendant tout le jour, et des larmes brûlantes avaient coulé le long de mes joues. La vue de cette triste résignation m'avait mis au cœur une souffrance intolérable.

Une semaine environ après ce que je viens de raconter, Mlle Temple, qui avait écrit à M. Loyd, recevait une réponse; il paraît que son récit s'accordait avec le mien. Mlle Temple ayant donc rassemblé toute l'école, déclara qu'elle avait pris des informations sur les fautes dont Jane Eyre avait été accusée par M. Brockelhurst, et qu'elle se trouvait heureuse de la déclarer innocente; les maîtresses me donnèrent des poignées de main et m'embrassèrent; un murmure de plaisir se fit entendre parmi mes compagnes.

Délivrée d'un poids aussi accablant, je pris dès lors la résolution de me mettre à l'œuvre, et de me frayer un chemin au milieu de toutes les difficultés.

Je travaillai courageusement, et mes succès furent proportionnés à mes efforts : ma mémoire, qui n'était pas naturellement très-bonne, s'améliora par la pratique; l'exercice aiguisa mon esprit; au bout de quelques semaines, je fus placée dans une classe supérieure, et je n'étais pas à Lowood depuis deux mois, lorsqu'on me permit de commencer le français et le dessin. Le même jour, j'appris les deux premiers temps du verbe *Être*, et je dessinai ma première ferme, dont, par parenthèse, les murs étaient encore plus inclinés que ceux de la fameuse tour penchée à Pise.

Ce soir-là, en allant me coucher, j'oubliai de me servir en imagination le souper de pommes de terre toutes chaudes, de pain blanc et de lait nouvellement tiré, comme j'avais l'habitude de le faire pour apaiser mon estomac affamé. Je me contentai, pour tout repas, de regarder mille gravures idéales qui se présentaient à mes yeux dans l'obscurité. Je me figurais qu'elles étaient toutes mon ouvrage. Je voyais des maisons, des arbres, des rochers et des ruines pittoresques, des groupes de châteaux, de belles peintures représentant des papillons qui voltigeaient sur des roses en boutons, des oiseaux becquetant les cerises mûres, ou bien un nid de petits rouges-gorges, recouvert par des branches de lierre. Je pensais aussi au jour où je serais capable de traduire couramment un certain petit livre français que Mme Pierrot m'avait montré. Je m'endormis avant d'avoir résolu ce problème d'une manière satisfaisante.

Salomon a bien raison de dire : « Mieux vaut un dîner d'herbe et l'amour, qu'un bœuf à l'écurie et la haine. »

Je n'aurais pas changé Lowood et toutes ses privations pour Gateshead et son luxe.

CHAPITRE IX.

Les privations, ou plutôt les souffrances que nous avions endurées jusque-là, diminuaient; le printemps allait revenir, il était presque arrivé; les gelées avaient cessé; les neiges étaient fondues; les vents froids soufflaient moins fort; mes pauvres pieds, que l'air glacial de janvier avait meurtris et enflés au point de gêner ma marche, commençaient à guérir sous l'influence des brises d'avril. Les nuits et les matinées, renonçant à une température digne du Canada, ne glaçaient plus le sang dans nos veines. Les récréations passées dans le jardin devenaient supportables; quelquefois même, lorsque le soleil brillait, elles étaient douces et agréables. La verdure perçait sur ces massifs sombres qui, s'égayant chaque jour, faisaient croire que l'espérance les traversait la nuit et laissait chaque matin des traces plus brillantes de son passage. Les fleurs commençaient à se mélanger aux feuilles; on voyait boutonner les violiers d'hiver, les crocus, les oreilles-d'ours couleur de pourpre, et les pensées aux yeux dorés. Les jeudis, comme nous avions demi-congé, nous allions nous promener, et nous trouvions des fleurs encore plus belles, écloses sous les haies vives.

Je m'aperçus aussi, à mon grand contentement, que le hasard nous avait réservé une jouissance qui n'était limitée que par l'horizon.

Au delà de ces hautes murailles surmontées de pointes de fer qui gardaient notre demeure, s'étendait un plateau riche en verdure et en ombrages, et qu'encadrait une chaîne de sommets élevés; au milieu coulait un ruisseau où se disputaient les pierres noires et les remous étincelants. Combien cet aspect m'avait paru différent sous un ciel d'hiver, alors que tout était roidi par la gelée ou enseveli sous la neige, alors que des brouillards aussi froids que la mort et poussés par des vents d'est venaient errer au-dessus de ces sommets empourprés, puis se glissaient le long des chênes verts pour se réunir enfin aux brumes glacées qui se balançaient au-dessus du ruisseau!

Ce ruisseau lui-même était dans cette saison un torrent bourbeux et sans frein; il séparait le bois en deux parties, et faisait entendre un grondement furieux à travers l'atmosphère souvent épaissie par une pluie violente ou par des tourbillons de grêle; quant à la forêt, pendant l'hiver son contour n'offrait aux regards qu'une rangée de squelettes.

Le mois d'avril touchait à sa fin, et mai approchait brillant et serein. Chaque jour c'était un ciel bleu, de doux rayons de soleil, des brises légères qu'envoyaient l'occident et le nord. La végétation poussait avec force; tout verdissait, tout était couvert de fleurs. La nature rendait la vie et la majesté aux chênes, aux hêtres, aux ormeaux; les arbres et les plantes venaient envahir chaque recoin; les fossés étaient remplis de mousses variées, et une pluie de primevères égayait le sol; je voyais leur pâle éclat répandre une douce lueur sur les lieux ombragés.

Je sentais pleinement toutes ces choses; j'en jouissais souvent et librement, mais presque toujours seule. J'avais donc enfin une raison pour désirer cette liberté toute nouvelle pour moi, et que je devais obtenir par mes efforts.

N'ai-je pas fait de Lowood une belle habitation, quand je l'ai dépeinte entourée de bois et de montagnes et placée sur le bord d'une rivière? Sans doute le site était beau ; mais était-il sain? C'est là une autre question.

La vallée boisée où était situé Lowood était le berceau de ces brouillards qui engendrent les épidémies; avec le printemps les brumes revinrent, s'introduisirent dans l'asile des orphelines, et leur haleine répandit le typhus dans les dortoirs et dans les salles d'étude. Aussi avant le commencement de mai l'école fut-elle transformée en hôpital.

Une mauvaise nourriture et des refroidissements négligés avaient disposé une partie des élèves à subir la contagion. Quarante-cinq sur quatre-vingts furent frappées en même temps. On interrompit les classes; la discipline cessa d'être observée. Celles des élèves qui continuaient à se bien porter obtinrent une liberté entière, parce que le médecin insistait sur la nécessité d'un exercice fréquent, et que d'ailleurs personne n'avait le temps de nous surveiller. Mlle Temple était entièrement absorbée par les malades; elle passait ses jours à l'infirmerie et ne la quittait que pour prendre quelques heures de repos; les maîtresses employaient tout leur temps à emballer et à faire les préparatifs de départ pour les élèves privilégiées qui avaient des parents ou des amis disposés à leur faire quitter ce centre de contagion. Plusieurs déjà atteintes n'étaient arrivées chez elles que pour mourir; d'autres rendirent le dernier soupir à Lowood, et furent enterrées rapidement et en silence, la nature de l'épidémie rendant tout délai dangereux.

La maladie semblait avoir établi sa demeure à Lowood, et la mort y répétait ses visites assidues. Des chambres et des couloirs sortaient des émanations semblables à celles d'un hôpital. On s'efforçait en vain de combattre la contagion par des remèdes.

Cependant le joyeux mois de mai brillait sans nuages au-dessus de ces montagnes à l'aspect pittoresque et de ce beau pays tout couvert de bois. Les jardins étaient resplendissants de fleurs, les buissons de houx avaient atteint la hauteur des arbres, les lis étaient éclos, et les roses venaient de s'épanouir; les plates-bandes de nos petits massifs étaient égayées par le trèfle rose et la marguerite double; matin et soir l'églantier odoriférant répandait son parfum semblable à celui des épices et de la pomme.

Mais tous ces trésors s'étalaient en vain pour la plupart des jeunes filles de Lowood; quelquefois seulement on venait cueillir un petit bouquet d'herbes et de fleurs destinées à orner un cercueil.

Qant à moi et à toutes celles dont la santé s'était maintenue, nous jouissions pleinement des beautés du lieu et de la saison. Depuis le matin jusqu'au soir on nous laissait courir dans les bois comme des bohémiennes; nous agissions à notre fantaisie, nous allions où nous poussait le caprice; puis notre régime était meilleur que jadis. M. Brockelhurst et sa famille n'approchaient plus de Lowood, toute inspection avait cessé; effrayée de l'épidémie, l'avare femme de charge était partie. Celle qui la remplaçait avait été employée au Dispensaire de Lowton, et, ne connaissant pas les habitudes de sa nouvelle place, elle distribuait les aliments avec plus de libéralité. Il y avait d'ailleurs moins de monde à nourrir; les malades mangeaient peu, de sorte que nos plats se trouvaient plus copieux.

Lorsqu'on n'avait pas le temps de préparer le dîner, ce qui arrivait souvent, on nous donnait un gros morceau de pâté froid ou une épaisse tartine de pain et de fromage; nous emportions alors notre repas dans les bois, où nous choisissions l'endroit qui nous plaisait le mieux, et nous dînions somptueusement sur l'herbe.

Ma place favorite était une pierre large et unie qui dominait le ruisseau; on ne pouvait y arriver qu'en traversant l'eau, trajet que je faisais toujours nu-pieds. Cette pierre était juste assez large pour qu'on pût commodément s'y asseoir deux; je m'y rendais avec une autre enfant.

A cette époque, ma compagne favorite était Marianne Wilson, petite personne fine et observatrice, dont la compagnie me plaisait, tant à cause de son esprit et de son originalité, qu'à cause de ses manières qui me mettaient à l''aise. Plus âgée que moi de quelques années, elle connaissait mieux le monde, et pouvait me raconter les choses que j'aimais à entendre. Près d'elle ma curiosité était satisfaite; elle était indulgente pour tous mes défauts, et ne cherchait jamais à mettre un frein à mes paroles. Elle avait un penchant pour le récit, moi pour l'analyse; elle aimait à donner des détails, moi à en demander; nous nous convenions donc très-bien, et nous tirions de nos conversations mutuelles sinon beaucoup d'utilité, du moins beaucoup de plaisir.

Mais, pendant ce temps, que devenait Hélène Burns? Pourquoi ne pouvais-je pas passer avec elle ces douces journées de liberté? L'avais-je oubliée? ou étais-je assez indigne d'elle pour m'être fatiguée de sa noble intimité? Certes Marianne Wilson était inférieure à ma première amie : elle pouvait me raconter des histoires amusantes, contenter ma curiosité par des commérages piquants que je désirais savoir; mais le propre d'Hélène était de donner à ceux qui avaient le bonheur de causer avec elle l'aspiration vers les choses élevées.

Lecteurs, je savais et je sentais tout cela, et, quoique j'aie bien des défauts et peu de qualités pour les racheter, je ne me suis pourtant jamais fatiguée d'Hélène; je n'ai jamais cessé d'avoir pour elle un attachement fort, tendre et respectueux, autant que le pouvait mon cœur.

Et comment en eût-il été autrement, quand Hélène en tout temps, dans toutes circonstances, m'avait montré une amitié calme et fidèle, que la mauvaise humeur n'avait jamais ternie, que l'irritation n'avait jamais troublée? Mais Hélène était malade; depuis quelques semaines on l'avait séparée de nous, et je ne savais point dans quelle chambre elle avait été transportée.

Elle n'habitait pas dans l'infirmerie avec les élèves malades de l'épidémie; car elle n'était point attaquée du typhus, mais d'une maladie de poitrine, et dans mon ignorance je regardais cette maladie comme une souffrance douce et lente que le temps et les soins devaient sûrement faire disparaître.

Je fus confirmée dans cette idée en la voyant descendre deux ou trois fois par des journées très-chaudes. Elle était conduite au jardin par Mlle Temple, mais on ne me permettait pas d'aller lui parler; je ne pouvais la voir qu'à travers la fenêtre de la salle d'étude, et encore très-vaguement, car elle était enveloppée d'un châle, et elle allait se placer à distance sous la galerie.

Un soir, au commencement de juin, j'étais restée très-tard dans les bois avec Marianne; comme de coutume, après nous être séparées des autres, nous nous étions mises à errer au loin, mais si loin, cette fois, que nous nous étions perdues, et que nous avions été obligées de demander notre chemin à un homme et à une femme qui faisaient paître dans la forêt un troupeau de porcs à demi sauvages.

Lorsque nous arrivâmes, la lune était levée; un cheval que nous reconnûmes pour être celui du médecin était attaché à la porte du jardin; Marianne me fit observer qu'il devait y avoir quelqu'un de très-malade pour qu'on fût aller chercher M. Bates à une pareille heure, et elle retourna à la maison.

Moi, je restai encore quelques minutes pour planter dans mon jardin une poignée de racines que je rapportais de la forêt et que je craignais de voir se faner en les laissant hors de terre jusqu'au lendemain.

Ce travail achevé, je ne rentrai pas encore; la rosée donnait un doux parfum aux fleurs, la soirée était sereine et chaude; l'orient empourpré promettait un beau lendemain; à l'occident la lune se levait majestueuse; je remarquais toutes ces choses, et j'en jouissais comme un enfant peut en jouir. Mon esprit s'arrêta sur une pensée qui jusqu'alors ne l'avait jamais préoccupé.

« Combien il est pénible, me dis-je, d'être étendue maintenant sur un lit de douleur, et de se trouver en danger de mort! Ce monde est beau, et il est triste d'en être arraché pour aller.... qui sait où? »

Alors mon intelligence fit son premier effort sérieux pour comprendre ce qui lui avait été enseigné sur le ciel et sur l'enfer, et pour la première fois elle recula effrayée; et pour la première fois, regardant en avant et en arrière, elle se vit entourée d'un abîme sans fond : elle ne sentait et ne comprenait qu'une chose, le présent; le reste n'était qu'un nuage informe, un gouffre vide, et elle tressaillait à l'idée de se trouver plongée au milieu de ce chaos.

J'étais abîmée dans ces réflexions, lorsque j'entendis ouvrir la grande porte; M. Bates sortit avec la garde-malade.

Lorsque celle-ci se fut assurée que le médecin était monté sur son cheval et reparti, elle se prépara à fermer la porte, mais je courus vers elle.

« Comment va Hélène Burns? demandai-je.

— Très-mal, répondit-elle.

— Est-ce elle que M. Bates est venu voir?

— Oui.

— Et que dit-il?

— Il dit qu'elle ne restera plus longtemps ici. »

Si j'avais entendu cette même phrase la veille, j'aurais cru qu'Hélène allait retourner dans le Northumberland, chez son père, et je n'aurais pas supposé une mort prochaine; mais ce jour-là je compris tout de suite. Je vis clairement qu'Hélène comptait ses derniers jours, qu'elle allait quitter ce monde pour être transportée dans la région des esprits, si toutefois cette région existe. Mon premier sentiment fut l'effroi; ensuite mon cœur fut serré par une violente douleur; enfin j'éprouvai le désir, le besoin de la voir; je demandai dans quelle chambre elle était.

« Elle est dans la chambre de Mlle Temple, me dit la garde.

— Puis-je monter lui parler ?

— Oh non, enfant, cela n'est pas probable ; et puis il est temps de rentrer. Vous prendrez la fièvre si vous restez dehors quand la rosée tombe. »

La garde ferma, et je rentrai par une porte latérale qui conduisait à la salle d'étude. Il était juste temps. Neuf heures venaient de sonner, et Mlle Miller appelait les élèves pour se coucher.

Deux heures se passèrent ; il devait être à peu près onze heures ; je n'avais pu m'endormir. Jugeant d'après le silence complet du dortoir que toutes mes compagnes étaient plongées dans un profond sommeil, je me levai, je passai ma robe et je sortis nu-pieds de l'appartement. Je me mis à chercher la chambre de Mlle Temple ; elle était à l'autre bout de la maison ; je connaissais le chemin, et la lumière de la lune entrant par les fenêtres me le fit trouver sans peine.

Une odeur de camphre et de vinaigre brûlé m'avertit que je me trouvais près de l'infirmerie ; je passai rapidement, dans la crainte d'être entendue par la garde qui veillait toute la nuit : j'avais peur d'être aperçue et renvoyée dans mon lit, car il fallait que je visse Hélène ; j'étais décidée à la serrer dans mes bras avant sa mort, à lui donner un dernier baiser, à échanger avec elle une dernière parole.

Après avoir descendu un escalier, traversé une portion de la maison et réussi à ouvrir deux portes sans être entendue, j'atteignis un autre escalier ; je le montai. Juste en face de moi se trouvait la chambre de Mlle Temple.

On voyait briller la lumière par le trou de la serrure et sous la porte ; tout y était silencieux. En m'approchant je m'aperçus que la porte était entr'ouverte, probablement pour permettre à l'air du dehors d'entrer dans ce refuge de la maladie.

Impatiente et peu disposée à l'hésitation, car une douloureus angoisse s'était emparée de mon âme et de mes sens, je poussai la porte et je regardai dans la chambre ; mes yeux cherchaient Hélène, et craignaient de trouver la mort.

Près de la couche de Mlle Temple et à moitié recouvert par ses rideaux blancs se trouvait un petit lit ; je vis la forme d'un corps se dessiner sous les couvertures ; mais la figure était cachée par les rideaux. La garde à laquelle j'avais parlé dans le jardin s'était endormie sur un fauteuil ; une chandelle qu'on avait oubliée de moucher brûlait sur la table.

Mlle Temple n'y était pas ; je sus plus tard qu'elle avait été appelée près d'une jeune fille à l'agonie.

Je fis quelques pas et je m'arrêtai devant le lit : ma main était posée sur le rideau; mais je préférais parler avant de le tirer, car j'avais peur de ne trouver qu'un cadavre.

« Hélène, murmurai-je doucement, êtes-vous éveillée? »

Elle se souleva, écarta le rideau, et je vis sa figure pâle, amaigrie, mais parfaitement calme. Elle me parut si peu changée que mes craintes cessèrent immédiatement.

« Est-ce bien vous, Jane? me demanda-t-elle de sa douce voix.

— Oh! pensai-je, elle ne va pas mourir; ils se trompent : car, s'il en était ainsi, sa parole et son regard ne seraient pas aussi calmes. »

Je m'avançai vers son petit lit, et l'embrassai. Son front, ses joues, ses mains, tout son corps enfin était froid; mais elle souriait comme jadis.

« Pourquoi êtes-vous venue ici, Jane? il est onze heures passées; je les ai entendues sonner il y a quelques instants.

— J'étais venue vous voir, Hélène; on m'avait dit que vous étiez très-malade, je n'ai pas pu m'endormir avant de vous avoir parlé.

— Vous venez alors pour me dire adieu; vous arrivez bien à temps.

— Allez-vous quelque part, Hélène? retournez-vous dans votre demeure?

— Oui, dans ma dernière, dans mon éternelle demeure.

— Oh non, Hélène! »

Je m'arrêtai émue. Pendant que je cherchais à dévorer mes larmes, Hélène fut prise d'un accès de toux, et pourtant la garde ne s'éveilla pas. L'accès fini, Hélène resta quelques minutes épuisée; puis elle murmura :

« Jane, vos petits pieds sont nus; venez coucher avec moi, et cachez-vous sous ma couverture. »

J'obéis; elle passa son bras autour de moi et m'attira tout près d'elle. Après un long silence elle me dit, toujours très-bas·

« Je suis très-heureuse, Jane. Quand on vous dira que je suis morte, croyez-le et ne vous affligez pas; il n'y a là rien de triste : nous devons tous mourir un jour, et la maladie qui m'enlève à la terre n'est point douloureuse, elle est douce et lente; mon esprit est en repos; personne ici-bas ne me regrettera beaucoup. Je n'ai que mon père; il s'est remarié dernièrement, et ma mort ne sera pas un grand vide pour lui. En mourant jeune, j'échappe à de grandes souffrances; je n'ai pas les qualités et les talents nécessaires pour me frayer aisément une route dans le monde. et j'aurais failli sans cesse

— Mais où allez-vous, Hélène? Pouvez-vous le voir? le savez-vous?

— J'ai la foi, et je crois que je vais vers Dieu.

— Où est Dieu? Qu'est-ce que Dieu?

— Mon créateur et le vôtre; il ne détruira jamais son œuvre; j'ai foi en son pouvoir et je me confie en sa bonté; je compte les heures jusqu'au moment solennel qui me rendra à lui et qui le révélera à moi.

— Alors, Hélène, vous êtes sûre que le ciel existe réellement, et que nos âmes peuvent y arriver après la mort?

— Oui, Jane, je suis sûre qu'il y a une vie à venir; je crois que Dieu est bon et que je puis en toute confiance m'abandonner à lui pour ma part d'immortalité. Dieu est mon père, Dieu est mon ami; je l'aime et je crois qu'il m'aime.

— Hélène, vous reverrai-je de nouveau après ma mort?

— Oui, vous viendrez vers cette même région de bonheur; vous serez reçue par cette même famille toute-puissante et universelle, n'en doutez pas, chère Jane! »

Je me demandai quelle était cette région, si elle existait; mais je ne fis pas part de mes doutes à Hélène. Je pressai mon bras plus fortement contre elle; elle m'était plus chère que jamais; il me semblait que je ne pouvais pas la laisser partir, et je cachai ma figure contre son cou. Alors elle me dit de l'accent le plus doux :

« Je me sens mieux; mais ce dernier accès de toux m'a un peu fatiguée et j'ai besoin de dormir. Ne m'abandonnez pas, Jane, j'aime à vous sentir près de moi.

— Je resterai avec vous, chère Hélène, et personne ne pourra m'arracher d'ici.

— Avez-vous chaud, ma chère?

— Oui.

— Bonsoir, Jane.

— Bonsoir, Hélène. »

Elle m'embrassa, je l'embrassai, et toutes deux nous nous endormîmes.

Quand je me réveillai, il faisait jour. Je fus tirée de mon sommeil par un mouvement inaccoutumé; je regardai autour de moi, j'étais dans les bras de quelqu'un, la garde me portait; elle traversa le passage pour me ramener au dortoir. Je ne fus pas réprimandée pour avoir quitté mon lit, on était occupé de bien autre chose; on me refusa les détails que je demandais, quelques jours après j'appris que Mlle Temple, en rentrant dans sa chambre, m'avait trouvée couchée dans le petit lit, ma fi-

gure appuyée sur l'épaule d'Hélène, mon bras passé autour de
son cou. J'étais endormie; Hélène Burns était morte.

Son corps fut déposé dans le cimetière de Brooklebridge.
Pendant quinze ans, il ne fut recouvert que d'un monticule de
gazon; mais maintenant un marbre gris indique la place où
elle repose.

On y lit son nom et ce seul mot :

RESURGAM.

CHAPITRE X.

Jusqu'ici j'ai raconté avec détail les événements de mon existence peu variée; pour les premiers jours de ma vie il m'a fallu
presque autant de chapitres que d'années; mais je n'ai pas l'intention de faire une biographie exacte, et je ne me suis engagée
à interroger ma mémoire que sur les points où ses réponses peuvent être intéressantes; je passerai donc huit années sous silence; quelques lignes seulement seront nécessaires pour comprendre ce qui va avoir lieu.

Quand le typhus eut achevé sa tâche de destruction, il quitta
petit à petit Lowood; mais sa violence et le nombre des victimes
avaient attiré l'attention publique sur l'école; on fit des recher-
ches pour connaître l'origine du fléau; les détails qui furent
découverts excitèrent l'indignation au plus haut point. La position malsaine de l'établissement, la quantité et la qualité de la
nourriture, l'eau saumâtre et fétide employée pour la prépara-
tion des aliments, l'insuffisance des vêtements, tout enfin fut
dévoilé. Cette découverte, mortifiante pour M. Brockelhurst, fut
très-utile pour l'institution.

Plusieurs personnes riches et bienfaisantes réunirent une
somme qui permit de rebâtir Lowood d'une manière plus convena-
ble et dans une meilleure position; de nouveaux règlements rem-
placèrent les anciens. La nourriture et les vêtements subirent
plusieurs améliorations: les fonds de l'école furent confiés à un
comité.

M. Brockelhurst ne pouvait être chassé à cause de sa richesse
et de la célébrité de sa famille; il resta donc trésorier, mais on lui
associa des hommes d'un esprit plus large et plus sympathique.
Il fut aidé dans sa charge d'examinateur par des personnes ha-

biles à faire marcher de front la raison et la sévérité, le confort et l'économie, la bonté et la justice. L'école, ainsi améliorée, devint une institution vraiment noble et utile.

Après cette régénération, j'habitai encore huit années les murs de Lowood; six à titre d'élève, et deux à titre de maîtresse. Dans l'une et l'autre de ces positions, je pus rendre justice à la valeur et à l'importance de cet établissement.

Pendant ces huit années ma vie fut uniforme; mais, comme elle était laborieuse, elle ne me parut pas triste. J'étais à même d'acquérir une excellente éducation. Je me sentais excitée au travail, tant par mon amour pour certaines études et mon désir d'exceller en tout, que par un besoin de plaire à mes maîtresses, surtout à celles que j'aimais. Je ne perdis donc aucun des avantages qui m'étaient offerts. J'arrivai à être l'élève la plus forte de la première classe; alors je passai maîtresse.

Je m'acquittai de ma tâche avec zèle pendant deux années; mais au bout de ce temps mes idées prirent un autre cours.

Au milieu de tous les changements dont je viens de parler, Mlle Temple était demeurée directrice de l'école, et c'était à elle que je devais la plupart de mes connaissances; j'avais toujours mis ma joie dans sa présence et dans son affection. Elle m'avait tenu lieu de mère, d'institutrice, et, dans les derniers temps, de compagne. Mais alors elle se maria avec un ministre, excellent homme et presque digne d'une telle femme. Elle partit avec son mari pour un pays éloigné, en sorte qu'elle fut perdue pour moi.

Du jour où elle me quitta, je ne fus plus la même; avec elle s'envolèrent les doux sentiments, les associations d'idées qui m'avaient rendu Lowood si cher. J'avais emprunté quelque chose à sa nature; j'avais beaucoup pris de ses habitudes. Mes pensées étaient plus harmonieuses, des sensations mieux réglées avaient pris place dans mon esprit; j'étais fidèle au devoir et à l'ordre; je me sentais calme et je me croyais heureuse; aux yeux des autres et même aux miens, je semblais disciplinée et soumise.

Mais la destinée, en la personne du révérend M. Nasmyth, vint se placer entre Mlle Temple et moi.

Peu de temps après son union, je la vis monter en toilette de voyage dans une chaise de poste. Je vis la voiture disparaître derrière la colline, après l'avoir lentement gravie; puis je rentrai dans ma chambre, où je passai seule la plus grande partie du jour de congé accordé pour cette occasion.

Je m'y promenai pendant presque tout le temps. Il me semblait que je venais simplement de faire une perte douloureuse, et que je devais chercher les moyens de la réparer. Mais quand mes réflexions furent achevées, après l'écoulement de l'après-midi et d'une partie de la soirée, je découvris autre chose. Je m'aperçus qu'une transformation venait de s'opérer chez moi. Mon esprit s'était dépouillé de tout ce qu'il avait emprunté à Mlle Temple, ou plutôt elle avait emporté avec elle cette atmosphère qui m'environnait alors qu'elle était près de moi. Maintenant que j'étais abandonnée à moi-même, je commençais à ressentir de nouveau l'aiguillon de mes émotions passées. Ce n'était pas le soutien qui m'était arraché, mais plutôt la cause de mes efforts qui m'était enlevée. Ce n'était pas la force nécessaire pour être calme qui me faisait défaut, mais celle qui avait amené ce calme n'était plus près de moi. Jusque-là, le monde, pour moi, avait été renfermé dans les murs de Lowood. Mon expérience se bornait à la connaissance de ses règles et de ses systèmes; mais maintenant je venais de me rappeler que la terre était grande et que bien des champs d'espoir, de crainte, d'émotion et d'excitation, étaient ouverts à ceux qui avaient assez de courage pour marcher en avant et chercher au milieu des périls la connaissance de la vie.

Je m'avançai vers ma fenêtre; je l'ouvris et je regardai devant moi : ici étaient les deux ailes du bâtiment; là le jardin, puis les limites de Lowood; enfin, l'horizon de montagnes.

Je jetai un rapide coup d'œil sur tous ces objets, et mes yeux s'arrêtèrent enfin sur les pics bleuâtres les plus éloignés. C'était ceux-là que j'avais le désir de franchir. Ce vaste plateau qu'entouraient les bruyères et les rochers me semblait une prison, une terre d'exil. Mon regard parcourait cette grande route qui tournait au pied de la montagne et disparaissait dans une gorge entre deux collines. J'aurais désiré la suivre des yeux plus loin encore; je me mis à penser au temps où j'avais voyagé sur cette même route, où j'avais descendu ces mêmes montagnes à la faible lueur d'un crépuscule. Un siècle semblait s'être écoulé depuis le jour où j'étais arrivée à Lowood, et pourtant depuis je ne l'avais jamais quitté; j'y avais passé mes vacances. Mme Reed ne m'avait jamais fait demander à Gateshead; ni elle ni aucun membre de sa famille n'étaient jamais venus me visiter. Je n'avais jamais eu de communications, soit par lettre, soit par messager, avec le monde extérieur. Les règles, les devoirs, les habitudes, les voix, les figures, les phrases, les costumes, les préférences et les antipathies de la pension, voilà tout ce que je savais de l'existence, et je sentais maintenant que ce n'était point assez. En une seule après-midi, cette routine de huit années était devenue pesante pour moi; je désirais la liberté; je soupirais vers elle et je lui adressai une prière. Mais il me sembla qu'une brise fugitive emportait avec elle chacune de mes paroles. Je renonçai donc à cette espérance, et je fis une plus humble demande ; j'implorai un changement de position : cette demande aussi sembla se perdre dans l'espace.

Alors, à moitié désespérée, je m'écriai : « Accordez-moi au moins une autre servitude ! »

Ici la cloche du souper se fit entendre, et je descendis. Jusqu'au moment où les élèves furent couchées, je ne pus reprendre le fil de mes réflexions, et alors même une maîtresse avec laquelle j'occupais une chambre commune me détourna, par un débordement de paroles, de mes pensées et de mes aspirations.

Je souhaitais que le sommeil vînt lui imposer silence ; il me semblait que, si seulement je pouvais réfléchir un peu à ce qui me préoccupait pendant que j'étais accoudée à la fenêtre, je trouverais une solution à ce problème.

Mlle Gryce se décida enfin à ronfler ; c'était une lourde femme du pays de Galles, et jusque-là cette musique habituelle ne m'avait semblé qu'une gêne. Ce jour-là, j'en saluai les premières notes avec satisfaction ; j'étais désormais à l'abri de toute interruption, et mes pensées à demi effacées se ranimèrent promptement.

« Une autre servitude, disais-je tout bas. Ce mot doit avoir un sens pour moi, parce qu'il ne résonne pas trop doucement à mon oreille. Ce n'est pas comme les mots de liberté, de bonheur, sons délicieux, mais pour moi vains, fugitifs et sans signification. Vouloir les écouter, c'est perdre mon temps ; mais la servitude vaut la peine qu'on y pense. Tout le monde peut servir ; je l'ai fait huit années ici : tout ce que je demande, c'est de servir ailleurs ; ne puis-je y arriver par ma seule volonté ? Oh non ! ce but ne doit pas être difficile à atteindre ; si j'avais seulement un cerveau assez actif pour en trouver les moyens ! »

Je m'assis sur mon lit, espérant ainsi exciter ce pauvre cerveau. La nuit était froide ; je jetai un châle sur mes épaules et je me remis à penser de toutes mes forces.

« Qu'est-ce que je veux ? me demandais-je. Un nouveau pays, une nouvelle maison, des visages, des événements nouveaux. Je ne veux que cela, parce qu'il serait inutile de rien vouloir de mieux. Mais comment doit-on faire pour obtenir une nouvelle place ? Avoir recours à ses amis ? Je n'en ai pas. Mais il y en a bien d'autres qui n'ont pas d'amis, qui doivent se tirer d'affaire elles-mêmes et être leur propre soutien : quelle est donc leur ressource ? »

Je ne pouvais le lire; personne ne répondait à ma question. Alors j'ordonnai à mon imagination de trouver promptement une solution.

Elle travailla de plus en plus rapidement; je sentais de violentes pulsations dans mes tempes : mais pendant près d'une heure elle s'épuisa dans le vide, et aucun résultat ne suivit ses efforts.

Rendue fiévreuse par ce labeur inutile, je me levai et je me mis à marcher dans ma chambre. J'écartai le rideau pour regarder quelques étoiles; puis, saisie par le froid, je retournai à mon lit.

Pendant mon absence une bonne fée avait sans doute déposé sur mon oreiller la réponse tant cherchée; car, au moment où je me recouchai, elle me vint à l'esprit naturellement et sans efforts. Ceux qui veulent une place, pensai-je, n'ont qu'à en donner avis au journal le *Héraut du comté*.

Mais comment? C'est ce que j'ignorais.

La réponse arriva d'elle-même.

Vous n'avez qu'à écrire ce que vous désirez et à mettre la lettre sous enveloppe ainsi que l'argent nécessaire à l'insertion demandée; puis vous adresserez le tout au directeur du *Héraut*. Par la première occasion qui s'offrira vous enverrez la lettre à la poste de Lowton. Vous indiquerez dans votre billet que la réponse doit être adressée à J. E., poste restante; vous pourrez retourner la chercher huit jours après votre envoi, et s'il y a une réponse, vous agirez selon ce qu'elle contiendra.

Je me mis à passer et repasser ce projet dans ma tête; j'y pensai jusqu'au moment où il devint clair et praticable dans mon esprit; alors, satisfaite de ce que j'avais fait, je m'endormis.

Je me levai à la pointe du jour, et avant l'heure où sonna la cloche qui devait éveiller toute l'école, ma lettre était écrite, fermée, et l'adresse mise. Voici comment elle était conçue :

« Une jeune fille habituée à l'enseignement (j'avais été maîtresse pendant deux années) désire se placer dans une famille où les enfants seraient au-dessous de quatorze ans (je pensais qu'ayant à peine dix-huit ans je ne pouvais pas prendre la direction d'élèves plus près de mon âge). Elle peut enseigner les éléments ordinaires d'une bonne éducation anglaise, montrer le français, le dessin et la musique (à cette époque, lecteur, ce catalogue restreint était regardé comme assez étendu.) Adresser à J. E., poste restante, Lowton, comté de.... »

Cette missive resta enfermée dans mon tiroir pendant tout le jour. Après le thé, je demandai à la nouvelle directrice la permission d'aller à Lowton faire quelques emplettes, tant pour moi que pour les autres maîtresses. Elle me fut promptement accordée, et je partis.

J'avais deux milles à parcourir par une soirée humide, mais les jours étaient encore assez longs. J'allai dans une ou deux boutiques, et, après avoir jeté ma lettre à la poste, je revins par une pluie battante. Mes vêtements furent inondés, mais je sentais mon cœur plus léger.

La semaine suivante me sembla longue; elle eut pourtant une fin comme toute chose terrestre; et, par un beau soir d'automne, je suivais de nouveau la route qui conduit à la ville.

Le chemin était pittoresque : il longeait les bords du ruisseau et serpentait à travers les courbes de la vallée; mais, ce jour-là, la verdure et l'eau m'intéressaient peu, et je songeais plutôt à la lettre que j'allais trouver ou ne pas trouver, dans cette petite ville vers laquelle je dirigeais mes pas.

Le prétexte de ma course ce jour-là était de me commander une paire de souliers; ce fut donc la première chose que je fis Puis, quittant la petite rue propre et tranquille du cordonnier, je me dirigeai vers le bureau de poste.

Il était tenu par une vieille dame qui portait des lunettes de corne et des mitaines noires.

« Y a-t-il des lettres pour J. E.? » demandai-je.

Elle me regarda par-dessus ses lunettes, ouvrit son tiroir et y chercha pendant longtemps, si longtemps que je commençais à perdre tout espoir; enfin elle prit un papier qu'elle tint devant ses yeux cinq minutes environ, puis elle me le présenta en fixant sur moi un regard scrutateur et où perçait le doute : la lettre portait pour adresse : J. E.

« N'y en a-t-il qu'une ? demandai-je.

—C'est tout, » me répondit-elle.

Je la mis dans ma poche et je retournai à Lowood Je ne pouvais pas l'ouvrir tout de suite : le règlement m'obligeait à être de retour à huit heures, et il en était presque sept et demie.

Différents devoirs m'attendaient à mon arrivée : il fallait rester avec les enfants pendant l'heure de l'étude; c'était à moi de lire les prières, d'assister au coucher des élèves; ensuite vint le souper avec les maîtresses; enfin, lorsque nous nous retirâmes, l'inévitable Mlle Gryce partagea encore ma chambre.

Nous n'avions plus qu'un petit bout de chandelle, et je tremblais à l'idée de le voir finir avant le bavardage de ma compagne. Heureusement son souper produisit un effet soporifique; je n'avais pas achevé de me déshabiller, que déjà elle ronflait. La chandelle n'était pas encore entièrement consumée; je pris ma lettre, dont le cachet portait l'initiale F.; je l'ouvris.

Elle était courte et ainsi conçue :

« Si J. E., qui s'est fait annoncer dans le *Héraut* de mardi, possède les connaissances indiquées, si elle est en position de donner des renseignements satisfaisants sur son caractère et sur son instruction, une place lui est offerte; il n'y a qu'une élève, une petite fille au-dessous de dix ans. Les appointements sont de 30 livres. J. E. devra envoyer son nom, son adresse, et tous les renseignements demandés, chez Mme Fairfax, à Thornfield, près Millcote, comté de Millcote. »

J'examinai longtemps la lettre : l'écriture, ancienne et tremblée, trahissait la main d'une dame âgée. Je me réjouis de cette circonstance. J'avais été prise d'une secrète terreur. Je craignais, en agissant ainsi moi-même et d'après ma propre inspiration, de tomber dans quelque piége, et, par-dessus tout, je voulais que le résultat de mes efforts fût honorable. Je sentais qu'une vieille dame serait une garantie pour mon entreprise

Je me la représentais vêtue d'une robe noire et d'un bonnet de veuve, froide peut-être, mais non pas impertinente; enfin je la taillais sur le modèle des vieilles nobles anglaises. Thornfield! c'était sans doute le nom de la maison; je me la figurais jolie et arrangée avec ordre. Millcote! Je me mis à repasser dans ma mémoire la carte de l'Angleterre. Le comté de Millcote était de soixante lieues plus près de Londres que le pays où je demeurais. Je considérais cela comme un avantage; je désirais aller vers la vie et le mouvement. Millcote était une grande ville manufacturière sur les bords de l'A.... Ce devait être sans doute un lieu bruyant; eh bien! tant mieux! le changement serait complet; non pas que mon imagination fût très-captivée par les longues cheminées et les nuages de fumée; « mais, me disais-je, Thornfield sera sans doute à une bonne distance de la ville. »

Ici la bobèche tomba et la mèche s'éteignit. Le jour suivant, de nouvelles démarches étaient nécessaires. Je ne pouvais plus garder mes projets pour moi seule; pour les accomplir, il fallait en parler à d'autres.

Ayant obtenu une audience de la directrice pendant la récréation de l'après-midi, je lui appris que je cherchais une place où le salaire serait double de ce que je gagnais à Lowood, car, à cette époque, je ne recevais que 15 livres par an. Je la priai de parler pour moi à M. Brockelhurst ou à quelque autre membre du Comité, et de lui demander de vouloir bien répondre de moi si l'on venait à lui pour des renseignements.

Elle consentit obligeamment à se charger de cette affaire, et, le jour suivant, elle parla à M. Brockelhurst. Celui-ci déclara qu'il fallait écrire à Mme Reed, puisqu'elle était ma tutrice naturelle. Une lettre fut donc envoyée à ma tante; elle répondit que je pouvais agir comme bon me semblait, et que depuis long-temps elle avait renoncé à se mêler de ce qui me regardait. Le billet passa entre les mains de tous les membres du Comité, et, après un délai qui me parut insupportable, j'obtins la permission formelle d'améliorer ma condition si je le pouvais. Un certificat constatant que je m'étais toujours bien conduite à Lowood, tant comme maîtresse que comme élève, témoignant en faveur de mon caractère et de mes capacités, et signé des inspecteurs, devait m'être accordé prochainement.

Ce certificat, je l'obtins en effet au bout d'une semaine. J'en envoyai une copie à Mme Fairfax, et je reçus une réponse. Elle était satisfaite des détails que je lui avais donnés, et elle m'ac-cordait un délai de quinze jours avant de prendre chez elle ma place d'institutrice. Je m'occupai de faire mes préparatifs; la quinzaine passa rapidement; je n'avais pas un grand trousseau, bien qu'il fût proportionné à mes besoins, et le dernier jour me suffit pour faire ma malle.

C'était la même que j'avais apportée huit ans auparavant en arrivant de Gateshead.

La malle était ficelée, l'adresse mise; le voiturier devait venir dans une demi-heure la chercher pour la porter à Lowton, où moi-même je devais me rendre le lendemain de bonne heure pour prendre la voiture. J'avais brossé mon costume de drap noir qui devait me servir pour le voyage; j'avais préparé mon cha-peau, mes gants, mon manchon; j'avais visité tous mes tiroirs pour m'assurer que je n'oubliais rien. Ayant achevé mes prépa-ratifs, je m'assis et j'essayai de me reposer.

Mais je ne le pus pas, bien que je fusse demeurée debout toute la journée; j'étais trop excitée. Une des phases de ma vie finissait le soir, une autre allait commencer le lendemain. Im-possible de dormir entre ces deux crises; et, fiévreuse, je me voyais obligée de veiller pendant que s'accomplissait le chan-gement.

« Mademoiselle, me dit la servante en me rencontrant dans le vestibule, où j'errais comme un esprit inquiet, il y a en bas une personne qui désire vous parler.

— Le roulier sans doute, » pensai-je en moi-même; et je descendis rapidement l'escalier sans en demander plus long.

Pour arriver à la cuisine, je fus obligée de passer devant le parloir, dont la porte était à demi ouverte; quelqu'un en sortit et se précipita vers moi.

« C'est elle! j'en suis sûre; je l'aurais reconnue partout, » s'écria en me prenant la main la personne qui avait arrêté ma marche.

Je regardai, et je vis une femme habillée comme le serait une bonne élégante; jeune encore et jolie, elle avait les yeux et les cheveux noirs, le teint plein d'animation.

« Eh bien! qui suis-je? me demanda-t-elle avec une voix et un sourire que je reconnus à demi. Je pense que vous ne m'avez point oubliée, mademoiselle Jane? »

Une seconde après j'étais dans ses bras, la couvrant de baisers et m'écriant: « Bessie! Bessie! » C'était tout ce que je pouvais dire pendant qu'elle restait là, riante à travers ses larmes. Nous rentrâmes toutes deux dans le parloir; près du feu était un petit enfant vêtu d'une blouse et d'un pantalon à carreaux.

« C'est mon petit garçon, me dit Bessie.

— Alors vous êtes mariée?

— Oui, il y a à peu près cinq ans, à Robert Leaven, le cocher; et Bobby a une petite sœur que j'ai appelée Jane.

— Et vous n'êtes plus à Gateshead?

— Je suis à la loge maintenant; les vieux portiers l'ont quittée.

— Et comment va-t-on? dites-moi tout ce qui concerne la famille, Bessie.... D'abord, asseyez-vous; Bobby, venez vous mettre sur mes genoux. »

Mais Bobby préféra aller vers sa mère.

« Vous n'êtes pas très-grande, mademoiselle Jane, ni très-forte, continua Mme Leaven; ils n'ont pas pris bien soin de vous ici. Mlle Eliza a la tête de plus que vous, et Mlle Georgiana est deux fois plus forte.

— Georgiana doit être belle, Bessie?

— Oh! très-belle. L'hiver dernier elle a été à Londres avec sa mère, et tout le monde l'admirait. Un jeune lord est tombé amoureux d'elle; mais comme les parents ne voulaient pas de ce mariage, savez-vous ce qu'ils ont fait? Lui et Mlle Georgiana se sont sauvés! Mais ils ont été retrouvés et arrêtés. C'est Mlle Eliza qui les a découverts; je crois qu'elle était jalouse; et maintenant les deux sœurs vivent comme chien et chat; elles se disputent toujours.

— Et que devient John Reed?

— Il ne tourne pas aussi bien que sa mère le désirerait; il est allé au collège, et il est sorti ce qu'ils appellent *fruit sec*. Ses oncles voulaient le voir avocat et lui ont fait étudier les lois : mais c'est un jeune homme dissipé, je ne pense pas qu'ils en fassent grand'chose de bon.

— Quel extérieur a-t-il ?

— Il est très-grand ; quelques personnes le trouvent beau garçon, mais il a des lèvres si épaisses !

— Et Mme Reed ?

— Madame a l'air assez bien ; mais je crois que son esprit est troublé. La conduite de M John ne lui plaît pas du tout ; il dépense tant d'argent !

— Est-ce elle qui vous a envoyée ici, Bessie ?

— Non, en vérité ; mais il y a longtemps que j'avais envie de vous voir ; et quand j'ai entendu dire que vous aviez écrit et que vous alliez quitter le pays, je me suis décidée à partir pour vous embrasser encore une fois avant que vous soyez tout à fait loin de moi.

— Je crains, Bessie, dis-je en riant, que ma vue ne vous ait désappointée. »

En effet, le regard de Bessie, bien qu'il fût respectueux, n'exprimait en rien l'admiration.

« Non, mademoiselle Jane, vous êtes assez gentille ; vous avez l'air d'une dame, et c'est tout ce que j'ai jamais attendu de vous. Vous n'étiez pas une beauté dans votre enfance. »

Je souris à la franche réponse de Bessie ; je la sentais juste, mais je confesse qu'elle ne me fut pas tout à fait indifférente. A dix-huit ans, presque tout le monde désire plaire, et quand on nous apprend qu'il faut y renoncer, nous éprouvons tout autre chose que de la reconnaissance.

« Mais je crois que vous êtes savante, continua Bessie comme pour me consoler ; que savez-vous faire ? pouvez-vous jouer du piano ?

— Un peu. »

Il y en avait un dans la chambre. Bessie l'ouvrit et me demanda de lui jouer quelques notes. J'exécutai une valse ou deux ; elle fut charmée.

« Les demoiselles Reed ne jouent pas si bien que vous, s'écria-t-elle avec enthousiasme ; j'ai toujours dit que vous les surpasseriez en science. Et savez-vous dessiner ?

— Voilà un de mes tableaux là, au-dessus de la cheminée. »

C'était une aquarelle dont j'avais fait présent à la directrice pour la remercier de son intercession en ma faveur auprès du Comité ; elle l'avait fait encadrer et recouvrir d'un verre.

« C'est magnifique, mademoiselle Jane : c'est aussi beau que

ce que fait le maître de dessin des demoiselles Reed. Livrées
à elles-mêmes, elles ne pourraient approcher de cela; et avez-
vous appris le français?

— Oui, Bessie, je peux le lire et le parler.

— Savez-vous broder et faire de la tapisserie?

— Oui, Bessie.

— Alors vous êtes tout à fait une dame, mademoiselle Jane;
je savais bien que cela devait arriver. Vous ferez votre chemin
en dépit de vos parents. Ah! je voulais aussi vous demander
quelque chose : avez-vous jamais entendu parler de la famille
de votre père?

— Jamais.

— Eh bien! vous savez que madame disait toujours qu'ils
étaient pauvres et misérables. Il est possible qu'ils soient pauvres, mais je certifie qu'ils sont mieux élevés que les Reed. Il y
a sept ans environ, un M. Eyre est venu à Gateshead; il a demandé à vous voir; madame a répondu que vous étiez dans une
pension éloignée de cinquante milles. Il a eu l'air très-contra-
rié, car, disait-il, il n'avait pas le temps de s'y rendre; il partait
pour un pays très-éloigné, et le bateau devait quitter Londres
dans un ou deux jours. Il avait tout à fait l'air d'un gentleman;
je crois qu'il était frère de votre père.

— Et vers quel pays allait-il, Bessie?

— Il allait dans une île qui est à plus de trois cents lieues d'ici
et où l'on fait du vin, à ce que m'a dit le sommelier.

— Madère? demandai-je.

— Oui, c'est cela; c'est juste ce nom-là.

— Et alors, il partit?

— Oui, il n'est pas resté longtemps dans la maison; madame lui
a parlé très-impérieusement, et, derrière son dos, elle l'a traité de
vil commerçant. Mon mari pense que c'est un marchand de vins.

— Très-probablement, répondis-je, ou un agent dans quelque
compagnie pour les vins. »

Bessie et moi nous causâmes du passé pendant une demi-heure
encore. Puis elle fut obligée de me quitter.

Le lendemain matin, je la vis quelques minutes à Lowton pendant que j'attendais la voiture; nous nous séparâmes devant la
maison de M. Brockelhurst.

Chacune de nous se dirigea de son côté; elle alla rejoindre la
diligence qui devait la mener à Gateshead, tandis que je montais
dans celle qui allait me conduire vers une nouvelle vie et des devoirs nouveaux, dans les environs inconnus de Millcote.

CHAPITRE XI.

Un nouveau chapitre dans un roman est comme un nouvel acte dans une pièce. Au moment où le rideau se lève, figurez-vous, lecteurs, que vous avez devant les yeux une des chambres de l'auberge de George, à Millcote. Représentez-vous des murs recouverts d'un papier à personnages, un tapis, des meubles et des ornements de cheminée comme en possèdent toutes les auberges; enfin, en fait de tableaux, George III, le prince de Galles et la mort de Wolf. Tout cela, vous devez le voir à la lueur d'une lampe suspendue au plafond et d'un excellent feu, près duquel je me suis assise en manteau et en chapeau. Mon manchon et mon parapluie sont sur la table à côté de moi, et je tâche de me délivrer du froid et de l'humidité dont je me sens saisie après seize heures de voyage par une glaciale journée d'octobre. J'avais quitté Lowton à quatre heures du matin, et l'horloge de Millcote venait de sonner huit heures.

Lecteurs, quoique j'aie l'air fort bien installée, je n'ai pas l'esprit très-tranquille; je pensais que quelqu'un serait là pour m'attendre à l'arrivée de la diligence, et, en descendant le marchepied de la voiture, je me mis à chercher des yeux la personne chargée de m'attendre. J'espérais entendre prononcer mon nom et voir quelque véhicule chargé de me transporter à Thornfield; mais je n'aperçus rien de semblable, et quand je demandai au garçon si l'on n'était pas venu chercher Mlle Eyre, il me répondit que non. Ma seule ressource fut donc de me faire préparer une chambre et d'attendre, malgré mes craintes et mes doutes.

Une jeune fille inexpérimentée, qui se trouve ainsi seule dans le monde, éprouve une sensation étrange. Ne connaissant personne, incertaine d'atteindre le but de son voyage, empêchée par bien des raisons de retourner au lieu qu'elle a quitté, elle trouve pourtant dans le charme du romanesque un adoucissement à son effroi, et pour quelque temps l'orgueil ranime son courage. Mais bientôt la crainte vint tout détruire et domina le reste chez moi, lorsque, après une demi-heure, je ne vis arriver personne. Enfin je me décidai à sonner.

« Y a-t-il près d'ici un endroit appelé Thornfield? demandai-je au garçon qui répondit à mon appel.

— Thornfield? je ne sais pas, madame, mais je vais m'en informer. »

Il sortit, mais rentra bientôt après.

« Êtes-vous mademoiselle Eyre? dit-il.

— Oui.

— Eh bien, il y a quelqu'un ici qui vous attend. »

Je me levai, pris mon manchon et mon parapluie, et me hâtai de sortir de la chambre. Je vis un homme devant la porte de l'auberge, et à la lueur d'un réverbère je pus distinguer dans la rue une voiture traînée par un cheval.

« C'est là votre bagage? dit brusquement l'homme qui m'attendait, en indiquant ma malle.

— Oui. »

Il la plaça dans l'espèce de charrette qui devait nous conduire; je montai ensuite, et, avant qu'il refermât la portière, je lui demandai à quelle distance nous étions de Thornfield.

« A six milles environ.

— Combien mettrons-nous de temps pour y arriver?

— A peu près une heure et demie. »

Il ferma la portière, monta sur son siége et partit. Notre marche fut lente, et j'eus le temps de réfléchir. J'étais heureuse d'être enfin si près d'atteindre mon but, et, m'adossant dans la voiture, confortable bien que fort peu élégante, je pus méditer à mon aise.

« Il est probable, me dis-je, à en juger par la simplicité du domestique et de la voiture, que Mme Fairfax n'est pas une personne aimant à briller; tant mieux. Une seule fois dans ma vie j'ai vécu chez des gens riches, et j'y ai été malheureuse. Je voudrais savoir si elle demeure seule avec cette petite fille. Dans ce cas, et si elle est le moins du monde aimable, je m'entendrai fort bien avec elle. Je ferai de mon mieux. Pourvu que je réussisse! En entrant à Lowood j'avais pris cette résolution, et elle m'a porté bonheur; mais, chez Mme Reed, on a toujours dédaigné mes efforts. Je demande à Dieu que Mme Fairfax ne soit pas une seconde Mme Reed. En tout cas, je ne suis pas forcée de rester avec elle. Si les choses vont trop mal, je pourrai chercher une autre place. Mais où en sommes-nous de notre chemin? »

J'ouvris la fenêtre et je regardai : Millcote était derrière nous. A en juger d'après le nombre des lumières, ce devait être une ville importante, plus importante que Lowton; il me sembla que nous étions dans une espèce de commune; du reste, il y avait des maisons semées çà et là dans tout le district. Le pays me parut bien différent de celui de Lowood. Il était plus populeux, mais moins pittoresque; plus animé, mais moins romantique.

Le chemin était difficile et la nuit obscure; le cocher laissait son cheval aller au pas, de sorte que nous restâmes bien deux heures en route.

Enfin il se tourna sur son siége et me dit :

Nous ne sommes plus bien loin de Thornfield, maintenant. »

Je regardai de nouveau; nous passions devant une église; j'aperçus ses petites tours courtes et larges, et j'entendis l'horloge sonner un quart. Je vis aussi sur le versant d'une colline une file de lumières indiquant un village ou un hameau. Dix minutes après, le cocher descendit et ouvrit deux grandes portes qui se refermèrent dès que nous les eûmes franchies. Nous montâmes lentement une côte, et nous arrivâmes devant la maison. On voyait briller des lumières derrière les rideaux d'une fenêtre cintrée; tout le reste était dans l'obscurité. La voiture s'arrêta devant la porte du milieu, qui fut ouverte par la servante; je descendis et j'entrai dans la maison.

« Par ici, madame, » me dit la bonne ; et elle me fit traverser une pièce carrée, tout entourée de portes d'une grande élévation. Elle m'introduisit ensuite dans une chambre qui, doublement illuminée par le feu et par les bougies, m'éblouit un moment à cause de l'obscurité où j'étais plongée depuis quelques heures. Lorsque je fus à même de voir ce qui m'entourait, un agréable tableau se présenta à mes yeux.

J'étais dans une petite chambre. Près du feu se trouvait une table ronde; sur un fauteuil à dos élevé et de forme antique était assise la plus propre et la plus mignonne petite dame qu'on puisse imaginer. Son costume consistait en un bonnet de veuve, une robe de soie noire et un tablier de mousseline blanche : c'était bien ainsi que je m'étais figuré Mme Fairfax; seulement je lui avais donné un regard moins doux. Elle tricotait et avait un énorme chat couché à ses pieds. En un mot, rien ne manquait pour compléter le beau idéal du confort domestique. Il est impossible de concevoir une introduction plus rassurante pour une nouvelle institutrice. Il n'y avait ni cette grandeur qui vous accable, ni cette pompe qui vous embarrasse. Au moment où j'entrai, la vieille dame se leva et vint avec empressement au-devant de moi.

« Comment vous portez-vous, ma chère? me dit-elle; j'ai peur que vous ne vous soyez bien ennuyée pendant la route; John conduit si lentement ! Mais vous devez avoir froid? approchez-vous donc du feu.

— Madame Fairfax, je suppose? dis-je.

— Oui, en effet. Asseyez-vous, je vous prie. »

Elle me conduisit à sa place, me retira mon châle et me dénoua mon chapeau; je la priai de ne pas se donner tout cet embarras.

« Oh! cela ne me donne aucun embarras, me répondit-elle; mais vos mains sont presque gelées par le froid. Leah, ajouta-t-elle, faites un peu de vin chaud et préparez un ou deux sandwichs : voilà les clefs de l'office. »

Elle retira de sa poche un vrai trousseau de ménagère et le donna à la servante.

« Approchez-vous plus près du feu, continua-t-elle. Vous avez apporté votre malle avec vous, n'est-ce pas, ma chère?

— Oui, madame.

— Je vais la faire porter dans votre chambre, » dit-elle Et elle sortit.

« Elle me traite comme une visiteuse, pensai-je. Je m'attendais bien peu à une telle réception, je croyais ne trouver que des gens froids et roides; mais ne nous félicitons pas trop vite. »

Elle revint bientôt. Lorsque Leah apporta le plateau, elle débarrassa elle-même la table de son tricot et de quelques livres qui s'y trouvaient, et m'offrit de quoi me rafraîchir. J'étais confuse en me voyant l'objet des soins les plus attentifs que j'eusse jamais reçus, et ces soins m'étaient donnés par un supérieur. Mais comme elle ne semblait pas croire qu'elle fît rien d'extraordinaire, je pensai qu'il valait mieux recevoir tranquillement ses politesses.

« Aurai-je le plaisir de voir Mlle Fairfax ce soir? demandai-je, lorsque j'eus pris ce qu'elle m'offrait.

— Que dites-vous, ma chère? je suis un peu sourde, » répondit la bonne dame en approchant son oreille de ma bouche.

Je répétai ma question plus distinctement.

« Mlle Fairfax? oh! vous voulez dire Mlle Varens. Varens est le nom de votre future élève.

— En vérité? Elle n'est donc point votre fille?

— Non, je n'ai pas de famille. »

J'allais lui demander comment elle se trouvait liée à Mlle Varens; mais je me rappelai qu'il n'était pas poli de faire trop de questions, et d'ailleurs, j'étais sûre de l'apprendre tôt ou tard.

« Je suis si contente, me dit-elle en s'asseyant vis-à-vis de moi et en prenant son chat sur ses genoux, je suis si contente que vous soyez arrivée! Ce sera charmant d'avoir une compagne. Certainement on est toujours bien ici; Thornfield est un vieux château, un peu négligé depuis quelque temps, mais encore respectable. Cependant, en hiver, on se sentirait triste même dans le plus beau quartier d'une ville, quand on est seule. Je dis seule; Leah est sans doute une gentille petite fille; John et sa femme sont très-bien aussi, mais ce ne sont que des domestiques, et on ne peut pas les traiter en égaux; il faut les tenir à une certaine distance, dans la crainte de perdre son autorité. L'hiver dernier, qui était un dur hiver, si vous vous le rappelez, quand il ne neigeait pas, il faisait de la pluie ou du vent; l'hiver dernier, il n'est venu personne ici, excepté le boucher et le facteur, depuis le mois de novembre jusqu'au mois de février. J'étais devenue tout à fait triste à force de rester toujours seule. Leah me lisait quelquefois, mais je crois que cela ne l'amusait pas beaucoup; elle trouvait cette tâche trop assujettissante. Au printemps et en été tout alla mieux, le soleil et les longs jours apportent tant de changement; puis, au commencement de l'automne, la petite Adèle Varens est venue avec sa nourrice; un enfant met de la vie dans une maison, et maintenant que vous êtes ici, je vais devenir tout à fait gaie. »

Mon cœur se réchauffa en entendant parler ainsi l'excellente dame, et je rapprochai ma chaise de la sienne; puis je lui exprimai mon désir d'être pour elle une compagne aussi agréable qu'elle l'avait espéré.

« Mais je ne veux pas vous retenir trop tard, dit-elle : il est tout à l'heure minuit; vous avez voyagé tout le jour et vous devez être fatiguée; si vous avez les pieds bien chauds, je vais vous montrer votre chambre. J'ai fait préparer pour vous la chambre qui se trouve à côté de la mienne; elle est petite, mais j'ai pensé que vous vous y trouveriez mieux que dans les grandes pièces du devant. Les meubles y sont certainement plus beaux, mais elles sont si tristes et si isolées! moi-même je n'y couche jamais. »

Je la remerciai de son choix, et, comme j'étais vraiment fatiguée de mon voyage, je me montrai très-empressée de me retirer. Elle prit la bougie et m'emmena. Elle alla d'abord voir si la porte de la salle était fermée, puis, en ayant retiré la clef, elle se dirigea vers l'escalier. Les marches et la rampe étaient en chêne, la fenêtre haute et grillée. Cette fenêtre, ainsi que le corridor qui conduisait aux chambres, avait plutôt l'air d'appartenir à une église qu'à une maison. L'escalier et le corridor étaient froids comme une cave, on s'y sentait seul et abandonné; de sorte qu'en entrant dans ma chambre, je fus bien aise de la trouver petite et meublée en style moderne.

Lorsque Mme Fairfax m'eut souhaité un bonsoir amical, je fermai ma porte et je regardai tout autour de moi. Bientôt l'impression produite par cette grande salle vide, ce spacieux escalier et ce long et froid corridor, fut effacée devant l'aspect plus vivant de ma petite chambre. Je me rappelai qu'après une journée de fatigues pour mon corps et d'anxiétés pour mon esprit, j'étais enfin en sûreté. Le cœur gonflé de reconnaissance, je m'agenouillai devant mon lit et je remerciai Dieu de ce qu'il m'avait donné, puis je lui demandai de me rendre digne de la bonté qu'on me témoignait si généreusement avant même que je l'eusse méritée. Enfin je le suppliai de m'accorder son aide pour la tâche que j'allais avoir à accomplir. Cette nuit-là, ma couche n'eut point d'épines et ma chambre n'éveilla aucune frayeur en moi. Fatiguée et heureuse, je m'endormis promptement et profondément. Quand je me réveillai, il faisait grand jour.

Combien ma chambre me sembla joyeuse, lorsque le soleil brillant à travers les rideaux de perse bleue de ma fenêtre me montra un tapis étendu sur le parquet et un mur recouvert d'un joli papier! Je ne pus m'empêcher de comparer cette chambre à celle de Lowood avec ses simples planches et ses murs noircis. Les choses extérieures impressionnent vivement dans la jeunesse. Aussi me figurai-je qu'une nouvelle vie allait commencer pour moi; une vie qui, en même temps que ses tristesses, aurait du moins aussi ses joies. Toutes mes facultés se ranimèrent, excitées par ce changement de scène et ce champ nouveau ouvert à l'espérance: je ne puis pas au juste dire ce que j'attendais; mais c'était quelque chose d'heureux qui ne devait peut-être pas arriver tout de suite ni dans un mois, mais dans un temps à venir que je ne pouvais indiquer.

Je me levai et je m'habillai avec soin; obligée d'être simple, car je ne possédais rien de luxueux, j'étais portée par ma nature à aimer une extrême propreté. Je n'avais pas l'habitude de dédaigner l'apparence et de ne pas songer à l'impression que je ferais; au contraire, j'avais toujours désiré paraître aussi bien que possible, et plaire autant que me le permettait mon manque de beauté. Quelquefois j'avais regretté de ne pas être plus jolie; quelquefois j'avais souhaité des joues roses, un nez droit, une petite bouche bien fraîche; j'avais souhaité d'être grande, bien faite. Je sentais qu'il était triste d'être si petite, si pâle, d'avoir des traits si irréguliers et si accentués. Pourquoi ces aspirations et ces regrets? Il serait difficile de le dire; je ne pouvais pas moi-même m'en rendre bien compte, et pourtant j'avais une raison, une raison positive et naturelle.

Cependant, lorsque j'eus bien lissé mes cheveux, pris un col propre et mis ma robe noire, qui, quoique très-simple, avait au moins le mérite d'être bien faite, je pensai que j'étais digne de paraître devant Mme Fairfax, et que ma nouvelle élève ne s'éloignerait pas de moi avec antipathie. Après avoir ouvert la fenêtre et examiné si tout était en ordre sur la table de toilette, je sortis de ma chambre.

Je traversai le long corridor recouvert de nattes, et je descendis le glissant escalier de chêne. J'arrivai à la grande salle, où je m'arrêtai quelques instants pour regarder les tableaux qui ornaient les murs (l'un d'eux représentait un affreux vieillard en cuirasse, et un autre, une dame avec des cheveux poudrés et un collier de perles), la lampe de bronze suspendue au plafond, et l'horloge, dont la boîte curieusement sculptée était devenue d'un noir d'ébène par le frottage. Tout cela me semblait imposant, mais il faut dire que je n'étais pas accoutumée à la grandeur. La porte vitrée était ouverte, j'en profitai pour sortir. C'était une belle matinée d'automne ; le soleil brillait sans nuage sur les bosquets jaunis et sur les champs encore verts. J'avançai de quelques pas vers la pelouse et je regardai la maison. Elle avait trois étages. Sans être très-vaste, elle était pourtant assez spacieuse ; elle ressemblait plutôt au manoir d'un gentleman qu'au château d'un noble. Ses créneaux et sa façade grise lui donnaient quelque chose de pittoresque. Non loin de là étaient nichées de nombreuses familles de corneilles, qui, pour le moment, prenaient leurs ébats dans les airs. Elles volèrent au-dessus de la pelouse et des champs pour arriver à une grande prairie qui en était séparée par une clôture en ruine, près de laquelle on apercevait une rangée de vieux arbres noueux d'une taille gigantesque ; de là venait probablement le nom de la maison. Plus loin on voyait des collines, moins élevées que celles qui entouraient Lowood, et moins semblables surtout à des barrières destinées à vous séparer du monde vivant, assez tranquilles pourtant et assez solitaires pour faire de Thornfield une espèce d'ermitage dont on n'aurait pas soupçonné l'existence si près d'une ville telle que Millcote. Sur le versant d'une des collines était étagé un petit hameau dont les toits se mêlaient aux arbres. L'église du district était plus près de Thornfield que le hameau ; le haut de sa vieille tour perçait entre la maison et les portes, au-dessus d'un monticule.

Je jouissais de cet aspect calme, de cet air frais ; j'écoutais le croassement des corneilles, je regardais la large entrée de la salle, et je pensais combien cette maison était grande pour une seule petite dame telle que Mme Fairfax, lorsquecelle-ci apparut à la porte.

« Quoi! déjà dehors? dit-elle; je vois que vous êtes matinale. »

Je m'avançai vers elle; elle m'embrassa et me tendit la main.

« Thornfield vous plaît-il? » me demanda-t-elle.

Je lui répondis qu'il me plaisait infiniment.

« Oui, dit-elle, c'est un joli endroit; mais il perdra beaucoup si M. Rochester ne se décide pas à y demeurer ou à y faire de plus fréquentes visites. Les belles terres et les grandes maisons exigent la présence du propriétaire.

— M. Rochester! m'écriai-je; qui est-ce?

— Le propriétaire de Thornfield, me répondit-elle tranquillement; ne saviez-vous pas qu'il s'appelait Rochester?

— Certes, non, je ne le savais pas; je n'avais jamais entendu parler de lui. »

Mais la bonne dame semblait croire que l'existence de M. Rochester était universellement connue, et que tout le monde devait en avoir conscience.

« Je pensais, continuai-je, que Thornfield vous appartenait.

— A moi! Dieu vous bénisse, mon enfant; quelle idée! à moi! je ne suis que la femme de charge. Il est vrai que je suis une parente éloignée de M. Rochester par sa mère, ou du moins mon mari était un parent. Il était prêtre bénéficier de Hay, ce petit village que vous voyez là sur le versant de la colline, et cette église était la sienne. La mère de M. Rochester était une Fairfax, cousine au second degré de mon mari; mais je n'ai jamais cherché à tirer parti de cette parenté, elle est nulle à mes yeux; je me considère comme une simple femme de charge; mon maître est toujours très-poli pour moi; je ne demande rien de plus.

— Et la petite fille, mon élève?

— Est la pupille de M. Rochester. Il m'a chargée de lui trouver une gouvernante. Il a l'intention, je crois, de la faire élever dans le comté de.... La voilà qui vient avec sa bonne, car c'est le nom qu'elle donne à sa nourrice. »

Ainsi l'énigme était expliquée. Cette petite veuve affable et bonne n'était pas une grande dame, mais une personne dépendante comme moi. Je ne l'en aimais pas moins; au contraire, j'étais plus contente que jamais. L'égalité entre elle et moi était réelle, et non pas seulement le résultat de sa condescendance. Tant mieux, ma position ne devait s'en trouver que plus libre.

Pendant que je réfléchissais sur ma découverte, une petite fille accompagnée de sa bonne arriva en courant le long de la pelouse. Je regardai mon élève, qui d'abord ne sembla pas me remarquer : c'était une enfant de sept ou huit ans, délicate, pâle, avec de petits traits et des cheveux abondants tombant en boucles sur son cou.

« Bonjour, mademoiselle Adèle, dit Mme Fairfax. Venez dire bonjour à la dame qui doit être votre maîtresse, et qui fera de vous quelque jour une femme bien savante. »

Elle approcha.

« C'est là ma gouvernante? » dit-elle en français à sa nourrice, qui lui répondit : « Mais oui, certainement.

— Sont-elles étrangères? demandai-je, étonnée de les entendre parler français.

— La nourrice est étrangère et Adèle est née sur le continent; elle ne l'avait jamais quitté, je crois, avant de venir ici, il y a six mois environ. Lorsqu'elle est arrivée, elle ne savait pas un mot d'anglais; maintenant elle commence à le parler un peu; mais je ne la comprends pas, parce qu'elle confond les deux langues. Quant à vous, je suis persuadée que vous l'entendrez très-bien. »

Heureusement que j'avais eu une maîtresse française, et comme j'avais toujours cherché à parler le plus possible avec Mme Pierrot, et que pendant les sept dernières années j'avais appris tous les jours un peu de français par cœur, en m'efforçant d'imiter aussi bien que possible la prononciation de ma maîtresse, j'étais arrivée à parler assez vite et assez correctement pour être sûre de me tirer d'affaire avec Mlle Adèle. Elle s'avança vers moi, et me donna une poignée de main lorsqu'on lui eut dit que j'étais sa gouver..ante. En la conduisant déjeuner, je lui adressai quelques p'..rases dans sa langue. Elle répondit d'abord brièvement; mais lorsque nous fûmes à table, et qu'elle eut fixé pendant une dizaine de minutes ses yeux brun-clair sur moi, elle commença tout à coup son bavardage.

« Ah! écria-t-elle en français, vous parlez ma langue aussi bien que M. Rochester. Je puis causer avec vous comme avec lui, et Sophie aussi le pourra; elle va être bien contente, personne ne la comprend ici; Mme Fairfax est Anglaise. Sophie est ma nourrice; elle a traversé la mer avec moi sur un grand bateau où il y avait une cheminée qui fumait, qui fumait! J'étais malade, et Sophie et M. Rochester aussi. M. Rochester était étendu sur un sofa dans une jolie pièce qu'on appelait le salon. Sophie et moi nous avions deux petits lits dans une autre chambre; je suis presque tombée du mien; il était comme un banc. Ah! mademoiselle, comment vous appelez-vous?

— Eyre, Jane Eyre. »

— Aire! Bah! je ne puis pas le dire. Eh bien, notre bateau s'arrêta le matin, avant que le soleil fût tout à fait levé, dans une grande ville, une ville immense avec des maisons noires et toutes couvertes de fumée; elle ne ressemblait pas du tout à la jolie ville bien propre que je venais de quitter. M. Rochester me prit dans ses bras et traversa une planche qui conduisait à terre; puis nous sommes montés dans une voiture qui nous a conduits à une grande et belle maison, plus grande et plus belle que celle-ci, et qu'on appelle un hôtel; nous y sommes restés près d'une semaine. Sophie et moi nous allions nous promener tous les jours sur une grande place remplie d'arbres qu'on appelait le Parc. Il y avait beaucoup d'autres enfants et un grand étang couvert d'oiseaux que je nourrissais avec des miettes de pain.

— Pouvez-vous la comprendre quand elle parle si vite? » demanda Mme Fairfax.

Je la comprenais parfaitement, car j'avais été habituée au bavardage de Mme Pierrot.

« Je voudrais bien, continua la bonne dame, que vous lui fissiez quelques questions sur ses parents; je désirerais savoir si elle se les rappelle.

— Adèle, demandai-je, avec qui viviez-vous lorsque vous étiez dans cette jolie ville dont vous m'avez parlé?

— J'ai longtemps demeuré avec maman; mais elle est partie pour la Virginie. Maman m'apprenait à danser, à chanter et à répéter des vers; de beaux messieurs et de belles dames venaient la voir, et alors je dansais devant eux, ou bien maman me mettait sur leurs genoux et me faisait chanter. J'aimais cela. Voulez-vous m'entendre chanter? »

Comme elle avait fini de déjeuner, je lui permis de nous montrer ses talents. Elle descendit de sa chaise et vint se placer sur mes genoux; puis elle étendit ses petites mains devant elle, rejeta ses boucles en arrière, leva les yeux au plafond et commença un passage d'opéra. Il s'agissait d'une femme abandonnée, qui, après avoir pleuré la perfidie de son amant, appelle l'orgueil à son aide. Elle dit à ses femmes de la couvrir de ses bijoux les plus brillants, de ses vêtements les plus riches; car elle a pris la résolution d'aller cette nuit à un bal où elle doit rencontrer son amant, afin de lui prouver par sa gaieté combien elle est peu attristée de son infidélité.

Le sujet semblait étrangement choisi pour un enfant; mais je supposai que l'originalité consistait justement à faire entendre des accents d'amour et de jalousie sortis des lèvres d'un enfant.

C'était toujours de bien mauvais goût, du moins ce fut là ma pensée.

Adèle avait chanté assez juste et avec la naïveté de son âge. Après avoir fini, elle descendit de mes genoux, et me dit :

« Maintenant, mademoiselle, je vais voûs répéter quelques vers. »

Choisissant une attitude, elle commença : « La ligue des rats, fable de La Fontaine. » Elle déclama cette fable avec emphase, et en faisant bien attention à la ponctuation. La flexibilité de sa voix et ses gestes bien appropriés, chose fort rare chez les enfants, indiquaient qu'elle avait été enseignée avec soin.

« Est-ce votre mère qui vous a appris cette fable? demandai-je.

— Oui, et elle la disait toujours ainsi. A cet endroit : « Qu'a-« vez-vous donc? lui dit un de ces rats, parlez! » elle me faisait lever la main, afin de me rappeler que je devais élever la voix. Maintenant voulez-vous que je danse devant vous ?

— Non, cela suffit. Mais lorsque votre mère est partie pour la Virginie, avec qui êtes-vous donc restée?

— Avec Mme Frédéric et son mari ; elle a pris soin de moi, mais elle ne m'est pas parente. Je crois qu'elle est pauvre, car, elle n'a pas une jolie maison comme maman. Du reste, je n'y suis pas restée longtemps. M. Rochester m'a demandé si je voulais venir demeurer en Angleterre avec lui, et j'ai répondu que oui, parce que j'avais connu M. Rochester avant Mme Frédéric, et qu'il avait toujours été bon pour moi, m'avait donné de belles robes et de beaux joujoux; mais il n'a pas tenu sa promesse, car, après m'avoir amenée en Angleterre, il est reparti et je ne le vois jamais. »

Le déjeuner achevé, Adèle et moi nous nous retirâmes dans la bibliothèque, qui, d'après les ordres de M. Rochester, devait servir de salle d'étude. La plupart des livres étaient sous clef ; une seule bibliothèque avait été laissée ouverte. Elle contenait des ouvrages élémentaires de toutes sortes, des romances et quelques volumes de littérature, des poésies, des biographies et des voyages. Il avait supposé que c'était là tout ce que pourrait désirer une gouvernante pour son usage particulier; du reste, je me trouvais amplement satisfaite pour le présent; et, en comparaison des quelques livres que je glanais de temps en temps à Lowood, il me sembla que j'avais là une riche moisson d'amusement et d'instruction. J'aperçus en outre un piano tout neuf et d'une qualité supérieure, un chevalet et deux sphères.

Je trouvai dans Adèle une élève assez docile, mais difficile à rendre attentive. Elle n'avait pas été habituée à des occupations régulières, et je pensai qu'il serait irréfléchi de l'enfermer trop dès le commencement. Aussi, après lui avoir beaucoup parlé et lui avoir donné quelques lignes à apprendre, voyant qu'il était midi, je lui permis de retourner avec sa nourrice, et je résolus de dessiner pour elle quelques esquisses jusqu'à l'heure du dîner.

Comme je montais chercher mon portefeuille et mes crayons, Mme Fairfax m'appela.

« Votre classe du matin est achevée, je suppose, » me dit-elle.

La voix venait d'une chambre dont la porte était ouverte. J'entrai en l'entendant s'adresser à moi. J'aperçus alors une pièce magnifique, ornée d'un tapis turc. Les meubles et les rideaux étaient rouges; les murs recouverts en bois de noyer, le plafond enrichi de sculptures dignes d'une aristocratique demeure; la fenêtre était vaste, mais la poussière en avait noirci les vitres. Mme Fairfax était occupée à nettoyer quelques vases en belle marcassite rouge placés sur le buffet.

« Quelle belle pièce! m'écriai-je en regardant autour de moi; je n'en ai jamais vu de moitié si imposante.

— C'est la salle à manger; je viens d'ouvrir la fenêtre pour faire entrer un peu d'air et de soleil; car tout devient si humide dans les appartements rarement habités! le salon là-bas a l'odeur d'une cave. »

Elle me montra du doigt une grande arche correspondant à la fenêtre, tendue d'un rideau semblable, relevé pour le moment. Je montai les deux marches qui se trouvaient devant l'arche, et je regardai devant moi. J'aperçus une chambre qui, pour mes yeux novices, avait quelque chose de féerique, et pourtant c'était tout simplement un très-joli salon, à côté duquel se trouvait un boudoir; l'un et l'autre étaient recouverts de tapis blancs, sur lesquels on semblait avoir semé de brillantes guirlandes de fleurs. Les plafonds étaient ornés de grappes de raisin et de feuilles de vigne d'un blanc de neige, qui formaient un riche contraste avec les divans rouges; d'étincelants vases de Bohême, d'un rouge vermeil, relevaient le marbre pâle de la cheminée. Entre les fenêtres, de grandes glaces reflétaient cet assemblage de neige et de feu.

« Comme vous tenez toutes ces chambres en ordre, madame Fairfax! m'écriai-je; pas de housse, et pourtant pas de poussière. Sans ce froid glacial, on les croirait habitées.

— Dame, mademoiselle Eyre, quoique les visites de M. Rochester soient rares, elles sont toujours imprévues; quand il arrive, il n'aime pas à trouver tous les meubles recouverts et à entendre le bruit d'une installation subite, de sorte que je tâche de tenir toujours les chambres prêtes.

— M. Rochester est-il exigeant et tyrannique ?

— Pas précisément ; mais il a les goûts et les habitudes d'un gentleman, et il veut que tout soit arrangé en conséquence.

— L'aimez-vous ? est-il généralement aimé ?

— Oh ! oui ; sa famille a toujours été respectée. Presque tou le pays que vous voyez a appartenu aux Rochester depuis un temps immémorial.

— Mais vous personnellement, l'aimez-vous ? Est-il aimé pour lui-même ?

— Je n'ai aucune raison pour ne pas l'aimer, et je crois que ses fermiers le considèrent comme un maître juste et libéral ; mais il n'est jamais resté longtemps au milieu d'eux.

— N'a-t-il rien de remarquable ? En un mot, quel est son caractère ?

— Oh ! son caractère est irréprochable, à ce qu'il me semble ; il est peut-être un peu étrange ; il a beaucoup voyagé et beaucoup vu, je suis persuadée qu'il est fort savant ; mais je n'ai jamais causé longtemps avec lui.

— En quoi est-il étrange ?

— Je ne sais pas ; ce n'est pas facile à expliquer ; rien de bien frappant ; mais on le sent dans ce qu'il dit ; on ne peut jamais être sûr s'il parle sérieusement ou en riant, s'il est content ou non ; enfin, on ne le comprend pas bien, moi du moins ; mais n'importe, c'est un très-bon maître. »

Voilà tout ce que je tirai de Mme Fairfax au sujet de son maître et du mien. Il y a des gens qui semblent ne pas se douter qu'on puisse étudier un caractère, observer les points saillants des personnes ou des choses. La bonne dame appartenait évidemment à cette classe ; mes questions l'embarrassaient, mais ne lui faisaient rien trouver. A ses yeux, M. Rochester était M. Rochester, un gentleman, un propriétaire, rien de plus ; elle ne cherchait pas plus avant, et s'étonnait certainement de mon désir de le connaître davantage.

Lorsque nous quittâmes la salle à manger, elle me proposa de me montrer le reste de la maison. Je la suivis, et j'admirai l'élégance et le soin qui régnaient partout. Les chambres du devant surtout me parurent grandes et belles ; quelques-unes des pièces du troisième, bien que sombres et basses, étaient intéressantes par leur aspect antique. A mesure que les meubles des premiers étages n'avaient plus été de mode, on les avait relégués en haut, et la lumière imparfaite d'une petite fenêtre permettait de voir des lits séculaires, des coffres en chêne ou en noyer qui, grâce à leurs étranges sculptures représentant des branches de palmier ou des têtes de chérubins, ressemblaient assez à l'arche des Hébreux; des chaises vénérables à dossiers sombres et élevés, d'autres siéges plus vieux encore et où l'on retrouvait cependant les traces à demi effacées d'une broderie faite par des mains qui, depuis deux générations, étaient retournées dans la poussière du cercueil. Tout cela donnait au troisième étage de Thornfield l'aspect d'une demeure du passé, d'un reliquaire des vieux souvenirs. Dans le jour, j'aimais le silence et l'obscurité de ces retraites; mais je n'enviais pas pour le repos de la nuit ces grands lits fermés par des portes de chêne ou enveloppés d'immenses rideaux, dont les broderies représentaient des fleurs et des oiseaux étranges ou des hommes plus étranges encore. Quel caractère fantastique eussent donné à toutes ces choses les pâles rayons de la lune!

« Les domestiques dorment-ils dans ces chambres? demandai-je.

— Non, ils occupent de plus petits appartements sur le derrière de la maison; personne ne dort ici. S'il y avait des revenants à Thornfield, il semble qu'ils choisiraient ces chambres pour les hanter.

— Je le crois. Vous n'avez donc pas de revenants?

— Non, pas que je sache, répondit Mme Fairfax en souriant.

— Même dans vos traditions?

— Je ne crois pas; et pourtant on dit que les Rochester ont été plutôt violents que tranquilles; c'est peut-être pour cela que maintenant ils restent en paix dans leurs tombeaux.

— Oui; après la fièvre de la vie, ils dorment bien, murmurai-je. Mais où donc allez-vous, madame Fairfax? demandai-je.

— Sur la terrasse. Voulez-vous venir jouir de la vue qu'on a d'en haut? »

Un escalier très-étroit conduisait aux mansardes, et de là une échelle, terminée par une trappe, menait sur les toits. J'étais de niveau avec les corneilles, et je pus voir dans leurs nids. Appuyée sur les créneaux, je me mis à regarder au loin et à examiner les terrains étendus devant moi. Alors j'aperçus la pelouse verte et unie entourant la base sombre de la maison; le champ aussi grand qu'un parc; le bois triste et épais séparé en deux par un sentier tellement recouvert de mousse, qu'il était plus vert que les arbres avec leur feuillage; l'église, les portes, la route, les tranquilles collines ; toute la nature semblait se reposer sous le soleil d'un jour d'automne. A l'horizon, un beau ciel d'azur marbré de taches blanches comme des perles. Rien dans cette scène n'était merveilleux, mais tout vous charmait. Lorsque la trappe fut de nouveau franchie, j'eus peine à descendre l'échelle. Les mansardes me semblaient si sombres, comparées à ce ciel bleu, à ces bosquets, à ces pâturages, à ces vertes collines dont le château était le centre, à toute cette scène enfin éclairée par les rayons du soleil et que je venais de contempler avec bonheur !

Mme Fairfax resta en arrière pour fermer la trappe. A force de tâter, je trouvai la porte qui conduisait hors des mansardes, et je me mis à descendre le sombre petit escalier. J'errai quelque temps dans le passage qui séparait les chambres de devant des chambres de derrière du troisième étage. Il était étroit, bas et obscur, n'ayant qu'une seule fenêtre pour l'éclairer. En voyant ces deux rangées de petites portes noires et fermées, on eût dit un corridor du château de quelque Barbe-Bleue.

Au moment où je passais, un éclat de rire vint frapper mes oreilles ; c'était un rire étrange, clair, et n'indiquant nullement la joie. Je m'arrêtai ; le bruit cessa quelques instants, puis recommença plus fort : car le premier éclat, bien que distinct, avait été très-faible ; cette fois c'était un accès bruyant qui semblait trouver un écho dans chacune des chambres solitaires, quoiqu'il ne partît certainement que d'une seule, dont j'aurais pu montrer la porte sans me tromper.

« Madame Fairfax, m'écriai-je, car à ce moment elle descendait l'escalier, avez-vous entendu ce bruyant éclat de rire ? d'où peut-il venir ?

— C'est probablement une des servantes, répondit-elle ; peut-être Grace Poole.

— L'avez-vous entendue ? demandai-je de nouveau.

— Oui ; et je l'entends bien souvent ; elle coud dans l'une de ces chambres. Quelquefois Leah est avec elle ; quand elles sont ensemble, elles font souvent du bruit. »

Le rire fut répété et se termina par un étrange murmure.

« Grace ! » s'écria Mme Fairfax.

Je ne m'attendais pas à voir apparaître quelqu'un, car ce rire était tragique et surnaturel ; jamais je n'en ai entendu de semblable. Heureusement qu'il était midi, qu'aucune des circonstances indispensables à l'apparition des revenants n'avait accompagné ce bruit, et que ni le lieu ni l'heure ne pouvaient exciter la crainte ; sans cela une terreur superstitieuse se serait emparée de moi. Cependant l'événement me prouva que j'étais folle d'avoir été même étonnée.

Je vis s'ouvrir la porte la plus proche de moi, et une servante en sortit. C'était une femme de trente ou quarante ans. Elle avait les épaules carrées, les cheveux rouges et la figure laide et dure.

« Voilà trop de bruit, Grace, dit Mme Fairfax; rappelez-vous les ordres que vous avez reçus. »

Grace salua silencieusement et rentra.

« C'est une personne que nous avons pour coudre et aider Leah, continua la veuve. Elle n'est certes pas irréprochable, mais enfin elle fait bien son ouvrage. A propos, qu'avez-vous fait de votre jeune élève, ce matin? »

La conversation ainsi tournée sur Adèle, nous continuâmes, et bientôt nous atteignîmes les pièces gaies et lumineuses d'en bas. Adèle vint au-devant de nous en nous criant :

« Mesdames, vous êtes servies. » Puis elle ajouta : « J'ai bien faim, moi! »

Le dîner était prêt et nous attendait dans la chambre de Mme Fairfax

CHAPITRE XII.

La manière calme et douce dont j'avais été reçue à Thornfield semblait m'annoncer une existence facile, et cette espérance fut loin d'être déçue lorsque je connus mieux le château et ses habitants : Mme Fairfax était en effet ce qu'elle m'avait paru tout d'abord, une femme douce, complaisante, suffisamment instruite, et d'une intelligence ordinaire. Mon élève était une enfant pleine de vivacité. Comme on l'avait beaucoup gâtée, elle était quelquefois capricieuse. Heureusement elle était entièrement confiée à mes soins, et personne ne s'opposait à mes plans d'éducation, de sorte qu'elle renonça bientôt à ses petits accès d'entêtement, et devint docile. Elle n'avait aucune aptitude particulière, aucun trait de caractère, aucun développement de sentiment ou de goût qui pût l'élever d'un pouce au-dessus des autres enfants; mais elle n'avait aucun défaut qui pût la rendre inférieure à la plupart d'entre eux; elle faisait des progrès raisonnables et avait pour moi une affection vive, sinon très-profonde. Ses efforts pour me plaire, sa simplicité, son gai babillage, m'inspirèrent un attachement suffisant pour nous contenter l'une et l'autre.

Ce langage sera sans doute trouvé bien froid par les personnes qui affichent de solennelles doctrines sur la nature évangélique des enfants et sur la dévotion idolâtre que devraient toujours leur vouer ceux qui sont chargés de leur éducation. Mais je n'écris pas pour flatter l'égoïsme des parents ou pour servir d'écho à l'hypocrisie; je dis simplement la vérité. J'éprouvais une consciencieuse sollicitude pour les progrès et la conduite d'Adèle, pour sa personne une tranquille affection, de même que j'aimais Mme Fairfax en raison de ses bontés, et que je trouvais dans sa compagnie un plaisir proportionné à la nature de son esprit et de son caractère.

Me blâmera qui voudra, lorsque j'ajouterai que de temps en temps, quand je me promenais seule, quand je regardais à travers les grilles de la porte la route se déroulant devant moi, ou quand, voyant Adèle jouer avec sa nourrice et Mme Fairfax occupée dans l'office, je montais les trois étages et j'ouvrais le trappe pour arriver à la terrasse, quand enfin mes yeux pouvaient suivre les champs, les montagnes, la ligne sombre du ciel, je désirais ardemment un pouvoir qui me fît connaître ce qu'il y avait derrière ces limites, qui me fît apercevoir ce monde actif, ces villes animées dont j'avais entendu parler, mais que je n'avais jamais vues. Alors je souhaitais plus d'expérience, des rapports plus fréquents avec les autres hommes et la possibilité d'étudier un plus grand nombre de caractères que je ne pouvais le faire à Thornfield. J'appréciais ce qu'il y avait de bon dans Mme Fairfax et dans Adèle, mais je croyais à l'existence d'autres bontés différentes et plus vives. Ce que je pressentais, j'aurais voulu le connaître.

Beaucoup me blâmeront sans doute; on m'appellera nature mécontente; mais je ne pouvais faire autrement; il me fallait du mouvement. Quelquefois j'étais agitée jusqu'à la souffrance; alors mon seul soulagement était de me promener dans le corridor du troisième, et, au milieu de ce silence et de cette solitude, les yeux de mon esprit erraient sur toutes les brillantes visions qui se présentaient devant eux : et certes elles étaient belles et nombreuses. Ces pensées gonflaient mon cœur; mais le trouble qui le soulevait lui donnait en même temps la vie. Cependant je préférais encore écouter un conte qui ne finissait jamais, un conte qu'avait créé mon imagination, et qu'elle me redisait sans cesse en le remplissant de vie, de flamme et de sentiment; toutes choses que j'avais tant désirées, mais que ne me donnait pas mon existence actuelle.

Il est vain de dire que les hommes doivent être heureux dans le repos : il leur faut de l'action, et, s'il n'y en a pas autour d'eux, ils en créeront; des millions sont condamnés à une vie plus tranquille que la mienne, et des millions sont dans une silencieuse révolte contre leur sort. Personne ne se doute combien de rébellions en dehors des rébellions politiques fermentent dans la masse d'êtres vivants qui peuple la terre. On suppose les femmes généralement calmes : mais les femmes sentent comme les hommes; elles ont besoin d'exercer leurs facultés, et, comme à leurs frères, il leur faut un champ pour leurs efforts. De même que les hommes, elles souffrent d'une contrainte trop sévère, d'une immobilité trop absolue. C'est de l'aveuglement à leurs frères plus heureux de déclarer qu'elles doivent se borner à faire des pouddings, à tricoter des bas, à jouer du piano et à broder des sacs.

Quand j'étais ainsi seule, il m'arrivait souvent d'entendre le rire de Grace Poole; toujours le même rire lent et bas qui la première fois m'avait fait tressaillir. J'entendais aussi son étrange murmure, plus étrange encore que son rire. Il y avait des jours où elle était silencieuse, et d'autres où elle faisait entendre des sons inexplicables. Quelquefois je la voyais sortir de sa chambre tenant à la main une assiette ou un plateau, descendre à la cuisine et revenir (oh! romanesque lecteur, permettez-moi de vous dire la vérité entière), portant un pot de porter. Son apparence aurait glacé la curiosité la plus excitée par ses cris bizarres; elle avait les traits durs, et rien en elle ne pouvait vous attirer. Je tâchai plusieurs fois d'entrer en conversation avec elle; mais elle n'était pas causante. Généralement une réponse monosyllabique coupait court à tout entretien.

Les autres domestiques, John et sa femme Leah, chargée de l'entretien de la maison, et Sophie, la nourrice française, étaient bien, sans pourtant avoir rien de remarquable. Je parlais souvent français avec Sophie, et quelquefois je lui faisais des questions sur son pays natal; mais elle n'était propre ni à raconter ni à décrire : d'après ses réponses vagues et confuses, on eût dit qu'elle désirait plutôt vous voir cesser que continuer l'interrogatoire.

Octobre, novembre et décembre se passèrent ainsi. Une après-midi de janvier, Mme Fairfax me demanda un jour de congé pour Adèle, parce qu'elle était enrhumée; Adèle appuya cette demande avec une ardeur qui me rappela combien les jours de congé m'étaient précieux lorsque j'étais enfant. Je le lui accordai donc, pensant que je ferais bien de ne pas me montrer exigeante sur ce point. C'était une belle journée, calme, bien que très-froide ; j'étais fatiguée d'être restée assise tranquillement dans la bibliothèque pendant une toute longue matinée ; Mme Fairfax venait d'écrire une lettre ; je mis mon chapeau et mon manteau, et je proposai de la porter à la poste de Hay, distante de deux milles : ce devait être une agréable promenade. Lorsque Adèle fut confortablement assise sur sa petite chaise, au coin du feu de Mme Fairfax, je lui donnai sa belle poupée de cire, que je gardais ordinairement enveloppée dans un papier d'argent, et un livre d'histoire pour varier ses plaisirs

« Revenez bientôt, ma bonne amie, ma chère demoiselle Jeannette, » me dit-elle. Je l'embrassai et je partis.

Le sol était dur, l'air tranquille et ma route solitaire ; j'allai vite jusqu'à ce que je me fusse réchauffée, et alors je me mis à marcher plus lentement, pour mieux jouir et pour analyser ma jouissance. Trois heures avaient sonné à l'église au moment où je passais près du clocher. Ce moment de la journée avait un grand charme pour moi, parce que l'obscurité commençait déjà et que les pâles rayons du soleil descendaient lentement à l'horizon. J'étais à un mille de Thornfield, dans un sentier connu pour ses roses sauvages en été, ses noisettes et ses mûres en automne, et qui même alors possédait encore quelques-uns des fruits rouges de l'aubépine ; mais en hiver son véritable attrait consistait dans sa complète solitude et dans son calme dépouillé. Si une brise venait à s'élever, on ne l'entendait pas : car il n'y avait pas un houx, pas un seul de ces arbres dont le feuillage se conserve toujours vert et fait siffler le vent ; l'aubépine flétrie et les buissons de noisetiers étaient aussi muets que les pierres blanches placées au milieu du sentier pour servir de chaussée. Au loin, l'œil ne découvrait que des champs où le bétail ne venait plus brouter, et si de temps en temps on apercevait un petit oiseau brun s'agitant dans les haies, on croyait voir une dernière feuille morte qui avait oublié de tomber

Le sentier allait en montant jusqu'à Hay. Arrivée au milieu, je m'assis sur les degrés d'un petit escalier conduisant dans un champ ; je m'enveloppai dans mon manteau, et je cachai mes mains dans mon manchon de façon à ne pas sentir le froid, bien qu'il fût très-vif, ainsi que l'attestait la couche de glace recouvrant la chaussée, au milieu de laquelle un petit ruisseau gelé pour le moment avait débordé quelques jours auparavant, après un rapide dégel. De l'endroit où j'étais assise, j'apercevais Thornfield ; le château gris et surmonté de créneaux était l'objet le plus frappant de la vallée. A l'est, on voyait s'élever les bois de Thornfield et les arbres où nichaient les corneilles ; je regardai ce spectacle jusqu'à ce que le soleil descendît dans les arbres et disparût entouré de rayons rouges ; alors je me tournai vers l'ouest.

La lune se levait sur le sommet d'une colline, pâle encore et semblable à un nuage, mais devenant de moment en moment plus brillante. Elle planait sur Hay, qui, à moitié perdu dans les arbres, envoyait une fumée bleue de ses quelques cheminées. J'en étais encore éloignée d'un mille, et pourtant, au milieu de ce silence complet, les bruits de la vie arrivaient jusqu'à moi ; j'entendais aussi des murmures de ruisseaux ; dans quelle vallée, à quelle profondeur? Je ne pouvais le dire ; mais il y avait bien des collines au delà de Hay, et sans doute bien des ruisseaux devaient y couler. La tranquillité de cette soirée trahissait également les courants les plus proches et les plus éloignés.

Un bruit soudain vint bientôt mettre fin à ces murmures , si clairs bien qu'éloignés ; un piétinement, un son métallique effaça le doux bruissement des eaux , de même que dans un tableau la masse solide d'un rocher ou le rude tronc d'un gros chêne profondément enraciné au premier plan empêche d'apercevoir au loin les collines azurées, le lumineux horizon et les nuages qui mélangent leurs couleurs.

Le bruit était causé par l'arrivée d'un cheval le long de la chaussée. Les sinuosités du sentier me le cachaient encore, mais je l'entendais approcher. J'allais quitter ma place ; mais, comme le chemin était très-étroit, je restai pour le laisser passer. J'étais jeune alors, et mon esprit était rempli de toutes sortes de créations brillantes ou sombres. Les souvenirs des contes de nourrice étaient ensevelis dans mon cerveau, au milieu d'autres ruines. Cependant, lorsqu'ils venaient à sortir de leurs décombres, ils avaient plus de force et de vivacité chez la jeune fille qu'ils n'en avaient eu chez l'enfant.

Lorsque je vis le cheval approcher au milieu de l'obscurité, je me rappelai une certaine histoire de Bessie, où figurait un esprit du nord de l'Angleterre appelé Gytrash. Cet esprit, qui apparaissait sous la forme d'un cheval, d'un mulet ou d'un gros chien, hantait les routes solitaires et s'avançait quelquefois vers les voyageurs attardés.

Le cheval était près, mais on ne le voyait pas encore, lorsque, outre le piétinement, j'entendis du bruit sortir de la haie, et je vis se glisser le long des noisetiers un gros chien qui, grâce à son pelage noir et blanc, ne pouvait être confondu avec les arbres. C'était justement une des formes que prenait le Gytrash de Bessie; j'avais bien, en effet, devant les yeux un animal semblable à un lion, avec une longue crinière et une tête énorme. Il passa pourtant assez tranquillement devant moi, sans me regarder avec des yeux étranges, comme je m'y attendais presque. Le cheval suivait; il était grand et portait un cavalier. Cet homme venait de briser le charme, car jamais être humain n'avait monté Gytrash; il était toujours seul, et, d'après mes idées, les lutins pouvaient bien habiter le corps des animaux, mais ne devaient jamais prendre la forme vulgaire d'un être humain. Ce n'était donc pas un Gytrash, mais simplement un voyageur suivant le chemin le plus court pour arriver à Millcote. Il passa, et je continuai ma route; mais au bout de quelques pas je me retournai, mon attention ayant été attirée par le bruit d'une chute, et par cette exclamation : « Que diable faire maintenant? » Monture et cavalier étaient tombés. Le cheval avait glissé sur la glace de la chaussée. Le chien revint sur ses pas; en voyant son maître à terre et en entendant le cheval souffler, il poussa un aboiement dont sa taille justifiait la force, et qui fut répété par l'écho des montagnes. Il tourna autour du cavalier et courut à moi. C'était tout ce qu'il pouvait faire; il n'avait pas moyen d'appeler d'autre aide.

Je le suivis, et je trouvai le voyageur s'efforçant de se débarrasser de son cheval. Ses efforts étaient si vigoureux, que je pensai qu'il ne devait pas s'être fait beaucoup de mal; néanmoins, m'approchant de lui :

« Êtes-vous blessé, monsieur? » demandai-je.

Il me sembla l'entendre jurer; pourtant je n'en suis pas bien certaine; toujours est-il qu'il grommela quelque chose, ce qui l'empêcha de me répondre tout de suite.

« Que puis-je faire pour vous? demandai-je de nouveau.

— Tenez-vous de côté, » me répondit-il en se plaçant d'abord sur ses genoux, puis sur ses pieds.

Alors commença une opération difficile, bruyante, accompagnée de tels aboiements, que je fus obligée de m'écarter un peu; mais je ne voulus pas partir sans avoir vu la fin de l'aventure. Elle se termina heureusement. Le chien fut apaisé par un : « A bas, Pilote! » Le voyageur voulut marcher pour voir si sa jambe et son pied étaient en bon état; mais cet essai lui fit probablement mal, car, après avoir tenté de se lever, il se rassit promptement sur une des marches de l'escalier.

Il paraît que ce jour-là j'étais d'humeur à être utile, ou du moins complaisante, car je m'approchai de nouveau, et je dis :

« Si vous êtes blessé, monsieur, je puis aller chercher quelqu'un à Thornfield ou à Hay.

— Merci, cela ira; je n'ai pas d'os brisé, c'est seulement une foulure. »

Il voulut de nouveau essayer de marcher; mais il poussa involontairement un cri.

Le jour n'était pas complétement fini, et la lune devenait brillante. Je pus voir l'étranger. Il était enveloppé d'une redingote à collet de fourrure et à boutons d'acier; je ne pus pas remarquer les détails, mais je vis l'ensemble. Il était de taille moyenne, et avait la poitrine très-large, la figure sombre, les traits durs, le front soucieux. Ses yeux et ses sourcils contractés indiquaient une nature généralement emportée, et mécontente pour le moment. Il n'était plus jeune, et n'avait pourtant pas encore atteint l'âge mûr. Il pouvait avoir trente-cinq ans; sa présence ne m'effraya nullement, et m'intimida à peine. Si l'étranger avait été un beau jeune homme, un héros de roman, je n'aurais pas osé le questionner encore malgré lui, et lui offrir des services qu'il ne me demandait pas. Je n'avais jamais parlé à un beau jeune homme; je ne sais si j'en avais vu. Je rendais un hommage théorique à la beauté, à l'élégance, à la galanterie et aux charmes fascinants; mais si jamais j'eusse rencontré toutes ces qualités réunies chez un homme, un instinct m'aurait avertie que je ne pouvais pas sympathiser avec lui, et que lui ne pouvait pas sympathiser avec moi. Je me serais éloignée de lui comme on s'éloigne du feu, des éclairs, enfin de tout ce qui est antipathique quoique brillant.

Si même cet étranger m'eût souri, s'il se fût montré aimable à mon égard, s'il m'eût gaiement remerciée pour mes offres de service, j'aurais continué mon chemin sans être le moins du monde tentée de renouveler mes questions. Mais la rudesse du voyageur me mit à mon aise, et, lorsqu'il me fit signe de partir, je restai, en lui disant :

« Mais, monsieur, je ne puis pas vous abandonner à cette heure, dans ce sentier solitaire, avant de vous avoir vu en état de remonter sur votre cheval. »

Il me regarda, et reprit aussitôt :

« Il me semble qu'à cette heure, vous-même devriez être chez vous, si vous demeurez dans le voisinage. D'où venez-vous?

— De la vallée, et je n'ai nullement peur d'être tard dehors quand il y a clair de lune. Je courrais avec plaisir jusqu'à Hay si vous le souhaitiez; du reste, je vais y jeter une lettre à la poste.

— Vous dites que vous venez de la vallée. Demeurez-vous dans cette maison surmontée de créneaux? me demanda-t-il, en indiquant Thornfield, que la lune éclairait de ses pâles rayons. Le château ressortait en blanc sur la forêt, qui, par sa masse sombre, formait un contraste avec le ciel de l'ouest.

— Oui, monsieur.

— A qui appartient cette maison?

— A M. Rochester.

— Connaissez-vous M. Rochester?

— Non, je ne l'ai jamais vu.

— Il ne demeure donc pas là?

— Non.

— Pourriez-vous me dire où il est?

— Non, monsieur.

— Vous n'êtes certainement pas une des servantes du château: vous êtes.... »

Il s'arrêta et jeta les yeux sur ma toilette, qui, comme toujours, était très-simple: un manteau de mérinos noir et un chapeau de castor que n'aurait pas voulu porter la femme de chambre d'une lady; il semblait embarrassé de savoir qui j'étais; je vins à son secours.

« Je suis la gouvernante.

— Ah! la gouvernante, répéta-t-il. Le diable m'emporte si je ne l'avais pas oubliée, la gouvernante! »

Et je fus de nouveau obligée de soutenir son examen. Au bout de deux minutes, il se leva; mais, quand il essaya de marcher, sa figure exprima la souffrance.

« Je ne puis pas vous charger d'aller chercher du secours, me dit-il; mais si vous voulez avoir la bonté de m'aider, vous le pourrez.

— Je ne demande pas mieux, monsieur.

— Avez-vous un parapluie dont je puisse me servir en place de bâton?

— Non.

— Alors, tâchez de prendre la bride du cheval et de me l'amener. Vous n'avez pas peur, je pense. »

Si j'avais été seule, j'aurais été effrayée de toucher à un cheval; cependant, comme on me le commandait, j'étais toute disposée à obéir. Je laissai mon manchon sur l'escalier, et je m'avançai vers le cheval; mais c'était un fougueux animal, et il ne voulut pas me laisser approcher de sa tête. Je fis effort sur ef-

fort, mais en vain, j'avais même très-peur en le voyant frapper
la terre de ses pieds de devant. Le voyageur, après nous avoir
regardés quelque temps, se mit enfin à rire.

« Je vois, dit-il, que la montagne ne viendra pas à Mahomet ;
ainsi, tout ce que vous pouvez faire, c'est d'aider Mahomet à aller à la montagne. Venez ici, je vous prie. »

Je m'approchai.

« Excusez-moi, continua-t-il ; la nécessité me force à me servir de vous. »

Il posa une lourde main sur mon épaule, et, s'appuyant fortement, il arriva jusqu'à son cheval, dont il se rendit bientôt maître ; puis il sauta sur sa selle, en faisant une affreuse grimace,
car cet effort avait ravivé sa douleur.

« Maintenant, dit-il en soulageant sa lèvre inférieure de la
rude morsure qu'il lui infligeait, maintenant donnez-moi ma
cravache qui est là sous la haie. »

Je la cherchai et la trouvai.

« Je vous remercie. A présent, portez vite votre lettre à Hay,
et revenez aussi promptement que possible. »

Il donna un coup d'éperon au cheval, qui rua, puis partit au
galop ; le chien le suivit, et tous trois disparurent, *comme la
bruyère sauvage que le vent des forêts emporte en tourbillons.* Je
repris mon manchon, et je continuai ma route. L'aventure était
terminée ; ce n'était pas un roman, elle n'avait même rien de
bien intéressant ; mais elle avait changé une des heures de ma
vie monotone : on avait eu besoin de moi, on m'avait demandé
un secours que j'avais accordé.

J'étais contente, j'avais fait quelque chose ; bien que cet acte
puisse paraître trivial et indifférent, j'avais pourtant agi, et
avant tout j'étais fatiguée d'une existence passive. Et puis une
nouvelle figure était comme un nouveau portrait dans ma galerie ; elle différait de toutes les autres, d'abord parce que c'était
celle d'un homme, ensuite parce qu'elle était sombre et forte.
Je l'avais devant les yeux lorsque j'entrai à Hay et que je jetai
ma lettre à la poste, et je la voyais encore en descendant la colline qui devait me ramener à Thornfield. Arrivée devant l'escalier, je m'arrêtai ; je regardai tout autour de moi et j'écoutai,
me figurant que j'allais entendre le pas d'un cheval sur la
chaussée, et voir un cavalier enveloppé d'un manteau, suivi
d'un chien de Terre-Neuve semblable à un Gytrash : je ne vis
qu'une haie et un saule émondé par le haut, qui se tenait droit
comme pour recevoir les rayons de la lune ; je n'entendis qu'un
vent qui sifflait au loin dans les arbres de Thornfield, et, jetant

un regard vers l'endroit d'où partait le murmure, j'aperçus une lumière à l'une des fenêtres du château. Je me rappelai alors qu'il était tard, et je hâtai le pas.

Je n'aimais pas le moment où il fallait rentrer à Thornfield. Franchir les portes du château, c'était reprendre mon immobilité; traverser la salle silencieuse, monter le sombre escalier, entrer dans ma petite chambre isolée, et passer une longue soirée d'hiver avec la tranquille Mme Fairfax, avec elle seule, n'y avait-il pas là de quoi détruire la faible excitation causée par ma promenade? n'était-ce pas jeter sur mes facultés les chaînes invisibles d'une existence trop monotone, d'une existence dont je ne pouvais même pas apprécier les avantages? Il m'aurait fallu les orages d'une vie incertaine et pleine de luttes, une expérience rude et amère, pour me faire aimer le milieu paisible dans lequel je vivais. Je désirais le combat, comme l'homme fatigué d'être resté trop longtemps assis sur un siége commode, désire une longue promenade, et mon besoin d'agir était tout aussi naturel que le sien.

Je flânai devant la porte; je flânai devant la prairie; je me promenai sur le pavé. Les contrevents de la porte vitrée étaient fermés; je ne pouvais pas voir l'intérieur de la maison; mes yeux et mon esprit semblaient, du reste, vouloir s'éloigner de cette caverne grise aux sombres voûtes, pour se tourner vers le beau ciel sans nuages qui planait au-dessus de ma tête. La lune montait majestueusement à l'horizon; laissant bien loin derrière elle le sommet des collines qu'elle avait d'abord éclairées, elle semblait aspirer au sombre zénith, perdu dans les distances infinies. Les tremblantes étoiles qui suivaient sa course agitaient mon cœur et brûlaient mes veines; mais il ne faut pas beaucoup pour nous ramener à la réalité; l'horloge sonna, cela suffit. Je détournai mes regards de la lune et des étoiles, j'ouvris une porte de côté et j'entrai.

La grande salle n'était pas sombre, bien que la lampe de bronze ne fût pas encore allumée; elle était éclairée, ainsi que les premières marches de l'escalier, par une lueur provenant de la salle à manger, dont la porte ouverte à deux battants laissait voir une grille où brûlait un bon feu. La lumière du feu permettait d'apercevoir des tentures rouges, des meubles bien brillants, et un groupe réuni autour de la cheminée. A peine l'avais-je entrevu, et à peine avais-je entendu un mélange de voix, parmi lesquelles je distinguais celle d'Adèle, que la porte se referma.

Je me dirigeai promptement vers la chambre de Mme Fairfax. Il y avait du feu, mais ni lumière ni dame Fairfax. A sa place, un gros chien noir et blanc, tout semblable au Gytrash, était assis sur le tapis, et regardait le feu avec gravité. Je fus tellement frappée de cette ressemblance, que je m'avançai vers lui en disant : « Pilote ! » L'animal se leva et vint me flairer ; je le caressai, il remua sa grande queue ; il avait l'air d'un chien abandonné, et je me demandai d'où il pouvait venir ; je sonnai, car j'avais besoin de lumière, et je désirais savoir également quel était ce visiteur. Leah entra.

« Quel est ce chien ? demandai-je.

— Il est venu avec le maître.

— Avec qui ?

— Avec le maître, M. Rochester, qui vient d'arriver.

— En vérité, et Mme Fairfax est avec lui ?

— Oui, ainsi que Mlle Adèle ; et John est allé chercher un médecin, car il est arrivé un accident à notre maître ; son cheval est tombé, et M. Rochester a eu le pied foulé.

— Est-ce que son cheval n'est pas tombé dans le sentier de Hay ?

— Oui, il a glissé en descendant la colline.

— Ah ! Apportez-moi une lumière, Leah. »

Leah revint bientôt, suivie de Mme Fairfax, qui me répéta la nouvelle, ajoutant que M. Carter, le médecin, était arrivé, et qu'il était avec M. Rochester ; puis elle alla donner des ordres pour le thé, et moi, je montai dans ma chambre pour me déshabiller.

CHAPITRE XIII.

D'après les ordres du médecin, M. Rochester se coucha de bonne heure et se leva tard le lendemain. Il ne descendit que pour ses affaires ; son agent et quelques-uns de ses fermiers étaient arrivés et attendaient le moment de lui parler.

Adèle et moi nous fûmes obligées de quitter la bibliothèque, parce qu'elle devait servir pour les réceptions d'affaires. On fit du feu dans une autre chambre ; j'y portai nos livres et je l'arrangeai en salle d'étude. A partir de ce jour, le château changea d'aspect : il ne fut plus silencieux comme une église ; toutes les heures on entendait frapper à la porte, tirer la sonnette ou traverser la salle. Des voix nouvelles résonnaient au-dessous de nous ; depuis que Thornfield avait un maître, il n'était plus si étranger au monde extérieur. Quant à moi, j'en étais contente.

Ce jour-là, il fut difficile de donner des leçons à Adèle; elle ne pouvait pas s'appliquer. Elle sortait continuellement de la chambre pour regarder par-dessus la rampe si elle ne pouvait pas apercevoir M. Rochester. Elle trouvait toujours des prétextes pour descendre; elle désirait probablement entrer dans la bibliothèque, où l'on n'avait nul besoin d'elle; lorsque je me fâchais et que je la forçais à rester tranquille, elle se mettait à me parler de son ami, M. Édouard Fairfax de Rochester, ainsi qu'elle l'appelait (c'était la première fois que j'entendais tous ses prénoms); elle se demandait quel cadeau il pouvait lui avoir apporté. Il paraît que, le soir précédent, M. Rochester lui avait annoncé une petite boîte dont le contenu l'intéresserait beaucoup, et qui devait arriver de Millcote en même temps que les bagages.

« Et cela doit signifier, dit-elle, qu'il y aura dedans un cadeau pour moi, et peut-être pour vous aussi, mademoiselle. M. Rochester m'a parlé de vous; il m'a demandé le nom de ma gouvernante et si elle n'était pas une personne assez mince et un peu pâle. J'ai dit que oui, car c'est vrai; n'est-ce pas, mademoiselle? »

Moi et mon élève nous dînâmes comme toujours dans la chambre de Mme Fairfax. Comme il neigeait, nous restâmes l'après-midi dans la salle d'étude. A la nuit, je permis à Adèle de laisser ses livres et son ouvrage et de descendre; car, d'après le silence qui régnait en bas, et n'entendant plus sonner à la porte, je jugeai que M. Rochester devait être libre. Restée seule, je me dirigeai vers la fenêtre; mais il n'y avait rien à voir. Le crépuscule et les flocons de neige obscurcissaient l'air et cachaient même les arbustes de la pelouse. Je baissai le rideau et je retournai au coin du feu.

Je me mis à tracer sur les cendres rouges quelque chose de semblable à un tableau que j'avais vu autrefois, et qui représentait le château de Heidelberg, sur les bords du Rhin. Mme Fairfax, arrivant tout à coup, interrompit ma mosaïque enflammée, et empêcha mon esprit de se laisser aller aux accablantes pensées qui commençaient déjà à s'emparer de lui dans la solitude.

« M. Rochester serait heureux, dit-elle, que vous et votre élève voulussiez bien prendre le thé avec lui ce soir. Il a été si occupé tout le jour, qu'il n'a pas encore pu demander à vous voir.

— A quelle heure prend-il le thé? demandai-je.

— Oh!... à six heures. Il avance l'heure de ses repas à la

campagne; mais vous feriez mieux de changer de robe maintenant; je vais aller vous aider. Tenez, prenez cette lumière.

—Est-il nécessaire de changer de robe?

—Oui, cela vaut mieux; je m'habille toujours le soir quand
M. Rochester est là. »

Cette formalité me semblait quelque peu cérémonieuse; néanmoins je regagnai ma chambre, et, aidée par Mme Fairfax, je
changeai ma robe de laine noire contre une robe de soie de la
même couleur, ma plus belle, et du reste la seule de rechange
que j'eusse, excepté une robe gris clair, que, dans mes idées de
toilette prises à Lowood, je regardais comme trop belle pour être
portée, si ce n'est dans les grandes occasions.

« Il vous faut une broche, » me dit Mme Fairfax.

Je n'avais pour tout ornement qu'une petite perle, dernier
souvenir de Mlle Temple. Je la mis et nous descendîmes.

Avec le peu d'habitude que j'avais de voir des étrangers, c'é-
tait une épreuve pour moi que d'être ainsi appelée en présence
de M. Rochester. Je laissai Mme Fairfax s'avancer la première,
et je marchai dans son ombre, lorsque nous traversâmes la
salle à manger. Après avoir passé devant l'arche, dont le rideau
était baissé pour le moment nous arrivâmes dans un élégant
boudoir.

Deux bougies étaient allumées sur la table et deux sur la cheminée. Pilote se chauffait, à demi étendu, à la flamme d'un feu
superbe; Adèle était agenouillée à côté de lui. Sur un lit de
repos, et le pied appuyé sur un coussin, paraissait M. Rochester; il regardait Adèle et le chien; le feu lui arrivait en
plein visage. Je reconnus mon voyageur avec ses grands sourcils de jais, son front carré, rendu plus carré encore par la coupe
horizontale de ses cheveux. Je reconnus son nez plutôt carac-
térisé que beau; ses narines ouvertes, qui me semblaient annoncer une nature emportée; sa bouche et son menton étaient
durs. Maintenant qu'il n'était plus enveloppé d'un manteau, je
pus voir que la carrure de son corps s'harmonisait avec celle de
son visage. C'était un beau corps d'athlète, à la large poitrine,
aux flancs étroits, mais dépourvu de grandeur et de grâce.

M. Rochester devait s'être aperçu de mon entrée et de celle de
Mme Fairfax; mais il paraît qu'il n'était pas d'humeur à la remarquer, car notre approche ne lui fit même pas lever la tête.

« Voilà Mlle Eyre, » dit tranquillement Mme Fairfax.

Il s'inclina, mais sans cesser de regarder le chien et l'enfant
« Que Mlle Eyre s'asseye, » dit-il.

Son salut roide et contraint, son ton impatient, bien que

cérémonieux, semblaient ajouter : « Que diable cela me fait-il que Mlle Eyre soit ici ou ailleurs? pour le moment, je ne suis pas disposé à causer avec elle. »

Je m'assis sans embarras. Une réception d'une exquise politesse m'aurait sans doute rendue très-confuse. Je n'aurais pas pu y répondre avec la moindre élégance ou la moindre grâce, mais cette brutalité fantasque ne m'imposait aucune obligation; au contraire, en acceptant cette boutade, j'avais l'avantage D'ailleurs, l'excentricité du procédé était piquante, et je désirais en connaître la suite.

M. Rochester continua de ressembler à une statue, c'est-à-dire qu'il ne parla ni ne bougea. Mme Fairfax pensa qu'il fallait au moins que quelqu'un fût aimable; elle commença à parler avec douceur comme toujours, mais comme toujours aussi avec vulgarité : elle le plaignit de la masse d'affaires qu'il avait eues tout le jour et de la douleur que devait lui avoir occasionnée sa foulure; puis elle lui recommanda la patience et la persévérance tant que le mal durerait.

« Madame, je voudrais avoir du thé, » fut la seule réponse qu'elle obtint.

Elle se hâta de sonner, et, quand le plateau arriva, elle se mit à arranger les tasses et les cuillers avec une attentive célérité. Adèle et moi, nous nous approchâmes de la table, mais le maître ne quitta pas son lit de repos.

« Voulez-vous passer cette tasse à M. Rochester? me dit Mme Fairfax. Adèle pourrait la renverser. »

Je fis ce qu'elle me demandait. Lorsqu'il prit la tasse de mes mains, Adèle, pensant le moment favorable pour faire une demande en ma faveur, s'écria :

« N'est-ce pas, monsieur, qu'il y a un cadeau pour Mlle Eyre dans votre petit coffre?

— Qui parle de cadeau? dit-il d'un air refrogné; vous attendiez-vous à un présent, mademoiselle Eyre? Aimez-vous les présents? »

Et il examinait mon visage avec des yeux qui me parurent sombres, irrités et perçants.

« Je ne sais, monsieur, je ne puis guère en parler par experience; un cadeau passe généralement pour une chose agréable.

— Généralement; mais vous, qu'en pensez-vous?

— Je serais obligée d'y réfléchir quelque temps, monsieur, avant de vous donner une réponse satisfaisante. Un présent a bien des aspects, et il faut les considérer tous avant d'avoir une opinion.

— Mademoiselle Eyre, vous n'êtes pas aussi naïve qu'Adèle;

dès qu'elle me voit, elle demande un cadeau à grands cris ; vous, vous battez les buissons.

—C'est que j'ai moins confiance qu'Adèle dans mes droits ; elle peut invoquer le privilége d'une vieille connaissance et de l'habitude, car elle m'a dit que de tout temps vous lui aviez donné des jouets ; quant à moi, je serais bien embarrassée de me trouver un titre, puisque je suis étrangère et que je n'ai rien fait qui mérite une marque de reconnaissance.

—Oh ! ne faites pas la modeste ; j'ai examiné Adèle, et j'ai vu que vous vous êtes donné beaucoup de peine avec elle ; elle n'a pas de grandes dispositions, et en peu de temps vous l'avez singulièrement améliorée.

—Monsieur, vous m'avez donné mon cadeau, et je vous en remercie. La récompense la plus enviée de l'instituteur, c'est de voir louer les progrès de son élève.

—Oh ! oh ! » fit M. Rochester ; et il but son thé en silence. « Venez près du feu, » dit-il lorsque le plateau fut enlevé et que Mme Fairfax se fut assise dans un coin avec son tricot.

Adèle était occupée à me faire faire le tour de la chambre pour me montrer les beaux livres et les ornements placés sur les consoles et les chiffonnières ; dès que nous entendîmes la voix de M. Rochester, nous nous hâtâmes d'obéir. Adèle voulut s'asseoir sur mes genoux, mais il lui ordonna de jouer avec Pilote.

« Il y a trois mois que vous êtes ici ? me demanda-t-il.

—Oui, monsieur.

—D'où veniez-vous ?

—De Lowood, dans le comté de....

—Ah ! une école de charité. Combien de temps y êtes-vous restée ?

—Huit ans.

—Huit ans ! alors vous avez la vie dure ; je croyais que la moitié de ce temps serait venu à bout de la plus forte constitution. Je ne m'étonne plus que vous ayez l'air de venir de l'autre monde ; je me suis déjà demandé où vous aviez pu attraper cette espèce de figure. Hier, lorsque vous êtes venue audevant de moi dans le sentier de Hay, j'ai pensé aux contes de fées, et j'ai été sur le point de croire que vous aviez ensorcelé mon cheval ; je n'en suis pas encore bien sûr. Quels sont vos parents ?

—Je n'en ai pas.

—Et vous n'en avez jamais eu, je suppose. Vous les rappelez-vous ?

— Non.

— Je le pensais, en effet. Et lorsque je vous ai trouvée assise sur cet escalier, vous attendiez votre peuple.

— De qui parlez-vous, monsieur ?

— Eh ! mais des hommes verts. Il y avait un clair de lune qui devait leur être propice ; ai-je brisé un de vos cercles, pour que vous ayez jeté sur mon passage ce maudit morceau de glace ? »

Je secouai la tête.

« Il y a plus d'un siècle, dis-je, aussi sérieusement que lui, que tous les hommes verts ont abandonné l'Angleterre. Ni dans le sentier de Hay, ni dans les champs environnants, vous ne trouverez des traces de leur passage. Désormais le soleil de l'été n'éclairera pas plus leurs bacchanales que la lune de l'hiver. »

Mme Fairfax avait laissé tomber son tricot, et semblait ne rien comprendre à notre conversation.

« Eh bien ! dit M. Rochester, si vous n'avez ni père ni mère, vous devez au moins avoir des oncles ou des tantes ?

— Non, aucun que je connaisse.

— Quelle est votre demeure ?

— Je n'en ai pas.

— Où demeurent vos frères et vos sœurs ?

— Je n'ai ni frères ni sœurs.

— Qui vous a fait venir ici ?

— J'ai fait mettre mon nom dans un journal, et Mme Fairfax m'a écrit.

— Oui, dit la bonne dame qui savait maintenant sur quel terrain elle était ; et chaque jour je remercie la Providence du choix qu'elle m'a fait faire. Mlle Eyre a été une compagne parfaite pour moi, et une institutrice douce et attentive pour Adèle.

— Ne vous donnez pas la peine d'analyser son caractère, répondit M. Rochester. Les éloges n'influent en rien sur mon opinion ; je jugerai par moi-même. Elle a commencé par faire tomber mon cheval.

— Monsieur ! dit Mme Fairfax.

— C'est à elle que je dois cette foulure. »

La veuve regarda avec étonnement et sans comprendre.

« Mademoiselle Eyre, avez-vous jamais demeuré dans une ville ? reprit M. Rochester.

— Non, monsieur.

— Avez-vous vu beaucoup de monde ?

— Rien que les élèves et les maîtres de Lowood et les habitants de Thornfield.

—Avez-vous beaucoup lu?

—Je n'ai jamais eu qu'un très-petit nombre de livres à ma disposition, et encore ce n'étaient pas des ouvrages bien remarquables.

—Vous avez mené la vie d'une nonne, et sans doute vous avez été élevée dans des idées religieuses. Brockelhurst, qui, je crois, dirige Lowood, est un ministre.

—Oui, monsieur.

—Et probablement que, vous autres jeunes filles, vous le vénériez comme un couvent de religieuses vénère son directeur.

—Oh non!

—Vous êtes bien froide; comment! Une novice qui ne vénère pas un prêtre! Voilà quelque chose de scandaleux.

—Je détestais M. Brockelhurst, et je n'étais pas la seule; c'est un homme dur et intrigant. Il nous a fait couper les cheveux, et, par économie, il nous achetait des aiguilles et du fil tels que nous pouvions à peine coudre.

—C'était une très-mauvaise économie, dit Mme Fairfax, qui de nouveau put prendre part à la conversation.

—Et était-ce son plus grand crime? demanda M. Rochester.

—Avant l'établissement du Comité, et tant qu'il fut seul maître dans l'école, il ne nous donnait même pas une nourriture suffisante. Une fois chaque semaine il nous ennuyait par ses longues lectures, et tous les soirs il exigeait que nous lussions des livres qu'il avait faits sur la mort subite et le jugement. Ces livres nous effrayaient tellement que nous n'osions plus aller nous coucher.

—A quel âge êtes-vous entrée à Lowood?

—A dix ans.

—Et vous y êtes restée huit ans : alors vous avez dix-huit ans? »

Je répondis affirmativement.

« Vous voyez que l'arithmétique est utile; sans elle je n'aurais jamais pu deviner votre âge; car ce n'est pas facile à trouver, quand les traits et l'air sont si peu en rapport avec l'âge. Qu'avez-vous appris à Lowood? jouez-vous du piano?

—Un peu.

—C'est juste, c'est la réponse convenue. Entrez dans la bibliothèque!... s'il vous plaît, veux-je dire. Excusez mon ton de commandement, je suis habitué à dire : « Faites cela, » et on le fait. Je ne puis changer cette habitude pour une nouvelle venue. Entrez donc dans la bibliothèque; prenez une lumière, laissez la porte ouverte, asseyez-vous au piano, et jouez un air. »

Je partis et je suivis ses indications.

« Assez! me cria-t-il au bout de quelques minutes; je vois que vous jouez un peu, comme une pensionnaire anglaise, peut-être un peu mieux que quelques-unes, mais pas bien. »

Je fermai le piano et je revins. M. Rochester continua:

« Ce matin, Adèle m'a montré quelques esquisses qu'elle dit être de vous; je ne sais si elles sont entièrement faites par vous: un maître vous a probablement aidée?

— Non, en vérité! m'écriai-je.

— Oh! ceci pique votre orgueil; eh bien, allez chercher votre portefeuille, si vous pouvez affirmer que tout ce qu'il contient est de vous; mais n'assurez rien sans être certaine, car je m'y connais.

— Alors, monsieur, je me tairai et vous jugerez vous-même. »

J'apportai mon portefeuille.

« Approchez la table, » dit-il.

Je la roulai jusqu'à lui. Adèle et Mme Fairfax s'avancèrent pour voir les dessins.

« Ne vous pressez pas ainsi, dit M. Rochester; vous prendrez les dessins à mesure que j'aurai fini de les regarder; mais ne placez pas vos figures si près de la mienne. »

Il examina les peintures et les esquisses; il en mit trois de côté; après avoir regardé les autres, il les jeta loin de lui.

« Emportez-les sur l'autre table, madame Fairfax, dit-il, et regardez-les avec Adèle. Quant à vous, ajouta-t-il en me regardant, asseyez-vous et répondez à mes questions. Je vois bien que ces trois peintures ont été faites par la même main; cette main est-elle la vôtre?

— Oui.

— Quand avez-vous trouvé le temps de les faire? car elles ont dû demander beaucoup de temps et un peu de réflexion.

— Je les ai faites dans les deux dernières vacances que j'ai passées à Lowood, quand je n'avais pas autre chose à faire.

— Où avez-vous trouvé les originaux de ces copies?

— Dans ma tête.

— Dans cette tête que je vois sur vos épaules?

— Oui, monsieur.

— A-t-elle encore d'autres sujets du même genre?

— J'espère que oui, et j'espère même qu'ils seraient meilleurs. »

Il étendit les peintures devant lui et les regarda de nouveau.

Pendant que M. Rochester est ainsi occupé, lecteurs, j'ai le

temps de vous les décrire. D'abord, je dois vous avertir qu'elles
n'ont rien de merveilleux. Les sujets s'étaient présentés avec
force à mon esprit; ils étaient frappants, tels que je les avais
conçus avant d'essayer de les reproduire; mais ma main ne put
pas obéir à mon imagination, ou du moins ne reproduisit qu'une
pâle copie de ce que voyait mon esprit.

C'étaient des aquarelles. La première représentait des nuages
livides sur une mer agitée. L'horizon et même les vagues du
premier plan étaient dans l'ombre; un rayon de lumière faisait
ressortir un mât à moitié submergé, et au-dessus duquel un noir
cormoran étendait ses ailes tachetées d'écume; il portait à son bec
un bracelet d'or orné de pierres précieuses, auxquelles je m'étais
efforcée de donner les teintes les plus nettes et les plus brillantes.
Au-dessous du mât et de l'oiseau de mer flottait un cadavre
qu'on n'apercevait que confusément à travers les vagues vertes.
Le seul membre qu'on pût voir distinctement était le bras qui
venait d'être dépouillé de son ornement.

Le second tableau avait pour premier plan une montagne couverte de gazon et de feuilles soulevées par la brise. Au delà et
au-dessus s'étendait le ciel bleu foncé d'un crépuscule. Une
femme, dont on ne voyait que le buste, apparaissait dans ce ciel;
j'avais combiné, pour la représenter, les teintes les plus sombres
et les plus douces. Son front était surmonté d'une étoile; le bas
de sa figure était voilé par des brouillards; ses yeux étaient sauvages et sombres; ses cheveux flottaient autour d'elle comme
des nuages obscurs déchirés par l'électricité ou l'orage; sur son
cou brillait une pâle lueur semblable à un rayon de la lune.
Cette lueur se répandait aussi sur les nuages légers qui entouraient cet emblème de l'*Étoile du soir*.

Le dernier tableau, enfin, représentait le pic d'un glacier s'é-
lançant vers un ciel d'hiver. Les rayons du nord envoyaient à
l'horizon leurs légions de dards. Sur le premier plan, on apercevait une tête colossale appuyée sur le glacier. Deux mains
délicates croisées au-dessous du front couvraient d'un voile noir
le bas de la figure. On ne voyait qu'un front pâle, des yeux fixes,
creux et désespérés. Au-dessus des tempes, au milieu d'un turban déchiré et de draperies noires vaguement indiquées, brillait
un cercle de flammes blanches parsemées de pierres précieuses
d'une teinte plus vive que le reste du tableau. Cette pâle auréole
était l'emblème d'un diadème royal, et elle couronnait un être
qui n'avait pas de corps.

« Étiez-vous heureuse, quand vous avez fait ces dessins ? me
demanda M. Rochester.

— J'étais absorbée, monsieur; oui, j'étais heureuse : peindre est une des jouissances les plus vives que j'aie connues !

— Ce n'est pas beaucoup dire. Vous avouez vous-même que vos plaisirs n'étaient pas nombreux. Vous deviez être plongée dans une sorte de rêve d'artiste, quand vous avez mélangé ces teintes étranges. Y passiez-vous longtemps chaque jour?

— C'était pendant les vacances; je n'avais rien à faire; je m'y mettais le matin et j'y restais jusqu'à la nuit; la longueur des jours d'été favorisait mon inclination.

— Et étiez-vous satisfaite du résultat de vos ardents travaux!

— Loin de là, je souffrais du contraste qu'il y avait entre mon idéal et mon œuvre; je me sentais complétement impuissante à réaliser ce que j'avais imaginé.

— Pas tout à fait; vous avez fixé l'ombre de vos pensées, mais pas plus, probablement. Vous n'aviez pas assez de science et d'habileté technique pour les rendre complétement; cependant ces esquisses sont remarquables pour une écolière. La pensée qu'elles veulent représenter est fantastique; ces yeux de l'*Étoile du soir*, vous avez dû les voir dans un de vos rêves. Comment avez-vous pu les faire si clairs et pourtant si peu brillants? Que vouliez-vous dire en les faisant si profonds et si solennels? Qui vous a appris à peindre le vent? Voilà une tempête sur le ciel et sur cette hauteur. Où avez-vous vu Latmos? car c'est Latmos. Retirez ces dessins. »

J'avais à peine noué les cordons du portefeuille, que, regardant sa montre, il dit brusquement :

« Il est neuf heures; à quoi pensez-vous, mademoiselle Eyre, de laisser Adèle veiller si tard? Allez la coucher. »

Adèle embrassa son tuteur avant de quitter la chambre; il accepta ses caresses, mais ne sembla pas les goûter plus que ne l'aurait fait Pilote, moins peut-être.

« Maintenant, je vous souhaite le bonsoir à tous, » dit-il en montrant la porte; ce qui signifiait qu'il était fatigué de notre compagnie et qu'il désirait nous renvoyer.

Mme Fairfax roula son tricot. Je pris mon portefeuille; nous lui fîmes un salut auquel il répondit froidement, et nous nous retirâmes.

« Vous prétendiez que M. Rochester n'était pas très-original, madame Fairfax? lui dis-je lorsque, après avoir couché Adèle, je la rejoignis dans sa chambre.

— Vous le trouvez donc bizarre?

— Je le trouve très-mobile et très-brusque.

— C'est vrai : il peut bien faire cet effet-là à un étranger· mais moi, je suis tellement habituée à ses manières, que je n'y pense jamais : et puis, si son caractère est singulier, il faut se montrer indulgent.

— Pourquoi?

— D'abord, parce que c'est sa nature, et que personne ne peut changer sa nature; ensuite, parce qu'il est sans doute accablé de douloureuses pensées, et que c'est là ce qui lui donne un caractère inégal.

— Quelles pensées donc?

— Des luttes de famille.

— Il n'a pas de famille.

— Mais il en a eu; il a perdu son frère aîné, il y a quelques années.

— Son frère aîné?

— Oui, il n'y a que neuf ans à peu près que M. Rochester possède cette propriété.

— Neuf ans, c'est déjà passable; aimait-il donc son frère au point d'être resté inconsolable tout ce temps?

— Oh non! je crois qu'il y a eu des disputes entre eux. M. Rowland Rochester n'était pas très-juste à l'égard de M. Edouard, et même il a excité son père contre lui. Le vieillard ne pouvait pas séparer en deux les biens de la famille, et il désirait pourtant que M. Edouard fût riche aussi, pour l'honneur du nom; il en résulta des démarches très-fâcheuses. Le vieux M. Rochester et M. Rowland s'entendirent, et, afin d'enrichir M. Edouard, ils l'entraînèrent dans une position douloureuse. Je ne sais pas au juste ce qu'ils firent; mais toujours est-il que M. Edouard ne put pas supporter tout ce qu'il eut à souffrir. Il n'est pas indulgent; aussi rompit-il avec sa famille, et depuis longtemps il mène une vie errante. Je ne crois pas qu'il soit resté quinze jours de suite ici depuis que la mort de son frère l'a laissé maître du château. Du reste, je ne m'étonne pas qu'il évite ce lieu.

— Et pourquoi?

— Il le trouve triste peut-être. »

La réponse était vague. J'aurais désiré quelque chose de plus clair; mais Mme Fairfax ne pouvait ou ne voulait pas donner des détails plus circonstanciés sur l'origine et la nature des épreuves de M. Rochester. Elle avouait que c'était un mystère pour elle et qu'elle ne pouvait que faire des conjectures; il était évident qu'elle ne désirait plus parler de cela : je le compris et j'agis en conséquence.

CHAPITRE XIV.

Les jours suivants, je ne vis que peu M. Rochester Le matin, il était occupé par ses affaires, et dans l'après-midi, des messieurs de Millcote et du voisinage venaient le voir et restaient quelquefois à dîner avec lui. Quand son pied alla assez bien pour lui permettre l'exercice du cheval, il resta dehors une partie de la journée, probablement pour rendre les visites qu'on lui avait faites, et il ne revenait généralement que fort tard.

Pendant ce temps, il demanda rarement Adèle; quant à moi, je ne le vis que lorsque je le rencontrais par hasard dans la grande salle ou dans le corridor. Quelquefois il passait devant moi avec hauteur, daignant à peine me saluer légèrement et me jeter un regard froid; d'autres fois, au contraire, il s'inclinait et me souriait avec affabilité. Ce changement d'humeur ne m'offensait nullement, parce que je voyais que je n'y étais pour rien; le flux et le reflux provenaient de causes tout à fait indépendantes de ma volonté.

Un jour qu'il avait eu du monde à dîner, il avait envoyé chercher mon portefeuille, sans doute pour en montrer le contenu. Les invités partirent tôt pour se rendre à une assemblée publique à Millcote; comme le temps était humide, M. Rochester ne les accompagna pas. Après leur départ, il sonna, et on vint m'avertir que j'eusse à descendre avec Adèle. J'habillai Adèle, et, après m'être assurée que j'étais bien moi-même dans mon costume de quakeresse, où rien ne pouvait être retouché, car tout était trop simple et trop plat, y compris ma coiffure, pour que la plus petite chose pût se déranger, nous descendîmes. Adèle se demandait si son petit coffre était enfin arrivé; car grâce à quelque erreur, on ne l'avait point encore reçu. Elle ne s'était pas trompée; en entrant dans la salle à manger, nous aperçûmes sur la table un petit carton qu'elle sembla reconnaître instinctivement.

« Ma boîte! ma boîte! s'écria-t-elle.

— Oui, voilà enfin votre boîte. Emportez-la dans un coin, vraie fille de Paris, et amusez-vous à la déballer, dit la voix profonde et railleuse de M. Rochester, qui était assis dans un fauteuil au coin du feu; mais surtout ne m'ennuyez pas avec les détails de votre procédé anatomique. Que votre opération se fasse en silence. Tiens-toi tranquille, enfant, comprends-tu ? »

Adèle semblait ne point avoir besoin de l'avertissement; elle se retira sur un sofa avec son trésor, et se mit à défaire les cordes qui entouraient la boîte. Après avoir soulevé le couvercle et retiré un certain papier d'argent, elle s'écria :

« Oh! ciel, que c'est beau! et elle demeura absorbée dans sa contemplation.

— Mademoiselle Eyre est-elle ici? demanda le maître en se levant à demi et en regardant de mon côté. Ah! bon; venez et asseyez-vous ici, ajouta-t-il en approchant une chaise de la sienne; je n'aime pas le babillage des enfants. Le murmure de leurs lèvres ne peut rien rappeler d'agréable à un vieux célibataire comme moi; ce serait une chose intolérable pour moi que de passer toute une soirée en tête-à-tête avec un marmot. N'éloignez pas votre chaise, mademoiselle Eyre; asseyez-vous juste où je l'ai placée, comme cela, s'il vous plaît. Je ne veux point de ces politesses; moi je les oublie sans cesse, je ne les aime pas plus que les vieilles dames dont l'intelligence est trop bornée. Pourtant il faut que je fasse venir la mienne; elle est une Fairfax, ou du moins a épousé un Fairfax; je ne dois pas la négliger. On dit que le sang est plus épais que l'eau. »

Il sonna et demanda Mme Fairfax, qui arriva bientôt avec son tricot.

« Bonsoir, madame, dit-il. Je vous demanderai de me rendre un service. J'ai défendu à Adèle de me parler du cadeau que je lui ai fait; je vois qu'elle en a bien envie : ayez la bonté de lui servir d'interlocutrice; vous n'aurez jamais accompli un acte de bienveillance plus réel. »

En effet, à peine Adèle eut-elle aperçu Mme Fairfax, qu'elle l'appela, et jeta sur elle la porcelaine, l'ivoire et tout ce que contenait sa boîte, en manifestant son enthousiasme par des phrases entrecoupées, car elle ne possédait l'anglais que très-imparfaitement.

« Maintenant, dit M. Rochester, j'ai accompli mes devoirs de maître de maison; j'ai mis mes invités à même de s'amuser réciproquement, et je puis songer à mon propre plaisir. Mademoiselle Eyre, avancez un peu votre chaise; vous êtes trop en arrière, je ne puis pas vous voir sans me déranger, ce que je n'ai nullement l'intention de faire. »

Je fis ce qu'il me disait, bien que j'eusse infiniment préféré rester un peu en arrière; mais M. Rochester avait une manière si

directe de donner un ordre, qu'il semblait impossible de ne pas
lui obéir promptement.

Nous étions dans la salle à manger, comme je l'ai déjà dit;
le lustre qu'on avait allumé pour le dîner éclairait toute la pièce.
Le feu était rouge et brillant; les rideaux pourpre retombaient
avec ampleur devant la grande fenêtre et l'arche plus grande
encore; tout était tranquille; on n'entendait que le babillage
voilé d'Adèle, car elle n'osait pas parler haut, et la pluie d'hiver
qui battait les vitres.

M. Rochester, ainsi étendu dans son fauteuil de damas, me
sembla différent de ce que je l'avais vu auparavant. Il n'avait
pas l'air tout à fait aussi sombre et aussi triste. J'aperçus un
sourire sur ses lèvres; le vin lui avait probablement procuré
cette gaieté relative, mais je ne puis pourtant pas l'affirmer; son
caractère de l'après-dînée était plus expansif que celui du matin. Cependant il avait encore quelque chose d'effrayant lorsqu'il appuyait sa tête massive contre le dossier rembourré du
fauteuil, et que la lumière du feu, arrivant en plein sur ses traits
de granit, éclairait ses grands yeux noirs; car il avait de fort
beaux yeux noirs qui, changeant quelquefois tout à coup de
caractère, exprimaient, sinon la douceur, du moins un sentiment
qui s'en rapprochait beaucoup. Pendant deux minutes environ
il contempla le feu, et, lorsqu'il se retourna, il aperçut mon regard fixé sur lui.

« Vous m'examinez, mademoiselle Eyre, me dit-il; me trou-
veriez-vous beau? »

Si j'avais eu le temps de réfléchir, j'aurais fait une de ces
réponses conventionnelles, vagues et polies; mais les paroles
sortirent de mes lèvres presque à mon insu.

« Non, monsieur, répondis-je.

— Savez-vous qu'il y a quelque chose d'étrange en vous? me
dit-il. Vous avez l'air d'une petite nonne, avec vos manières
tranquilles, graves et simples, vos yeux généralement baissés,
excepté lorsqu'ils sont fixés sur moi, comme maintenant, par
exemple; et quand on vous questionne ou quand on fait devant
vous une remarque qui vous force à parler, votre réponse est
sinon impertinente, du moins brusque.

— Pardon, monsieur, j'ai été trop franche; j'aurais dû vous
dire qu'il n'était pas facile d'improviser une réponse sur les
apparences, que les goûts diffèrent, que la beauté est de peu
d'importance, ou quelque chose de semblable.

— Non, vous n'auriez pas dû répondre cela. Comment! la
beauté de peu d'importance! Ainsi, sous prétexte d'adoucir le

coup, vous enfoncez la lame plus avant! Continuez; quel défaut me trouvez-vous, je vous prie? Il me semble que mes membres et mes traits sont faits comme ceux des autres hommes.

— Veuillez oublier, monsieur, ma réponse; je n'ai nullement eu l'intention de vous blesser, c'est pure étourderie de ma part.

— Justement, c'est ce que je pense aussi; mais vous êtes responsable de cette étourderie; critiquez-moi. Mon front vous déplaît-il? »

Il souleva ses cheveux noirs qui descendaient sur ses yeux, et laissa voir un front large et intelligent, mais où rien n'indiquait la bienveillance.

« Eh bien! madame, suis-je un idiot? me demanda-t-il

— Loin de là, monsieur; mais vous me trouverez peut-être trop brusque lorsque je vous demanderai si vous êtes un philanthrope.

— Encore une pointe, et cela parce que j'ai déclaré ne pas aimer la société des enfants et des vieilles femmes.... Çà, parlons plus bas.... Non, jeune fille, je ne suis généralement pas un philanthrope; mais j'ai une conscience, ajouta-t-il en posant son doigt sur la bosse qui, à ce qu'on prétend, indique cette faculté, et qui chez lui était assez volumineuse, et donnait une grande largeur à la partie supérieure de la tête; même autrefois j'ai eu une sorte de tendresse dans le cœur. A votre âge, je sentais, j'avais pitié des faibles et de ceux qui souffrent; mais la fortune m'a frappé de ses mains vigoureuses, et maintenant je puis me flatter d'être aussi dur qu'une balle de caoutchouc, pénétrable peut-être par deux ou trois endroits, mais n'ayant plus qu'un seul point sensible. Croyez-vous qu'on puisse encore espérer pour moi?

— Espérer quoi, monsieur?

— Mais que le caoutchouc redeviendra chair.

— Décidément, il a bu trop de vin, » pensai-je, et je ne savais quelle réponse faire à sa question. Comment pouvais-je dire s'il était capable d'être transformé?

« Vous avez l'air embarrassé, me dit-il, et, quoique vous ne soyez pas plus jolie que je ne suis beau, cependant un air embarrassé vous va bien: d'ailleurs cela me convient, c'est un moyen d'éloigner de ma figure vos yeux scrutateurs et de les reporter sur les fleurs du tapis. Ainsi donc je vais continuer à vous embarrasser, jeune fille; je suis disposé à être communicatif aujourd'hui. »

En disant ces mots, il se leva et appuya son bras sur le marbre de la cheminée: je pus voir distinctement son corps, sa figure et sa poitrine, dont le développement n'était pas en proportion avec la longueur de ses membres. Presque tout le monde l'aurait trouvé laid; mais il avait dans son port tant d'orgueil involontaire, tant d'aisance dans ses manières; il semblait s'inquiéter si peu de son manque de beauté et être si intimement persuadé que ses qualités personnelles étaient bien assez puissantes pour remplacer un charme extérieur, qu'en le regardant on partageait son indifférence, et qu'on était presque tenté de partager aussi sa confiance en lui-même.

« Je suis disposé à être communicatif, répéta-t-il, et c'est pourquoi je vous ai envoyé chercher; le feu et le chandelier n'étaient pas des compagnons suffisants, Pilote non plus, car il ne parle pas; Adèle me convenait un peu mieux, mais ce n'était pas encore là ce qu'il me fallait, pas plus que Mme Fairfax. Quant à vous, je suis persuadé que vous êtes justement ce que je voulais; vous m'avez intrigué le premier soir où je vous ai vue; depuis, je vous avais presque oubliée; d'autres idées vous avaient chassée de mon souvenir; mais, aujourd'hui, je veux éloigner de moi ce qui me déplaît et prendre ce qui m'amuse. Eh bien, cela m'amuse d'en savoir plus long sur votre compte; ainsi donc, parlez. »

Au lieu de parler, je souris; et mon sourire n'était ni aimable ni soumis.

« Parlez, répéta-t-il.

— Sur quoi, monsieur?

— Sur ce que vous voudrez; je vous laisse le choix du sujet, et vous pourrez même le traiter comme il vous plaira. »

En conséquence de ses ordres, je m'assis et ne dis rien. « Il s'imagine que je vais parler pour le plaisir de parler; mais je lui prouverai que ce n'est pas à moi qu'il devait s'adresser pour cela, » pensai-je.

« Êtes-vous muette, mademoiselle Eyre? »

Je persistai dans mon silence; il pencha sa tête vers moi et plongea un regard rapide dans mes yeux.

« Opiniâtre et ennuyée, dit-il; elle persiste; mais aussi j'ai fait ma demande sous une forme absurde et presque impertinente. Mademoiselle Eyre, je vous demande pardon; sachez, une fois pour toutes, que mon intention n'est pas de vous traiter en inférieure, c'est-à-dire, reprit-il, je ne veux que la supériorité que doivent donner vingt ans de plus et une expérience d'un siècle. Celle-là est légitime et j'y tiens, comme dirait Adèle, et c'est en vertu de cette supériorité, de celle-là seule, que je vous prie d'avoir la bonté de me parler un peu et de distraire mes pensées qui souffrent de se reporter toujours sur un même point ou elles se rongent comme un clou rouillé. »

Il avait daigné me donner une explication, presque faire des excuses; je n'y fus pas insensible, et je voulus le lui prouver.

« Je ne demande pas mieux que de vous amuser, monsieur, si je le puis. Mais comment voulez-vous que je sache ce qui vous intéresse? Interrogez-moi, et je vous répondrai de mon mieux.

— D'abord acceptez-vous que j'aie le droit d'être un peu le maître? Acceptez-vous que j'aie le droit d'être quelquefois brusque et exigeant à cause des raisons que je vous ai données : d'abord parce que je suis assez âgé pour être votre père; ensuite parce que j'ai l'expérience que donne la lutte; que j'ai vu de près bien des hommes et bien des nations; qu'enfin, j'ai parcouru la moitié du globe, pendant que vous êtes toujours restée tranquillement chez les mêmes individus et dans la même maison?

— Faites comme il vous plaira, monsieur.

— Ce n'est pas une réponse, ou du moins c'en est une très-irritante, parce qu'elle est évasive; répondez clairement.

— Eh bien, monsieur, je ne pense pas que vous ayez le droit de me donner des ordres, simplement parce que vous êtes plus vieux et que vous connaissez mieux le monde que moi; votre supériorité dépend de l'usage que vous avez fait de votre temps et de votre expérience.

— Voilà qui est promptement répondu. Mais je n'admets pas votre principe; il me serait trop défavorable, car j'ai fait un usage nul, pour ne pas dire mauvais, de ces deux avantages. Mettons de côté toute supériorité; je vous demande simplement d'accepter de temps en temps mes ordres sans vous blesser de mon ton de commandement: dites, le voulez-vous? »

Je souris. « M. Rochester est étrange, pensai-je en moi-même; il semble oublier qu'il me paye trente livres sterling par an pour recevoir ses ordres.

— Voilà un sourire qui me plaît, dit-il, mais cela ne suffit pas; parlez.

— Je pensais tout à l'heure, monsieur, répondis-je, que bien peu de maîtres s'inquiètent de savoir si les gens qu'ils payent sont ou non contents de recevoir leurs ordres.

— Les gens qu'ils payent! est-ce que je vous paye? Ah! oui, je l'avais oublié; eh bien, alors, pour cette raison mercenaire, voulez-vous me permettre d'être un peu le maître?

— Pour cette raison, non, monsieur; mais parce que vous avez oublié que je dépendais de vous. Oui, je consens du fond du cœur à ce que vous me demandez, parce que vous cherchez à savoir si le serviteur est heureux dans sa servitude.

— Et vous consentez à me dispenser des formes convention-nelles, sans prendre cette omission pour une impertinence ?

— Je suis sûre, monsieur, de ne jamais confondre le manque de forme avec l'impertinence : j'aime la première de ces choses; quant à l'autre, aucune créature libre ne peut la supporter, même pour de l'argent.

— Erreur ! La plupart des créatures libres acceptent tout pour de l'argent. Je vous conseille donc de ne pas proclamer des gé-néralités dont vous êtes incapable de juger l'exactitude. Néan-moins, je vous sais gré de votre réponse, tant pour elle-même que pour la manière dont vous l'avez faite : car vous avez parlé avec sincérité, ce qui n'est pas commun; l'affectation, la froideur, ou une manière stupide de comprendre votre pensée, voilà ce qui, en général, répond à votre franchise. Sur cent sous-maî-tresses, pas une peut-être ne m'eût répondu comme vous. Mais ne croyez pas que je veuille vous flatter. Si vous avez été faite dans un moule différent des autres, vous n'en êtes nullement cause; c'est l'œuvre de la nature. Et, d'ailleurs, je ne puis pas conclure encore; peut-être n'êtes-vous pas meilleure que les au-tres; peut-être avez-vous des défauts intolérables pour balancer vos quelques bonnes qualités.

— Peut-être en avez-vous vous-même, » pensai-je. Et à ce mo-ment mon regard rencontra le sien; il lut ma pensée, et y ré-pondit comme si je l'avais exprimée par des paroles.

« Oui, oui, vous avez raison, dit-il; j'ai bon nombre de défauts moi-même, je le sais, et je ne cherche pas à m'excuser. Je n'ai pas le droit d'être trop sévère pour les autres; mes actes et la na-ture de ma vie passée devraient arrêter le sourire sur mes lè-vres; je devrais ne pas critiquer trop sévèrement mon voisin, et reporter mes regards sur mon propre cœur. J'entrai, ou plu-tôt, car les pécheurs aiment à jeter le blâme sur la fortune ou les circonstances, je fus précipité à l'âge de vingt ans dans une route dangereuse, et depuis je n'ai jamais repris le droit chemin; mais j'aurais pu être différent de ce que je suis; j'aurais pu être aussi bon que vous, plus expérimenté, peut-être presque aussi pur; j'envie la paix de votre esprit, la pureté de votre conscience et votre passé sans tache. Enfant, un passé sans tache doit être un trésor exquis, une source inépuisable de bonheur, n'est-ce pas?

— Quel était votre passé à dix-huit ans, monsieur?

— Il était beau et limpide; aucune eau impure ne l'avait

transformé en mare fétide! J'étais votre égal à dix-huit ans; la nature m'avait fait pour être bon, mademoiselle Eyre, et vous voyez que je ne le suis pas; vos yeux me disent que vous ne le voyez pas (car, à propos, prenez garde à l'expression de votre regard; je suis rapide à l'interpréter). Croyez ce que je vais vous dire : je ne suis pas méchant; n'allez pas voir en moi un de ces princes du mal. Non; grâce aux circonstances plutôt qu'à ma nature, je suis un pécheur vulgaire, plongé dans toutes les misérables dissipations que recherchent les riches pour égayer leur vie. Ne vous étonnez pas si je vous avoue toutes ces choses; sachez que, dans le cours de notre vie à venir, vous vous trouverez souvent choisie pour être la confidente involontaire de bien des secrets. Beaucoup sentiront instinctivement comme moi que vous n'êtes pas faite pour parler de vous, mais pour écouter les autres parler d'eux; ils comprendront aussi que vous ne les écoutez pas avec un mépris malveillant, mais avec une sympathie naturelle qui console et encourage, bien qu'elle ne se manifeste pas très-vivement.

— Comment pouvez-vous savoir, comment avez-vous pu deviner tout cela, monsieur ?

— Je le sais, et c'est pourquoi je continue aussi librement que si j'écrivais mes pensées sur mon journal. Vous me direz que j'aurais dû dominer les circonstances : c'est vrai, mais, vous le voyez, je ne l'ai pas pu; quand la fortune m'a frappé, j'aurais dû demeurer froid, et je suis tombé dans le désespoir. Alors a commencé mon abaissement; et maintenant, quand un imbécile vicieux excite mon dégoût par ses honteuses débauches, je ne puis pas me vanter d'être meilleur que lui. Je suis obligé de confesser que lui et moi nous sommes sur le même niveau. Que ne suis-je resté ferme! Dieu sait si je le désire. Craignez le remords, quand vous serez tentée de succomber, mademoiselle Eyre; le remords est le poison de la vie.

— On dit que le repentir en est le remède, monsieur.

— Non; le seul remède possible, c'est une conduite meilleure, et je pourrais y arriver; j'ai encore assez de force si.... Mais pourquoi y penser, accablé et maudit comme je le suis? et d'ailleurs, puisque le bonheur m'est refusé, j'ai droit de chercher le plaisir dans la vie, et je le trouverai à n'importe quel prix.

— Alors, monsieur, vous tomberez encore plus bas.

— C'est possible; et pourtant non, si je trouve un plaisir frais et doux; et j'en trouverai un aussi frais et aussi doux que le miel sauvage recueilli par l'abeille sur les marais.

— Prenez garde, monsieur, qu'il ne vous semble bien amer.

— Qu'en savez-vous? vous ne l'avez jamais goûté. Comme votre regard est sérieux et solennel! et vous êtes aussi ignorante de tout ceci que cette tête de porcelaine, dit-il en en prenant une sur la cheminée. Vous n'avez pas le droit de me prêcher, néophyte qui n'avez pas passé le seuil de la vie, et qui ne connaissez aucun de ses mystères.

— Je ne fais que vous rappeler vos propres paroles, monsieur; vous avez dit que la faute conduisait au remords, et que le remords était le poison de la vie.

— Eh! qui parle de faute? je ne pense pas que l'idée que je viens de concevoir soit une faute; c'est plutôt une inspiration qu'une tentation; oh! elle était douce et calmante! la voilà qui revient encore. Ce n'est pas l'esprit du mal qui me l'a inspirée, ou bien alors il a revêtu la robe d'un ange; il me semble que je dois admettre un tel hôte lorsqu'il me demande l'entrée de mon cœur.

— Défiez-vous de lui, monsieur, ce n'est pas un ange véritable.

— Encore une fois, qu'en savez-vous? Par quel instinct prétendez-vous distinguer le séraphin déchu du messager de l'Éternel; le guide, du séducteur?

— J'ai jugé d'après votre apparence, qui était troublée au moment où vous avez dit que la même pensée vous revenait, et je suis persuadée que, si vous agissez selon votre désir, vous deviendrez plus malheureux encore.

— Pas du tout; cet ange m'a apporté le plus gracieux message du monde. Du reste, vous n'êtes pas chargée de ma conscience, ainsi donc ne vous troublez pas. Entre, joyeux voyageur! »

Il semblait parler à une vision aperçue de lui seul; puis il croisa ses bras sur sa poitrine comme pour embrasser l'être invisible.

« Maintenant, continua-t-il en s'adressant à moi, j'ai reçu le pèlerin; je crois que c'est une divinité déguisée; il m'a déjà fait du bien : mon cœur était tout charnel, le voilà devenu un reliquaire.

— A dire vrai, monsieur, je ne vous comprends pas du tout; je ne puis pas continuer cette conversation, elle n'est plus à ma portée. Je ne sais qu'une chose : c'est que vous n'êtes pas aussi bon que vous le désirez et que vous regrettez votre imperfection; je n'ai compris qu'une chose : c'est que les souillures de votre passé étaient une torture pour vous. Il me semble que, si vous le vouliez, vous seriez bientôt digne d'être approuvé par vous-même; que si, à partir de ce jour, vous preniez la résolution de modifier vos actes et vos pensées, au bout de quelques années vous auriez un passé pur et que vous pourriez contempler avec joie.

— Bien pensé et bien dit, mademoiselle Eyre, et dans ce moment je pave l'enfer de bonnes intentions.

— Monsieur?

— Oui, je prends de bonnes résolutions que je crois aussi durables que le bronze. Mes actes seront différents de ce qu'ils ont été jusqu'ici.

— Et meilleurs?

— Oui, meilleurs. Vous semblez douter de moi, et pourtant moi, je ne doute pas; je connais mon but et mes motifs; et, dès ce moment, je fais une loi inaltérable comme celle des Mèdes et des Perses, pour déclarer que l'un et les autres sont droits.

— Ils ne le sont pas, monsieur, puisque vous avez besoin pour eux de lois nouvelles.

— Vous vous trompez, mademoiselle Eyre; des combinaisons et des circonstances inouïes demandent des lois inouïes.

— C'est une maxime dangereuse, monsieur; car il est facile d'en abuser.

— Vous avez raison, philosophe sentencieux; mais je jure sur tout ce qui m'appartient que je n'en abuserai pas.

— Vous êtes homme et faillible.

— Oui, de même que vous; eh bien! après?

— Les hommes faillibles ne devraient pas s'arroger un pouvoir qui ne peut être sûrement confié qu'aux êtres parfaits et divins.

— Quel pouvoir?

— Celui de dire de toute action, quelque étrange qu'elle soit: *Ce sera bien.*

— Oui, repartit M. Rochester, vous l'avez dit, je déclare *que ce sera bien.*

— Dieu fasse que ce soit bien ! » répondis-je en me levant, car je trouvais inutile de continuer une conversation si obscure pour moi.

Je comprenais d'ailleurs que je ne pouvais arriver à pénétrer le caractère de mon interlocuteur, du moins pour le moment, et je sentais enfin cette incertitude, ce vague sentiment de malaise qu'entraîne toujours la conviction de son ignorance.

« Où allez-vous? me demanda M. Rochester.

— Coucher Adèle, répondis-je; il est plus que temps.

— Vous avez peur de moi, parce que mes paroles ressemblent à celles du Sphinx.

— Vous parlez en effet par énigmes; mais, bien que je sois étonnée, je n'ai pas peur.

— Si, vous avez peur; votre amour-propre craint une méprise

— Dans ce sens-là, oui, j'ai peur; je désire ne pas dire de sottises.

— Si vous en disiez, ce serait d'une manière si tranquille et
si grave, que je ne m'en apercevrais pas. Est-ce que vous ne riez
jamais, mademoiselle Eyre? Ne vous donnez pas la peine de répondre ; je vois que vous riez rarement, mais que néanmoins
vous pouvez le faire, et même avec beaucoup de gaieté. Croyez-
moi, la nature ne vous a pas plus faite austère qu'elle ne m'a fait
vicieux ; vous vous ressentez encore de la contrainte de Lowood,
vous composez votre visage, vous voilez votre voix, vous serrez
vos membres contre vous, et vous craignez devant un homme
qui est votre frère, votre père, votre maître, ou ce que vous
voudrez enfin, vous craignez que votre sourire ne soit trop
) yeux, votre parole trop libre, vos mouvements trop prompts.
Mais bientôt, je l'espère, vous apprendrez à être naturelle avec
moi, parce qu'il m'est impossible de ne pas l'être avec vous ;
alors vos mouvements et vos regards seront plus vifs et plus variés. Quelquefois, vous jetez autour de vous un coup d'œil cu-
rieux comme celui de l'oiseau qui regarde à travers les barreaux
de sa cage ; vous ressemblez à un captif remuant, résolu, qui,
s'il était libre, volerait jusqu'aux nuages ; mais vous êtes encore
courbée sur votre route.

— Monsieur, neuf heures ont sonné .

— N'importe, attendez une minute. Adèle n'est pas prête à
aller se coucher. Je viens d'examiner ce qui se passait ici ; pendant que je vous parlais, j'ai regardé Adèle de temps en temps
(j'ai mes raisons pour la croire curieuse à étudier, et ces raisons
je vous les dirai un jour). Il y a dix minutes environ, elle a tiré
de sa boîte une petite robe de soie rose ; aussitôt ses traits se
sont illuminés. La coquetterie coule dans son sang, remplit son
cerveau et nourrit la moelle de ses os. « Il faut que je l'essaye, »
s'est-elle écriée, et, à l'instant même, elle est sortie de la chambre pour aller se faire habiller par Sophie ; dans quelques minutes elle rentrera. Je le sais, je vais voir une miniature de Céline
Varens dans le costume qu'elle portait sur le théâtre au commencement de.... Mais n'y pensons plus, et pourtant ce qu'il y a
de plus tendre en moi va recevoir un choc, je le pressens ; restez ici pour voir si j'ai raison. »

Au bout de quelques minutes, on entendit les pas d'Adèle dans
la grande salle. Elle entra transformée comme me l'avait annoncé son tuteur : une robe de satin rose très-courte et très-
ornée dans le bas avait remplacé sa robe brune ; une couronne
de boutons de roses entourait son front ; elle était chaussée de
bas de soie et de souliers de satin blanc.

« Est-ce que ma robe va bien? s'écria-t-elle en bondissant,

et mes souliers, et mes bas? tenez, je crois que je vais danser. »

Et, étalant sa robe, elle se mit à sauter dans la chambre. Arrivée près de M. Rochester, elle fit une pirouette sur la pointe des pieds, puis se mit à genoux devant lui.

« Monsieur, je vous remercie mille fois de votre bonté, » s'écria-t-elle; puis, se relevant, elle ajouta : « C'est comme cela que maman faisait, n'est-ce pas, monsieur?

— Ex-ac-te-ment! répondit-il, et c'est ainsi qu'elle a charmé mes guinées et les a fait sortir de mes culottes britanniques. J'ai été jeune, mademoiselle Eyre; certes mon visage a eu autant de fraîcheur que le vôtre. Mon printemps n'est plus, mais il m'a laissé cette petite fleur française. Il y a des jours où je voudrais en être débarrassé; car je n'attache plus aucune valeur au tronc qui l'a produite, parce que j'ai vu qu'une poussière d'or pouvait seule lui servir d'engrais. Non, je n'aime pas cette enfant, surtout quand elle est aussi prétentieuse que maintenant. Je la garde peut-être conformément au principe des catholiques, qui croient expier par une seule bonne œuvre de nombreux péchés; mais je vous expliquerai tout ceci plus tard. Bonsoir. »

CHAPITRE XV.

M. Rochester me l'expliqua en effet.

Une après-midi que je me promenais dans les champs avec Adèle, je le rencontrai et il me pria de le suivre dans une avenue de hêtres qui était devant nous, tandis que mon élève jouerait avec Pilote et ses volants.

Il me raconta alors qu'Adèle était la fille d'une danseuse de l'Opéra français, Céline Varens, pour laquelle il avait eu ce qu'il appelait une grande passion. Céline avait feint d'y répondre par un amour plus ardent encore. Il se croyait idolâtré, quelque laid qu'il fût; il se figurait, me dit-il, qu'elle préférait sa taille d'athlète à l'élégance de l'Apollon du Belvédère.

« Et je fus si flatté, mademoiselle Eyre, de la préférence de la sylphide française pour son gnome anglais, que je l'installai dans un hôtel et lui donnai un établissement complet, domestiques, voiture, cachemires, diamants, dentelles, etc. En un mot, j'étais en train de me ruiner, dans le style adopté, comme le premier

venu. Je n'avais même pas l'originalité de chercher une route
nouvelle pour me conduire à la honte et à la ruine; mais je suivais la vieille ornière avec une stupide exactitude, et je ne m'é-
cartais pas d'un pouce du sentier battu. J'eus, comme je le mé-
ritais, le sort de tous les dissipateurs; je vins un soir où Céline
ne m'attendait pas; elle était sortie. La nuit était chaude; fatigué
d'avoir couru dans tout Paris, je m'assis dans son boudoir, heureux de respirer l'air consacré par sa présence. J'exagère; je
n'ai jamais cru qu'il y eût autour de sa personne quelque vertu
sanctifiante; non, elle n'avait laissé derrière elle que l'odeur du
musc et de l'ambre. Le parfum des fleurs, mêlé aux émanations
des essences, commençait à me monter à la tête, lorsque j'eus
l'idée d'ouvrir la fenêtre et de m'avancer sur le balcon. Il faisait
clair de lune, et le gaz était allumé; la nuit était calme et sereine; quelques chaises se trouvaient sur le balcon, je m'assis et
je pris un cigare. Je vais en prendre un, si vous voulez bien
me le permettre. »

Il fit une pause, tira un cigare de sa poche, l'alluma, le plaça
entre ses lèvres, jeta une bouffée d'encens havanais dans l'air
glacé, et reprit :

« J'aimais aussi les bonbons à cette époque, mademoiselle
Eyre; je croquais des pastilles de chocolat et je fumais alterna-
tivement, regardant défiler les équipages le long de cette rue à
la mode, voisine de l'Opéra, lorsque j'aperçus une élégante voiture fermée, traînée par deux beaux chevaux anglais, et qu'é-
clairaient en plein les brillantes lumières de la ville. Je reconnus
la voiture que j'avais donnée à Céline. Elle rentrait; mon cœur
bondit naturellement d'impatience sur la rampe de fer où je m'ap-
puyais. La voiture s'arrêta à la porte de l'hôtel; ma flamme (c'est
le mot propre pour une *inamorata* d'Opéra) s'alluma. Quoique Céline fût enveloppée d'un manteau, embarras bien inutile pour une
si chaude soirée de juin, je reconnus immédiatement son petit
pied, qui sortit de dessous sa robe au moment où elle sauta de voiture; penché sur le balcon, j'allais murmurer : « Mon ange, »
mais d'une voix que l'amour seul eût pu entendre, lorsqu'une
autre personne enveloppée également d'un manteau sortit après
elle; mais cette fois ce fut un talon éperonné qui frappa le pavé,
et ce fut un chapeau d'homme qui passa sous la porte cochère
de l'hôtel.

« Vous n'avez jamais senti la jalousie, n'est-ce pas, mademoiselle Eyre? Belle demande! puisque vous ne connaissez pas l'a-
mour. Vous avez à éprouver ces deux sentiments; votre âme dort,
vous n'avez pas encore reçu le choc qui doit la réveiller. Vous

croyez que toute l'existence coule sur un flot aussi paisible que celui où a glissé jusqu'ici votre jeunesse; les yeux fermés, les oreilles bouchées, vous vous laissez bercer au courant sans voir les rochers qui montent sous l'eau et les brisants qui bouillonnent. Mais, je vous le dis et vous pouvez me croire, un jour vous arriverez aux écueils, un jour votre vie se brisera dans un tourbillon tumultueux en une bruyante écume; alors vous volerez sur les pics des rochers comme une poussière liquide, ou bien, soulevée par une vague puissante, vous serez jetée dans un courant plus calme.

« J'aime cette journée, j'aime ce ciel d'acier, j'aime l'immobilité et la dureté de ce paysage sous cette gelée; j'aime Thornfield, son antiquité, son isolement, ses vieux arbres, ses buissons épineux, sa façade grise et les lignes de ses fenêtres sombres qui réfléchissent ce ciel métallique; et cependant j'en ai longtemps abhorré la seule pensée, je l'ai évité comme une maison maudite et que je déteste encore!... »

Il serra les dents et se tut; il s'arrêta et frappa du pied le sol durci; une pensée fatale semblait l'étreindre si fortement qu'il ne pouvait faire un pas.

Nous montions l'avenue lorsqu'il s'arrêta ainsi. Le château était devant nous; il jeta sur les créneaux un regard comme je n'en ai jamais vu de ma vie: la douleur, la honte, la colère, l'impatience, le dégoût, la haine, semblèrent lutter un moment dans sa large prunelle dilatée sous son sourcil d'ébène. Le combat fut terrible; mais un autre sentiment s'éleva et triompha: c'était quelque chose de dur, de cynique, de résolu et d'inflexible. Il dompta son émotion, pétrifia son attitude et poursuivit:

« Pendant que je gardais le silence, mademoiselle Eyre, je réglais un compte avec ma destinée; elle était là, près de ce tronc de hêtre, comme une des sorcières qui apparurent à Macbeth sur la bruyère des Forres. « Vous aimez Thornfield, » me disait-elle, en levant le doigt; et elle écrivait dans l'air un souvenir qui courait s'imprimer en hiéroglyphes lugubres sur la façade du château; « aimez-le si vous le pouvez! aimez-le si vous « l'osez! — Oui, je l'aimerai, répondis-je, j'ose l'aimer! —

Et il ajouta avec emportement: « Je tiendrai ma parole, je briserai les obstacles qui m'empêchent d'être heureux et bon; oui, bon; je voudrais être meilleur que je n'ai été jusqu'ici, que je ne suis. De même que la baleine de Job brisa la lance et le dard, de même ce que les autres regarderaient comme des barrières de fer tombera sous ma main comme de la paille ou du bois pourri. »

A ce moment, Adèle vint se jeter dans ses jambes avec son volant.

« Éloigne-toi d'ici, enfant, s'écria-t-il durement, ou va jouer avec Sophie! »

Puis il continua à marcher en silence. Je hasardai de le rappeler au sujet dont il s'était écarté.

« Avez-vous quitté le balcon lorsque Mlle Varens entra? » lui demandai-je.

Je m'attendais presque à une rebuffade pour cette question intempestive ; mais, au contraire, sortant de sa rêverie, il tourna les yeux vers moi, et son front sembla s'éclaircir.

« Oh! j'avais oublié Céline, me dit-il. Eh bien, lorsque je vis ma magicienne escortée d'un cavalier, le vieux serpent de la jalousie se glissa en sifflant sous mon gilet et en un instant m'eut percé le cœur. Il est étrange, s'écria-t-il en s'interrompant de nouveau, il est étrange que je vous choisisse pour confidente de tout ceci, jeune fille ; il est plus étrange encore que vous m'écoutiez tranquillement, comme si c'était la chose la plus naturelle du monde qu'un homme tel que moi racontât l'histoire de ses maîtresses à une jeune fille simple et inexpérimentée comme vous ; mais cette dernière singularité explique la première : avec cet air grave, prudent et sage, vous avez bien la tournure d'une confidente ; d'ailleurs je sais avec quel esprit mon esprit est entré en communion ; c'est un esprit à part et sur lequel la contagion du mal ne peut rien. Heureusement je ne veux pas lui nuire, car, si je le voulais, je ne le pourrais pas ; nos conversations sont bonnes ; je ne puis pas vous souiller, et vous me purifiez. »

Après cette digression, il continua :

« Je restai sur le balcon. Ils viendront sans doute dans le boudoir, pensai-je ; préparons une embuscade. Passant ma main à travers la fenêtre ouverte, je tirai le rideau ; je laissai seulement une petite ouverture pour faire mes observations, je refermai aussi la persienne en ménageant une fente par laquelle pouvaient m'arriver les paroles étouffées des amoureux, puis je me rassis au moment où le couple entrait. Mon œil était fixé sur l'ouverture ; la femme de chambre de Céline alluma une lampe et se retira ; je vis alors les amants. Ils déposèrent leurs manteaux ; Céline m'apparut brillante de satin et de bijoux, mes dons sans doute ; son compagnon portait l'uniforme d'officier, je le reconnus : c'était le vicomte ***, jeune homme vicieux et sans cervelle que j'avais quelquefois rencontré dans le monde ; je n'avais jamais songé à le haïr, tant il me semblait méprisable. En le reconnaissant, ma jalousie cessa ; mais aussi mon amour pour Céline s'éteignit ; une femme qui pouvait me trahir pour un tel rival n'était pas digne de moi, elle ne méritait que le dédain, moins que moi pourtant qui avais été sa dupe.

« Ils commencèrent à causer ; leur conversation me mit complétement à mon aise : frivole, mercenaire, sans cœur et sans esprit, elle semblait faite plutôt pour ennuyer que pour irriter. Ma carte était sur la table ; dès qu'ils la virent, ils se mirent à parler de moi, mais ni l'un ni l'autre ne possédait assez d'énergie ou d'esprit pour me travailler d'importance ; ils m'outrageaient de toutes leurs forces. Céline surtout brillait sur le chapitre de mes défauts et de mes laideurs, elle qui avait témoigné une si fervente admiration pour ce qu'elle appelait ma beauté mâle, en quoi elle différait bien de vous, qui m'avez dit à bout portant, dès notre première entrevue, que vous ne me trouviez pas beau ; ce contraste m'a frappé alors, et... »

A ce moment, Adèle accourut encore vers nous :

« Monsieur, dit-elle, John vient de dire que votre intendant est arrivé et vous demande.

— Ah! dans ce cas, il faut que j'abrége. J'ouvris la fenêtre et je m'avançai vers eux. Je libérai Céline de ma protection, je la priai de quitter l'hôtel et lui offris ma bourse pour faire face aux exigences du moment, sans me soucier de ses cris, de ses protestations, de ses convulsions, de ses prières. Je pris un rendez-vous au bois de Boulogne avec le vicomte.

« J'eus le plaisir de me battre avec lui le lendemain ; je logeai une balle dans l'un de ses pauvres bras étiolés et faibles comme l'aile d'un poulet étique, et alors je crus en avoir fini avec toute la clique ; mais malheureusement, six mois avant, Céline m'avait donné cette fillette qu'elle affirmait être ma fille : c'est possible, bien que je ne retrouve chez elle aucune preuve de ma laide paternité ; Pilote me ressemble davantage. Quelques années après notre rupture, sa mère l'abandonna et s'enfuit en Italie avec un musicien ou un chanteur. Je n'admets pas que je doive rien à Adèle, et je ne lui demande rien, car je ne suis pas son père ; mais, ayant appris son abandon, j'enlevai ce pauvre petit être aux boues de Paris et je le transportai ici, pour l'élever sainement sur le sol salubre de la campagne anglaise. Mme Fairfax a eu recours à vous pour son éducation ; mais maintenant que vous savez qu'Adèle est la fille illégitime d'une danseuse de l'Opéra, vous n'envisagerez peut-être plus de la même manière votre tâche et votre élève ; vous viendrez peut-être quelque jour à moi en me disant que vous avez trouvé une place, et que vous me priez de chercher une autre gouvernante.

— Non, monsieur ; Adèle n'est pas responsable des fautes de

sa mère et des vôtres; puisqu'elle n'a pas de parents, que sa
mère l'a abandonnée, et que vous, monsieur, vous la reniez, eh
bien! je m'attacherai à elle plus que jamais. Comment pourrais-
je préférer l'héritier gâté d'une famille riche, qui détesterait sa
gouvernante, à la pauvre orpheline qui cherche une amie dans
son institutrice?

— Oh! si c'est là votre manière de voir... Mais il faut que je
rentre maintenant, et vous aussi, car voici la nuit. »

Je restai encore quelques minutes avec Adèle et Pilote; je
courus un peu avec elle, et je jouai une partie de volant. Lorsque nous fûmes rentrées et que je lui eus retiré son chapeau et
son manteau, je la pris sur mes genoux et je la laissai babiller
une heure environ; je lui permis même quelques petites libertés
qu'elle aimait tant à prendre pour se faire remarquer; car là se
trahissait en elle le caractère léger que lui avait légué sa mère,
et qui est si différent de l'esprit anglais. Cependant elle avait ses
qualités, et j'étais disposée à apprécier au plus haut point tout
ce qu'il y avait de bon en elle. Je cherchai dans ses traits et
son maintien une ressemblance avec M. Rochester, mais je ne
pus pas en trouver; rien en elle n'annonçait cette parenté : j'en
étais fâchée. Si seulement elle lui avait ressemblé un peu, il
aurait eu meilleure opinion d'elle.

Ce ne fut qu'au moment de me coucher que je me mis à repasser dans ma mémoire l'histoire de M. Rochester. Il n'y avait
rien d'extraordinaire dans le récit lui-même : la passion d'un riche
gentleman pour une danseuse française, la trahison de celle-ci,
étaient des faits qui devaient arriver chaque jour; mais il y
avait quelque chose d'étrange dans son émotion au moment où
il s'était dit heureux d'être revenu dans son vieux château. Je
réfléchis sur cet incident, mais j'y renonçai bientôt, le trouvant
inexplicable, et je me mis alors à songer aux manières de M. Rochester. Le secret qu'il avait jugé à propos de me révéler semblait un dépôt confié à ma discrétion; du moins je le regardais
comme tel et je l'acceptai. Depuis quelques semaines, sa conduite envers moi était plus égale qu'autrefois, je ne paraissais
plus le gêner jamais. Il avait renoncé à ses accès de froid dédain. Quand il me rencontrait, il me souriait et avait toujours
un mot agréable à me dire; quand il m'invitait à paraître devant
lui, il me recevait cordialement, ce qui me prouvait que j'avais
vraiment le pouvoir de l'amuser, et qu'il recherchait ces conversations du soir autant pour son plaisir que pour le mien.

Je parlais peu, mais j'avais plaisir à l'entendre; il était communicatif; il aimait à montrer quelques scènes du monde à un

esprit qui ne connaissait rien de la vie, Il ne me mettait pas sous les yeux des actes mauvais et corrompus; mais il me parlait de choses pleines d'intérêt pour moi, parce qu'elles avaient lieu sur une échelle immense et qu'elles étaient racontées avec une singulière originalité. J'étais heureuse lorsqu'il m'initiait à tant d'idées neuves, qu'il faisait voir de nouvelles peintures à mon imagination, et qu'il révélait à mon esprit des régions inconnues; il ne me troublait plus jamais par de désagréables allusions.

Ses manières aisées me délivrèrent bientôt de toute espèce de contrainte; je fus attirée à lui par la franchise amicale avec laquelle il me traita. Il y avait des moments où je le considérais plutôt comme un ami que comme un maître; cependant quelquefois encore il était impérieux, mais je voyais bien que c'était sans intention. Ce nouvel intérêt ajouté à ma vie me rendit si heureuse, si reconnaissante, que je cessai de désirer une famille; ma destinée sembla s'élargir; les vides de mon existence se remplirent; ma santé s'en ressentit, mes forces augmentèrent.

Et M. Rochester était-il encore laid à mes yeux? Non. La reconnaissance et de douces et agréables associations d'idées faisaient que je n'aimais rien tant que de voir sa figure. Sa présence dans une chambre était plus réjouissante pour moi que le feu le plus brillant; cependant je n'avais pas oublié ses défauts; je ne le pouvais pas, car ils apparaissaient sans cesse : il était orgueilleux, sardonique, dur pour toute espèce d'infériorité. Dans le fond de mon âme, je savais bien que sa grande bonté pour moi était balancée par une injuste sévérité pour les autres; il était capricieux, bizarre. Plus d'une fois, lorsqu'on m'envoya pour lui faire la lecture, je le trouvai assis seul dans la bibliothèque, la tête inclinée sur ses bras croisés, et, lorsqu'il levait les yeux, j'apercevais sur ses traits une expression morose et presque méchante; mais je crois que sa dureté, sa bizarrerie et ses fautes passées (je dis passées, car il semblait y avoir renoncé), provenaient de quelque grand malheur. Je crois que la nature lui avait donné des tendances meilleures, des principes plus élevés, des goûts plus purs que ceux qui furent développés chez lui par les circonstances et que la destinée encouragea. Je crois qu'il y avait de bons matériaux en lui, quoiqu'ils fussent souillés pour le moment; je dois dire que j'étais affligée de son chagrin, et que j'aurais beaucoup donné pour l'adoucir.

J'avais éteint ma chandelle et je m'étais couchée; néanmoins je ne pouvais pas dormir, et je pensais toujours à l'expression de sa figure au moment où il s'était arrêté dans l'avenue et où, disait-il, sa destinée l'avait défié d'être heureux à Thornfield.

« Et pourquoi ne le serait-il pas ? me demandai-je. Qu'est-ce qui l'éloigne de cette maison ? La quittera-t-il encore bientôt, Mme Fairfax m'a dit qu'il y restait rarement plus de quinze jours; et voilà huit semaines qu'il demeure ici. S'il part, quel triste changement! S'il s'absente pendant le printemps, l'été et l'automne, le soleil et les beaux jours ne pourront apporter aucune gaieté au château. »

Je ne sais si je m'endormis ou non; mais tout à coup j'entendis au-dessus de ma tête un murmure vague, étrange et lugubre qui me fit tressaillir. J'aurais désiré une lumière, car la nuit était obscure, et je me sentais oppressée; je me levai, je m'assis sur mon lit et j'écoutai; le bruit avait cessé.

J'essayai de me rendormir; mais mon cœur battait violemment: ma tranquillité intérieure était brisée. L'horloge de la grande salle sonna deux heures. A ce moment, il me sembla qu'une main glissait sur ma porte comme pour tâter son chemin le long du sombre corridor. « Qui est là ? » demandai-je. Personne ne répondit; j'étais glacée de peur.

Je me dis que ce pouvait bien être Pilote qui, lorsque la cuisine se trouvait ouverte, venait souvent se coucher à la porte de M. Rochester. Moi-même je l'y avais quelquefois trouvé le matin en me levant. Cette pensée me tranquillisa un peu; je me recouchai. Le silence calme les nerfs, et, comme je n'entendis plus aucun bruit dans la maison, je me sentis de nouveau besoin de sommeil; mais il était écrit que je ne dormirais pas cette nuit. Au moment où un rêve allait s'approcher de moi, il s'enfuit épouvanté par un bruit assez effrayant en effet.

Je veux parler d'un rire diabolique et profond qui semblait avoir éclaté à la porte même de ma chambre. La tête de mon lit était près de la porte, et je crus un instant que le démon qui venait de manifester sa présence était couché sur mon traversin je me levai, je regardai autour de moi; mais je ne pus rien voir. Le son étrange retentit de nouveau, et je compris qu'il venait du corridor. Mon premier mouvement fut d'aller fermer le verrou; mon second, de crier : « Qui est là ? »

Quelque chose grogna; au bout d'un instant j'entendis des pas se diriger du corridor vers l'escalier du troisième, dont la porte fut bientôt ouverte et refermée; puis tout rentra dans le silence.

« Est-ce Grace Poole? Est-elle possédée? me demandai-je. Impossible de rester seule plus longtemps, il faut que j'aille trouver Mme Farfaix. »

Je mis une robe et un châle, je tirai le verrou et j'ouvris la porte en tremblant.

Il y avait une chandelle allumée dans le corridor. Je fus étonnée, mais ma surprise augmenta bien davantage lorsque je m'aperçus que l'air était lourd et rempli de fumée; je regardais autour de moi pour comprendre d'où cela pouvait venir, quand je sentis une odeur de brûlé.

J'entendis craquer une porte; c'était celle de M. Rochester, et c'était de là que sortait un nuage de fumée. Je ne pensais plus à Mme Fairfax, ni à Grace Poole, ni au rire étrange. En un instant je fus dans la chambre de M. Rochester; les rideaux étaient en feu, et M. Rochester profondément endormi au milieu de la flamme et de la fumée.

« Réveillez-vous! » lui criai-je en le secouant.

Il marmotta quelque chose et se retourna; la fumée l'avait à moitié suffoqué. Il n'y avait pas un moment à perdre; le feu venait de se communiquer aux draps. Je courus à son pot à l'eau et à son aiguière; heureusement que l'une était large, l'autre profond, et que tous deux étaient pleins d'eau; j'inondai le lit et celui qui l'occupait, puis j'allai dans ma chambre chercher d'autre eau; enfin je parvins à éteindre le feu.

Le sifflement des flammes mourantes, le bruit que fit mon pot à l'eau en s'échappant de mes mains et en tombant à terre, et surtout la fraîcheur de l'eau que j'avais si libéralement répandue, finirent par réveiller M. Rochester; bien qu'il fît très-sombre, je m'en aperçus en l'entendant fulminer de terribles anathèmes lorsqu'il se trouva couché dans une mare.

« Y a-t-il une inondation? s'écria-t-il.

— Non, monsieur, répondis-je; mais il y a eu un incendie. Levez-vous; vous êtes sauvé; maintenant je vais aller vous chercher une lumière.

— Au nom de toutes les fées de la chrétienté, est-ce vous, Jane Eyre? demanda-t-il; que m'avez-vous donc fait, petite sorcière? qui est venu dans cette chambre avec vous? avez-vous juré de me noyer?

— Je vais aller vous chercher une lumière, monsieur; mais, au nom du ciel, levez-vous; quelqu'un en veut à votre vie, vous ne pouvez pas trop vous hâter de découvrir qui.

— Me voilà levé; attendez une minute que je trouve des vêtements secs, si toutefois il y en a encore. Ah! voilà ma robe de chambre; maintenant courez chercher une lumière. »

Je partis, et je rapportai la chandelle qui était restée dans le corridor; il me la prit des mains et examina le lit noirci par la flamme, ainsi que les draps et le tapis couvert d'eau.

« Qui a fait cela? » demanda-t-il.

Je lui racontai brièvement ce que je savais; je lui parlai du rire étrange, des pas que j'avais entendus se diriger vers le troisième, de la fumée et de l'odeur qui m'avaient conduite à sa chambre, de l'état dans lequel je l'avais trouvé; enfin, je lui dis que pour éteindre le feu j'avais jeté sur lui toute l'eau que j'avais pu trouver.

Il m'écouta sérieusement; sa figure exprimait plus de tristesse que d'étonnement; il resta quelque temps sans parler.

« Voulez-vous que j'avertisse Mme Fairfax? demandai-je.

— Mme Fairfax? Non, pourquoi diable l'appeler? Que ferait-elle? Laissez-la dormir tranquille.

— Alors je vais aller éveiller Leah, Jonn et sa femme.

— Non, restez ici; vous avez un châle. Si vous n'avez pas assez chaud, enveloppez-vous dans mon manteau et asseyez-vous sur ce fauteuil; maintenant mettez vos pieds sur ce tabouret, afin de ne pas les mouiller; je vais prendre la chandelle et vous laisser quelques instants. Restez ici jusqu'à mon retour; soyez aussi tranquille qu'une souris; il faut que j'aille visiter le troisième; mais surtout ne bougez pas et n'appelez personne. »

Il partit, et je suivis quelque temps la lumière; il traversa le corridor, ouvrit la porte de l'escalier aussi doucement que possible, la referma, et tout rentra dans l'obscurité. J'écoutai, mais je n'entendis rien. Il y avait déjà longtemps qu'il était parti; j'étais fatiguée et j'avais froid, malgré le manteau qui me couvrait; je ne voyais pas la nécessité de rester, puisqu'il était inutile d'aller réveiller personne. J'allais risquer d'encourir le mécontentement de M. Rochester en désobéissant à ses ordres, lorsque j'aperçus la lumière et que j'entendis ses pas le long du corridor. « J'espère que c'est lui, » pensai-je.

Il entra pâle et sombre.

« J'ai tout découvert, dit-il, en posant sa lumière sur la table de toilette; c'était bien ce que je pensais.

— Comment, monsieur? »

Il ne répondit pas; mais, croisant les bras, il regarda quelque temps à terre; enfin, au bout de plusieurs minutes, il me dit d'un ton étrange:

« Avez-vous vu quelque chose au moment où vous avez ouvert la porte de votre chambre?

— Non, monsieur, rien que le chandelier.

— Mais vous avez entendu un rire singulier; ne l'aviez-vous pas déjà entendu, ou du moins quelque chose qui y ressemble?

— Oui, monsieur, il y a ici une femme appelée Grace Poole, qui rit de cette manière; c'est une étrange créature.

— Oui, Grace Poole; vous avez deviné; elle est étrange, comme vous le dites. Je réfléchirai sur ce qui vient de se passer; en attendant, je suis content que vous et moi soyons seuls à connaître les détails de cette affaire. N'en parlez jamais; j'expliquerai tout ceci, ajouta-t-il en indiquant le lit. Retournez dans votre chambre; quant à moi, le divan de la bibliothèque me suffira pour le reste de la nuit. Il est quatre heures; dans deux heures les domestiques seront levés.

— Alors, bonsoir, monsieur, » dis-je en me levant.

Il sembla surpris, bien que lui-même m'eût dit de partir.

« Quoi! s'écria-t-il, vous me quittez déjà, et de cette manière?

— Vous m'avez dit que je le pouvais, monsieur.

— Mais pas ainsi, sans prendre congé, sans me dire un seul mot, et de cette manière sèche et brève. Vous m'avez sauvé la vie; vous m'avez arraché à une mort horrible, et vous me quittez comme si nous étions étrangers l'un à l'autre; donnez-moi au moins une poignée de main. »

Il me tendit sa main; je lui donnai la mienne, qu'il prit d'abord dans une de ses mains, puis dans toutes les deux.

« Vous m'avez sauvé la vie, et je suis heureux d'avoir contracté envers vous cette dette immense; je ne puis rien dire de plus. J'aurais souffert d'avoir une telle obligation envers toute autre créature vivante; mais envers vous, c'est différent. Ce que vous avez fait pour moi ne me pèse pas, Jane. »

Il s'arrêta et me regarda; les paroles tremblaient sur ses lèvres, et sa voix était émue.

« Encore une fois, bonsoir, monsieur; mais il n'y a ici ni dette, ni obligation, ni fardeau.

— Je savais, continua-t-il, qu'un jour ou l'autre vous me feriez du bien; je l'ai vu dans vos yeux la première fois que je vous ai regardée. Ce n'est pas sans cause que leur expression et leur sourire... » Il s'arrêta, puis continua rapidement : « Me firent du bien jusqu'au plus profond de mon cœur. Le peuple parle de sympathies naturelles et de bons génies; il y a du vrai dans les fables les plus bizarres. Ma protectrice chérie, bonsoir ! »

Sa voix avait une étrange énergie, et ses yeux brillaient d'une flamme singulière.

« Je suis heureuse de m'être trouvée éveillée, dis-je en me retirant.

— Comment! vous partez?

— J'ai froid, monsieur.

— C'est vrai, et vous êtes là dans l'eau; allez, Jane, allez! »

Mais il tenait toujours ma main, et je ne pouvais partir. Je pris un expédient.

« Il me semble, monsieur, dis-je, que j'entends remuer Mme Fairfax.

— Alors, quittez-moi. » Il lâcha ma main et je partis.

Je regagnai mon lit, mais sans songer à dormir. Le matin arriva au moment où je me sentais emportée sur une mer houleuse dont les vagues troublées se mélangeaient aux ondes joyeuses; il me semblait voir au delà de ces eaux furieuses un rivage doux comme les montagnes de Beulah. De temps en temps une brise rafraîchissante éveillée par l'espoir me soutenait et me menait triomphalement au but; mais je ne pouvais pas l'atteindre, même en imagination. Un vent contraire m'écartait de la terre et me repoussait au milieu des vagues. En vain mon bon sens voulait résister à mon délire, ma sagesse à ma passion; trop fiévreuse pour m'endormir, je me levai aussitôt que je vis poindre le jour.

CHAPITRE XVI.

Le jour qui suivit cette terrible nuit, j'avais à la fois crainte et désir de voir M. Rochester; j'avais besoin d'entendre sa voix, et je craignais son regard. Au commencement de la matinée, j'attendais de moment en moment son arrivée. Il n'entrait pas souvent dans la salle d'étude, mais il y venait pourtant quelquefois, et je pressentais qu'il y ferait une visite ce jour-là.

Mais la matinée se passa comme de coutume; rien ne vint interrompre les tranquilles études d'Adèle. Après le déjeuner, j'entendis du bruit du côté de la chambre de M. Rochester; on distinguait les voix de Mme Fairfax, de Leah, de la cuisinière, et l'accent brusque de John. « Quelle bénédiction, criait-on, que notre maître n'ait pas été brûlé dans son lit! C'est toujours dangereux de garder une chandelle allumée pendant la nuit. Quel bonheur qu'il ait pensé à son pot à l'eau! Pourquoi n'a-t-il éveillé personne? Pourvu qu'il n'ait pas pris froid en dormant dans la bibliothèque! »

Après ces exclamations, on remit tout en état. Lorsque je descendis pour dîner, la porte de la chambre était ouverte et je vis que le dégât avait été réparé; le lit seul restait encore dépouillé de ses rideaux; Leah était occupée à laver le bord des fenêtres noirci par la fumée; je m'avançai pour lui parler, car je désirais connaître l'explication donnée par M. Rochester; mais en approchant j'aperçus une seconde personne : elle était assise près du lit, et occupée à coudre des anneaux à des rideaux. Je reconnus Grace Poole.

Elle était là taciturne comme toujours, habillée d'une robe de stoff brun, d'un tablier à cordons, d'un mouchoir blanc et d'un bonnet. Elle semblait complétement absorbée par son ouvrage; ses traits durs et communs n'étaient nullement empreints de cette pâleur désespérée qu'on se serait attendu à trouver chez une femme qui avait tenté un meurtre, et dont la victime avait été sauvée et lui avait déclaré connaître le crime qu'elle croyait caché à tous; j'étais étonnée, confondue. Elle leva les yeux pendant que je la regardais : ni tressaillement, ni pâleur, rien, en un mot, ne vint annoncer l'émotion, la conscience d'une faute ou la crainte d'être trahie. Elle me dit : « Bonjour, mademoiselle, » d'un ton bref et flegmatique comme toujours, et, prenant un autre anneau, elle continua son travail.

« Je vais la mettre à l'épreuve, pensai-je, car je ne puis comprendre comment elle est aussi impénétrable.... Bonjour, Grace, dis-je. Est-il arrivé quelque chose ici? il me semble que je viens d'entendre les domestiques parler tous à la fois.

— C'est simplement notre maître qui a voulu lire la nuit dernière. Il s'est endormi avec sa bougie allumée, et le feu a pris aux rideaux. Heureusement il s'est réveillé avant que les draps et les couvertures fussent enflammés, et il a pu éteindre le feu.

— C'est étrange, dis-je plus bas et en la regardant fixement. Mais M. Rochester n'a-t-il éveillé personne? personne ne l'a-t-il entendu remuer? »

Elle leva les yeux sur moi, et cette fois leur expression ne fut plus la même; elle m'examina attentivement, puis répondit :

« Les domestiques dorment loin de là, mademoiselle, et ils n'ont pas pu entendre. Votre chambre et celle de Mme Fairfax sont les plus voisines; Mme Fairfax dit qu'elle n'a rien entendu; quand on vieillit, on a le sommeil dur. »

Elle s'arrêta, puis elle ajouta avec une indifférence feinte et un ton tout particulier :

« Mais vous, mademoiselle, vous êtes jeune, vous avez le sommeil léger; peut-être avez-vous entendu du bruit?

— Oui, répondis-je en baissant la voix afin de ne pas être entendue de Leah, qui lavait toujours les carreaux : j'ai d'abord cru que c'était Pilote; mais Pilote ne rit pas, et je suis certaine d'avoir entendu un rire fort bizarre. »

Elle prit une nouvelle aiguillée de fil, la passa sur un morceau de cire, enfila son aiguille d'une main assurée, et m'examina avec un calme parfait.

« Je ne crois pas, mademoiselle, dit-elle, que notre maître se soit mis à rire dans un tel danger; vous l'aurez rêvé.

— Non! » repris-je vivement; car j'étais indignée par la froideur de cette femme.

Elle fixa de nouveau sur moi un regard scrutateur.

« Avez-vous dit à notre maître que vous aviez entendu rire? demanda-t-elle.

— Je n'ai pas encore eu occasion de lui parler ce matin.

— Vous n'avez pas songé à ouvrir votre porte et à regarder dans le corridor ? »

Elle semblait me questionner pour m'arracher des détails malgré moi. Je pensai que, du jour où elle viendrait à savoir que je connaissais ou que je soupçonnais son crime, elle chercherait à se venger; je crus prudent de me tenir sur mes gardes.

« Au contraire, répondis-je, je poussai le verrou.

— Vous n'avez donc pas l'habitude de mettre le verrou avant de vous coucher?

— Démon! pensai-je; elle veut connaître mes habitudes, afin de tracer son plan. »

L'indignation fut de nouveau plus forte que la prudence. Je répondis avec aigreur :

« Jusqu'ici j'ai souvent oublié cette précaution, parce que je la croyais inutile. Je ne pensais pas qu'à Thornfield on pût craindre aucun danger. Mais à l'avenir, ajoutai-je en appuyant sur chaque mot, je veillerai à ma sûreté.

— Et vous avez raison, répondit-elle. Les environs sont aussi tranquilles que possible, et je n'ai jamais entendu parler de voleurs depuis que le château est bâti; et pourtant on sait qu'il y a ici pour des sommes énormes de vaisselle d'argent; et pour une aussi grande maison vous voyez qu'il y a bien peu de domestiques, parce que notre maître y demeure rarement et qu'il n'est point marié. Mais je crois qu'il vaut toujours mieux être prudent; une porte est bien vite fermée, et il est bon d'avoir un verrou entre soi et un crime possible. Beaucoup de gens pensent qu'il faut se fier entièrement à la Providence; mais moi je crois que c'est à nous de pourvoir à notre sûreté, et que la Providence bénit ceux qui agissent avec sagesse. »

Ici elle termina cette harangue longue pour elle et prononcée avec la lenteur d'une quakeresse.

J'étais muette d'étonnement devant ce qui me semblait une merveilleuse domination sur elle-même et une incroyable hypocrisie, lorsque la cuisinière entra.

« Madame Poole, dit-elle en s'adressant à Grace, le repas des domestiques sera bientôt prêt : voulez-vous descendre?

— Non; mettez-moi seulement une chopine de porter et un morceau de pouding sur un plateau et montez-le.

— Voulez-vous un peu de viande?

— Oui, un morceau, et un peu de fromage, voilà tout.

— Et le sagou?

— Je n'en ai pas besoin maintenant; je descendrai avant l'heure du thé et je le ferai moi-même. »

La cuisinière se tourna vers moi en me disant que Mme Fairfax m'attendait. Je sortis alors de la chambre.

J'étais tellement intriguée par le caractère de Grace Poole, que ce fut à peine si j'entendis le récit que me fit Mme Fairfax pendant le déjeuner de l'événement de la nuit dernière; je tâchais de comprendre ce que pouvait être Grace dans le château, et je me demandais pourquoi M. Rochester ne l'avait pas fait emprisonner, ou du moins chasser loin de lui. La nuit précédente, il m'avait presque dit qu'elle était coupable de l'incendie : quelle cause mystérieuse pouvait l'empêcher de le déclarer? Pourquoi m'avait-il recommandé le secret? N'était-ce pas singulier? Un gentleman hautain, téméraire et vindicatif, tombé au pouvoir de la dernière de ses servantes! et lorsqu'elle attentait à sa vie, il n'osait pas l'accuser publiquement et lui infliger un châtiment! Si Grace avait été jeune et belle, j'aurais pu croire que M. Rochester était poussé par des sentiments plus tendres que la prudence ou la crainte. Mais cette supposition devenait impossible dès qu'on regardait Grace. Et pourtant je me mis à réfléchir. Elle avait été jeune, et sa jeunesse avait dû correspondre à celle de M. Rochester; Mme Farfaix disait qu'elle demeurait depuis longtemps dans le château; elle n'avait jamais dû être jolie, mais peut-être avait-elle eu un caractère vigoureux et original. M. Rochester était amateur des excentricités, et certainement Grace était excentrique. Peut-être autrefois un caprice (dont une nature aussi prompte que la sienne était bien capable) l'avait livré entre les mains de cette femme; peut-être à cause de son imprudence exerçait-elle maintenant sur ses actions une influence secrète dont il ne pouvait pas se débarrasser et qu'il n'osait pas dédaigner. Mais à ce moment la figure carrée, grosse, laide et dure de Grace se présenta à mes yeux, et je me dis : « Non, ma supposition est impossible! Et pourtant, ajoutait en moi une voix secrète, toi non plus tu n'es pas belle, et pourtant tu plais peut-être à M. Rochester; du moins tu l'as souvent cru; la dernière nuit encore, rappelle-toi ses paroles, ses regards, sa voix. »

Je me rappelais tout; le langage, le regard, l'accent me revinrent à la mémoire. Nous étions dans la salle d'étude; Adèle dessinait; je me penchai vers elle pour diriger son crayon; elle leva tout à coup les yeux sur moi.

« Qu'avez-vous, mademoiselle? dit-elle; vos doigts tremblent comme la feuille et vos joues sont rouges, mais rouges comme des cerises.

— J'ai chaud, Adèle, parce que je viens de me baisser. »
Elle continua à travailler et moi à méditer.

Je me hâtai de chasser de mon esprit la pensée que j'avais conçue sur Grace Poole; elle me dégoûtait. Je me comparai à elle et je vis que nous étions différentes. Bessie m'avait dit que j'avais tout à fait l'air d'une lady, et c'était vrai. J'étais mieux que lorsque Bessie m'avait vue; j'étais plus grasse, plus fraîche, plus animée, parce que mes espérances étaient plus grandes et mes jouissances plus vives.

« Voici la nuit qui vient, me dis-je en regardant du côté de la fenêtre; je n'ai entendu ni les pas ni la voix de M. Rochester aujourd'hui; mais certainement je le verrai ce soir. »

Le matin je craignais cette entrevue, mais maintenant je la désirais. Mon attente avait été vaine pendant si longtemps que j'étais arrivée à l'impatience.

Lorsqu'il fit nuit close et qu'Adèle m'eut quittée pour aller jouer avec Sophie, mon désir était au comble; j'espérais toujours entendre la sonnette retentir et voir Leah entrer pour me dire de descendre. Plusieurs fois je crus entendre les pas de M. Rochester et mes yeux se tournèrent vers la porte; je me figurais qu'elle allait s'ouvrir pour livrer passage à M. Rochester; mais la porte resta fermée. Il n'était pas encore bien tard; souvent il m'envoyait chercher à sept ou huit heures, et l'aiguille n'était pas encore sur six; serais-je donc désappointée justement ce jour-là où j'avais tant de choses à lui dire? Je voulais parler de Grace Poole, afin de voir ce qu'il me répondrait. Je voulais lui demander s'il la croyait véritablement coupable de cet odieux attentat, et pourquoi il désirait que le crime de-

meurât secret. Je m'inquiétais assez peu de savoir si ma curiosité l'irriterait; je savais le contrarier et l'adoucir tour à tour;
c'était un vrai plaisir pour moi, et un instinct sûr m'empêchait
toujours d'aller trop loin; je ne me hasardais jamais jusqu'à la
provocation, mais je poussais aussi loin que me le permettait
mon adresse. Conservant toujours les formes respectueuses
qu'exigeait ma position, je pouvais néanmoins opposer mes ar-
guments aux siens sans crainte ni réserve; cette manière d'agir
nous plaisait à tous deux.

Un craquement se fit entendre dans l'escalier, et Leah parut
enfin, mais c'était seulement pour m'avertir que le thé était
servi dans la chambre de Mme Farfaix; je m'y rendis, contente
de descendre, car il me semblait que j'étais ainsi plus près de
M. Rochester.

« Vous devez avoir besoin de prendre votre thé, me dit la
bonne dame au moment où j'entrai; vous avez si peu mangé
à dîner! J'ai peur, continua-t-elle, que vous ne soyez pas bien
aujourd'hui : vous avez l'air fiévreux.

— Oh si! je vais très-bien, je ne me suis jamais mieux portée.

— Eh bien, alors, prouvez-le par un bon appétit; voulez-vous
remplir la théière pendant que j'achève ces mailles? »

Lorsqu'elle eut fini sa tâche, elle se leva et ferma les volets,
qu'elle avait probablement laissés ouverts pour jouir le plus
longtemps possible du jour, quoique l'obscurité fût déjà presque
complète.

« Bien qu'il n'y ait pas d'étoiles, il fait beau, dit-elle en regardant à travers les carreaux; M. Rochester n'aura pas eu à
se plaindre de son voyage.

— M. Rochester est donc parti? Je n'en savais rien !

— Il est parti tout de suite après son déjeuner pour aller au
château de M. Eshton, à dix milles de l'autre côté de Millcote.
Je crois que lord Ingram, sir George Lynn, le colonel Dent et
plusieurs autres encore doivent s'y trouver réunis.

— L'attendez-vous aujourd'hui?

— Oh non! ni même demain; je pense qu'il y restera au
moins une semaine. Quand les nobles se réunissent, ils sont en-
tourés de tant de gaieté, d'élégance et de sujets de plaisir, qu'ils
ne sont nullement pressés de se séparer; on recherche surtout
les messieurs dans ces réunions, et M. Rochester est si charmant dans le monde qu'il y est généralement fort aimé. Il est le
favori des dames, bien qu'il n'ait pas l'air fait pour leur plaire;
mais je crois que ses talents, sa fortune et son rang, font oublier
son extérieur.

— Et y a-t-il des dames au château?

— Oui, il y a Mme Eshton avec ses trois filles, des jeunes filles vraiment charmantes, Mlles Blanche et Mary Ingram, qui, je crois, sont bien belles. J'ai vu Mlle Blanche il y a six ou sept ans; elle avait dix-huit ans, et était venue à un bal de Noël donné par M. Rochester. Ah! ce jour-là, la salle à manger était richement décorée et illuminée. Je crois qu'il y avait cinquante ladies et gentlemen des premières familles; Mlle Ingram était la reine de la fête.

— Vous dites que vous l'avez vue, madame Fairfax. Comment était-elle?

— Oui, je l'ai vue; les portes de la salle à manger étaient ouvertes, et, comme c'était le jour de Noël, les domestiques avaient le droit de se réunir dans la grande salle pour entendre chanter les dames. M. Rochester me fit entrer, je m'assis tranquillement dans un coin et je regardai autour de moi; je n'ai jamais vu un spectacle plus splendide! Les dames étaient en grande toilette. La plupart d'entre elles, ou du moins les plus jeunes, me semblèrent fort belles; mais Mlle Ingram était certainement la reine de la fête.

— Et comment était-elle?

— Grande, une taille fine, des épaules tombantes, un cou long et gracieux, un teint mat, des traits nobles, des yeux un peu semblables à ceux de M. Rochester, grands, noirs et brillants comme ses diamants. Ses beaux cheveux noirs étaient arrangés avec art; par derrière, une couronne de nattes épaisses, et par devant, les boucles les plus longues et les plus lisses que j'aie jamais vues. Elle portait une robe blanche; une écharpe couleur d'ambre, jetée sur une de ses épaules et sur sa poitrine, venait se rattacher sur le côté et prolongeait ses longues franges jusqu'au dessous du genou. Ses cheveux étaient ornés de fleurs également couleur d'ambre, et qui contrastaient bien avec sa chevelure d'ébène.

— Elle devait être bien admirée?

— Oh oui! et non-seulement pour sa beauté, mais encore pour ses talents, car elle chanta un duo avec M. Rochester.

— M. Rochester! Je ne savais pas qu'il chantât.

— Ah! il a une très-belle voix de basse et beaucoup de goût pour la musique.

— Et quelle espèce de voix a Mlle Ingram?

— Une voix très-pleine et très-puissante; elle chantait admirablement, et c'était un plaisir de l'entendre. Ensuite elle joua du piano; je ne m'y connais pas, mais j'ai entendu dire à M. Rochester qu'elle exécutait d'une manière très-remarquable.

— Et cette jeune fille, si belle et si accomplie, n'est pas encore mariée?

— Il paraît que non; je crois que ni elle ni sa sœur n'ont beaucoup de fortune; le fils aîné a hérité de la plus grande partie des biens de son père.

— Mais je m'étonne qu'aucun noble ne soit tombé amoureux d'elle, M. Rochester, par exemple; il est riche, n'est-ce pas?

— Oh! oui; mais vous voyez qu'il y a une énorme différence d'âge. M. Rochester a près de quarante ans, et elle n'en a que vingt-cinq.

— Qu'importe? il se fait tous les jours des mariages où l'on voit une différence d'âge plus grande encore entre les deux époux.

— C'est vrai; je ne crois cependant pas que M. Rochester ait jamais eu une semblable idée. Mais vous ne mangez rien, vous avez à peine goûté à votre tartine depuis que vous avez commencé votre thé.

— J'ai trop soif pour manger; voulez-vous, s'il vous plaît, me donner une autre tasse de thé? »

J'allais recommencer à parler de la probabilité d'un mariage entre M. Rochester et la belle Blanche, lorsque Adèle entra, ce qui nous força à changer le sujet de notre conversation.

Dès que je fus seule, je me mis à repasser dans ma mémoire ce que m'avait dit Mme Fairfax; je regardai dans mon cœur, j'examinai mes pensées et mes sentiments, et d'une main ferme, je m'efforçai de ramener dans le sentier du bon sens ceux que mon imagination avait laissés s'égarer dans des routes impraticables.

Appelé devant mon tribunal, le souvenir produisit les causes qui avaient éveillé en moi des espérances, des désirs, des sensations depuis la nuit dernière; il expliqua la raison de l'état général de l'esprit depuis une quinzaine environ; mais le bon sens vint tranquillement me présenter les choses telles qu'elles étaient et me montrer que j'avais rejeté la vérité pour me nourrir de l'idéal. Alors je prononçai mon jugement, et je déclarai :

Que jamais plus grande folle que Jeanne Eyre n'avait marché sur la terre, que jamais idiote plus fantasque ne s'était bercée de doux mensonges et n'avait mieux avalé un poison comme si c'eût été du nectar.

« Toi, me dis-je, devenir la préférée de M. Rochester, avoir le pouvoir de lui plaire, être de quelque importance pour lui? Va, ta folie me fait mal! Tu as été joyeuse de quelques marques d'attention, marques équivoques accordées par un noble, un homme du monde, à une servante, à une enfant; pauvre dupe! Comment as-tu osé... Ton propre intérêt n'aurait-il pas dû te rendre plus sage? Ce matin, tu as repassé dans ta mémoire la scène de la nuit dernière; voile ta face et rougis de honte! Il a brièvement loué tes yeux, n'est-ce pas? Poupée aveugle! ouvre tes paupières troublées et regarde ta démence. Il est fâcheux pour une femme d'être flattée par un supérieur qui ne peut pas avoir l'intention de l'épouser. C'est folie chez une femme de laisser s'allumer en elle un amour secret qui doit dévorer sa vie, s'il n'est ni connu ni partagé, et qui, s'il est connu et partagé, doit la lancer dans de misérables difficultés dont il lui sera impossible de sortir.

« Jane Eyre, écoute donc ta sentence : demain tu prendras une glace et tu feras fidèlement ton portrait, sans omettre un seul défaut, sans adoucir une seule ligne trop dure, sans effacer une seule irrégularité déplaisante; tu écriras en dessous : « Portrait « d'une gouvernante laide, pauvre et sans famille. »

« Ensuite tu prendras une feuille d'ivoire, tu en as une toute prête dans ta boîte à dessiner, tu mélangeras sur ta palette les couleurs les plus fraîches et les plus fines, tu dessineras la plus charmante figure que pourra te retracer ton imagination; tu la coloreras des teintes les plus douces, d'après ce que t'a dit Mme Fairfax sur Blanche Ingram; n'oublie pas les boucles noires et l'œil oriental. Quoi, tu songes à prendre M. Rochester pour modèle! non, pas de désespoir, pas de sentiment; je demande du bon sens et de la résolution. Rappelle-toi les traits nobles et harmonieux, le cou et la taille grecs; laisse voir un beau bras rond et une main délicate; n'oublie ni l'anneau de diamant ni le bracelet d'or; copie exactement les dentelles et le satin, l'écharpe gracieuse et les roses d'or; puis au-dessous tu écriras : « Blanche, jeune fille accomplie, appartenant à une fa- « mille d'un haut rang. »

« Et si jamais, à l'avenir, tu t'imaginais que M. Rochester pense à toi, prends ces deux portraits, compare-les et dis-toi : « Il est probable que M. Rochester pourrait gagner l'amour de « cette jeune fille noble, s'il voulait s'en donner la peine; est-il « possible qu'il songe sérieusement à cette pauvre et insigni- « fiante institutrice? »

« Eh bien oui, me dis-je, je ferai ces deux portraits. »

Et, après avoir pris cette résolution, je devins plus calme et je m'endormis.

Je tins ma parole; une heure ou deux me suffirent pour esquisser mon portrait au crayon, et en moins de quinze jours j'eus achevé une miniature d'une Blanche Ingram imaginaire : c'était une assez jolie figure, et, lorsque je la comparais à la mienne, le contraste était aussi frappant que je pouvais le désirer. Ce travail me fit du bien : d'abord il occupa pendant quelque temps ma tête et mes mains; puis il donna de la force et de la fixité à l'impression que je désirais maintenir dans mon cœur.

Je fus bientôt récompensée de cette discipline que j'avais imposée à mes sentiments. Grâce à elle, je pus supporter avec calme les événements qui vont suivre; et si je n'y avais pas été préparée, je n'aurais probablement pas pu conserver une tranquillité même apparente.

CHAPITRE XVII.

Une semaine se passa sans qu'on reçût aucune nouvelle de M. Rochester; au bout de dix jours il n'était pas encore revenu. Mme Fairfax me dit qu'elle ne serait pas étonnée qu'en quittant le château de M. Eshton il se rendît à Londres, puis que de là il passât sur le continent, pour ne pas revenir à Thornfield de toute l'année; bien souvent, disait-elle, il avait quitté le château d'une manière aussi prompte et aussi inattendue. En l'entendant parler ainsi, j'éprouvai un étrange frisson et je sentis mon cœur défaillir. Je venais de subir un douloureux désappointement.

Mais, ralliant mes esprits et rappelant mes principes, je m'efforçai de remettre de l'ordre dans mes sensations. Bientôt je me rendis maîtresse de mon erreur passagère, et je chassai l'idée que les actes de M. Rochester pussent avoir tant d'intérêt pour moi. Et pourtant je ne cherchais pas à m'humilier en me persuadant que je lui étais trop inférieure; mais je me disais que je n'avais rien à faire avec le maître de Thornfield, si ce n'est à recevoir les gages qu'il me devait pour les leçons que je donnais à sa protégée, à me montrer reconnaissante de la bonté et du respect qu'il me témoignait; bonté et respect auxquels j'avais droit du reste, si j'accomplissais mon devoir. Je m'efforçais de me convaincre que M. Rochester ne pouvait admettre entre lui et moi que ce seul lien; ainsi donc c'était folie à moi de vouloir en faire

l'objet de mes sentiments les plus doux, de mes extases, de mes
déchirements, et ainsi de suite, puisqu'il n'était pas dans la
même position que moi. Avant tout, je ne devais pas chercher à
sortir de ma classe; je devais me respecter et ne pas nourrir
avec toute la force de mon cœur et de mon âme un amour qu'on
ne me demandait pas, et qu'on mépriserait même.

Je continuais tranquillement ma tâche, mais de temps en
temps d'excellentes raisons s'offraient à mon esprit pour m'en-
gager à quitter Thornfield. Involontairement je me mettais à penser aux moyens de changer de place; je crus inutile de chasser
ces pensées. « Eh bien! me dis-je, laissons-les germer, et, si
elles le peuvent, qu'elles portent des fruits! »

Il y avait à peu près quinze jours que M. Rochester était absent, lorsque Mme Fairfax reçut une lettre.

« C'est de M. Rochester, dit-elle en regardant le timbre; nous
allons savoir s'il doit ou non revenir parmi nous. »

Pendant qu'elle brisait le cachet et qu'elle lisait le contenu, je
continuai à boire mon café (nous étions à déjeuner); il était très-
chaud, et ce fut un moyen pour moi d'expliquer la rougeur qui
couvrit ma figure à la réception de la lettre; mais je ne me donnai pas la peine de chercher la raison qui agitait ma main et
qui me fit renverser la moitié de mon café dans ma soucoupe.

« Quelquefois je me plains que nous sommes trop tranquilles
ici, dit Mme Fairfax en continuant de tenir la lettre devant ses
lunettes; mais maintenant nous allons être passablement occupées, pour quelque temps au moins. »

Ici je me permis de demander une explication; après avoir
rattaché le cordon du tablier d'Adèle qui venait de se dénouer,
lui avoir versé une autre tasse de lait et lui avoir donné une
talmouse, je dis nonchalamment :

« M. Rochester ne doit probablement pas revenir de sitôt?

— Au contraire, il sera ici dans trois jours, c'est-à-dire jeudi
prochain; et il ne vient pas seul : il amène avec lui toute une
société. Il dit de préparer les plus belles chambres du château;
la bibliothèque et le salon doivent être aussi mis en état. Il me
dit également d'envoyer chercher des gens pour aider à la cuisine, soit à Millcote, soit dans tout autre endroit; les dames
amèneront leurs femmes de chambre et les messieurs leurs valets; la maison sera pleine. »

Après avoir parlé, Mme Fairfax avala son déjeuner et partit
pour donner ses ordres.

Il y eut en effet beaucoup à faire pendant les trois jours suivants. Toutes les chambres de Thornfield m'avaient semblé très-

propres et très-bien arrangées; mais il paraît que je m'étais trompée. Trois servantes nouvelles arrivèrent pour aider les autres; tout fut frotté et brossé; les peintures furent lavées, les tapis battus, les miroirs et les lustres polis, les feux allumés dans les chambres, les matelas de plume mis à l'air, les draps séchés devant le foyer; jamais je n'ai rien vu de semblable. Adèle courait au milieu de ce désordre; les préparatifs de réception et la pensée de tous les gens qu'elle allait voir la rendaient folle de joie. Elle voulut que Sophie vérifiât ses toilettes, ainsi qu'elle appelait ses robes, afin de rafraîchir celles qui étaient passées et d'arranger les autres; quant à elle, elle ne faisait que bondir dans les chambres, sauter sur les lits, se coucher sur les matelas, entasser les oreillers et les traversins devant d'énormes feux. Elle était libérée de ses leçons; Mme Fairfax m'avait demandé mes services, et je passais toute ma journée dans l'office à l'aider tant bien que mal, elle et la cuisinière. J'apprenais à faire du flan, des talmouses, de la pâtisserie française, à préparer le gibier et à arranger les desserts.

On attendait toute la compagnie le jeudi à l'heure du dîner, c'est-à-dire à six heures; je n'eus pas le temps d'entretenir mes chimères, et je fus aussi active et aussi gaie que qui que ce fût, excepté Adèle. Cependant quelquefois ma gaieté se refroidissait, et, en dépit de moi-même, je me laissais de nouveau aller au doute et aux sombres conjectures, et cela surtout lorsque je voyais la porte de l'escalier du troisième, qui depuis quelque temps était toujours restée fermée, s'ouvrir lentement et donner passage à Grace Poole, qui glissait alors tranquillement le long du corridor pour entrer dans les chambres à coucher et dire un mot à l'une des servantes, peut-être sur la meilleure manière de polir une grille, de nettoyer un marbre de cheminée ou d'enlever les taches d'une tenture; elle descendait à la cuisine une fois par jour pour dîner, fumait un instant près du foyer, et retournait dans sa chambre, triste, sombre et solitaire, emportant avec elle un pot de porter. Sur vingt-quatre heures elle n'en passait qu'une avec les autres domestiques. Le reste du temps, elle restait seule dans une chambre basse du second étage, où elle cousait et riait probablement de son rire terrible. Elle était aussi seule qu'un prisonnier dans son cachot.

Mais ce qui m'étonna, c'est que personne dans la maison, excepté moi, ne semblait s'inquiéter des habitudes de Grace. Personne ne se demandait ce qu'elle faisait là; personne ne la plaignait de son isolement.

Un jour, je saisis un fragment de conversation entre Leah et une femme de journée; elles s'entretenaient de Grace. Leah dit quelque chose que je n'entendis pas, et la femme de journée répondit :

« Elle a sans doute de bons gages?

— Oui, dit Leah. Je souhaiterais bien que les miens fussent aussi forts; non pas que je me plaigne. On paye bien à Thornfield; mais Mme Poole reçoit cinq fois autant que moi et elle met de côté; tous les trimestres elle va porter de l'argent à la banque de Millcote; je ne serais pas étonnée qu'elle eût assez pour mener une vie indépendante. Mais je crois qu'elle est habituée à Thornfield; et puis elle n'a pas encore quarante ans; elle est forte et capable de faire bien des choses : il est trop tôt pour cesser de travailler.

— C'est une bonne domestique? reprit la femme de journée.

— Oh! elle comprend mieux que personne ce qu'elle a à faire, répondit Leah d'un ton significatif; tout le monde ne pourrait pas chausser ses souliers, même pour de l'argent.

— Oh! pour cela non, ajouta la femme de journée. Je m'étonne que le maître.... »

Elle allait continuer, mais Leah m'aperçut et fit un signe à sa compagne. Alors celle-ci ajouta tout bas :

« Est-ce qu'elle ne sait pas? »

Leah secoua la tête et la conversation cessa; tout ce que je venais d'apprendre, c'est qu'il y avait un mystère à Thornfield, mystère que je ne devais pas connaître.

Le jeudi arriva : les préparatifs avaient été achevés le soir précédent; on avait tout mis en place : tapis, rideaux festonnés, couvre-pieds blancs; les tables de jeu avaient été disposées, les meubles frottés, les vases remplis de fleurs. Tout était frais et brillant; la grande salle avait été nettoyée. La vieille horloge, l'escalier, la rampe, resplendissaient comme du verre; dans la salle à manger, les étagères étaient garnies de brillantes porcelaines; des fleurs exotiques répandaient leur parfum dans le salon et le boudoir.

L'après-midi arriva; Mme Fairfax mit sa plus belle robe de satin noir, ses gants et sa montre d'or : car c'était elle qui devait recevoir la société, conduire les dames dans leur chambre, etc. Adèle aussi voulut s'habiller, bien que je ne crusse pas qu'on la demanderait ce jour-là pour la présenter aux dames. Néanmoins, ne désirant pas la contrarier, je permis à Sophie de lui mettre une robe de mousseline blanche; quant à moi, je ne changeai rien à ma toilette: j'étais bien persuadée qu'on ne me ferait pas sortir de la salle d'étude, vrai sanctuaire pour moi et agréable refuge dans les temps de trouble.

Nous avions eu une journée douce et sereine, une de ces journées de fin de mars ou de commencement d'avril, qui semblent annoncer l'été ; je dessinais, et, comme la soirée même était chaude, j'avais ouvert les fenêtres de la salle d'étude.

« Il commence à être tard, dit Mme Fairfax en entrant bruyamment ; je suis bien aise d'avoir commandé le dîner pour une heure plus tard que ne l'avait demandé M. Rochester, car il est déjà six heures passées. J'ai envoyé John regarder s'il n'apercevrait rien sur la route ; des portes du parc on voit une partie du chemin de Millcote. »

Elle s'avança vers la fenêtre :

« Le voilà qui vient, » dit-elle. Puis elle s'écria : « Eh bien, John, quelles nouvelles ?

— Ils viennent, madame ; ils seront ici dans dix minutes ! » répondit John.

Je la suivis, faisant attention à me mettre de côté, de manière à être cachée par le rideau et à voir sans être vue.

Les dix minutes de John me semblèrent très-longues ; mais enfin on entendit le bruit des roues. Quatre cavaliers galopaient en avant ; derrière eux venaient deux voitures découvertes où j'aperçus des voiles flottants et des plumes ondoyantes. Deux des cavaliers étaient jeunes et beaux ; dans le troisième je reconnus M. Rochester, monté sur son cheval noir *Mesrour* et accompagné de Pilote, qui bondissait devant lui ; à côté de lui j'aperçus une jeune femme ; tous deux marchaient en avant de la troupe ; son habit de cheval, d'un rouge pourpre, touchait presque à terre ; son long voile soulevé par la brise effleurait les plis de sa robe, et à travers on pouvait voir de riches boucles d'un noir d'ébène.

« Mlle Ingram ! » s'écria Mme Fairfax, et elle descendit rapidement.

La cavalcade tourna bientôt l'angle de la maison, et je la perdis de vue. Adèle demanda à descendre ; mais je la pris sur mes genoux et je lui fis comprendre que ni maintenant, ni jamais, elle ne devrait aller voir les dames à moins que son tuteur ne la fît demander, et que, si M. Rochester la voyait prendre une semblable liberté, il serait certainement fort mécontent. Elle pleura un peu ; je pris aussitôt une figure grave, et elle finit par essuyer ses yeux.

On entendait un joyeux murmure dans la grande salle ; les voix graves des messieurs et les accents argentins des dames se mêlaient harmonieusement. Mais, bien qu'il ne parlât pas haut, la voix sonore du maître de Thornfield souhaitant la bienvenue à ses aimables hôtes retentissait au-dessus de toutes les autres, puis des pas légers montèrent l'escalier; on entendit dans le corridor des rires doux et joyeux; les portes s'ouvrirent et se refermèrent, et au bout de quelque temps tout rentra dans le silence.

« Elles changent de toilette, dit Adèle qui écoutait attentivement et qui suivait chaque mouvement, et elle soupira. Chez maman, reprit-elle, quand il y avait du monde, j'allais partout, au salon, dans les chambres; souvent je regardais les femmes de chambre coiffer et habiller les dames, et c'était si amusant! Comme cela, au moins, on apprend.

— Avez-vous faim, Adèle?

— Mais oui, mademoiselle; voilà cinq ou six heures que nous n'avons pas mangé.

— Eh bien, pendant que les dames sont dans leurs chambres, je vais me hasarder à descendre, et je tâcherai d'avoir quelque chose. »

Sortant avec précaution de mon asile, je descendis l'escalier de service qui conduisait directement à la cuisine. Tout y était en émoi; la soupe et le poisson étaient arrivés à leur dernier degré de cuisson, et le cuisinier se penchait sur les casseroles, qui toutes menaçaient de prendre feu d'un moment à l'autre; dans la salle des domestiques, deux cochers et trois valets se tenaient autour du feu; les femmes de chambre étaient sans doute occupées avec leurs maîtresses; les gens qu'on avait fait venir de Millcote étaient également fort affairés. Je traversai ce chaos et j'arrivai au garde-manger, où je pris un poulet froid, quelques tartes, un pain, plusieurs assiettes, des fourchettes et des couteaux : je me dirigeai alors promptement vers ma retraite. J'avais déjà gagné le corridor et fermé la porte de l'escalier, quand un murmure général m'apprit que les dames allaient sortir de leurs chambres; je ne pouvais pas arriver à la salle d'étude sans passer devant quelques-unes de leurs chambres, et je courais le risque d'être surprise avec mes provisions; alors je restai tranquillement à l'un des bouts du corridor, comptant sur l'obscurité qui y était complète depuis le coucher du soleil.

Les chambres furent bientôt privées de leurs belles habitantes; toutes sortirent gaiement, et leurs vêtements brillaient dans l'obscurité; elles restèrent un moment groupées à une des extrémités du corridor pendant que moi je me tenais à l'autre; elles parlèrent avec une douce vivacité; elles descendirent l'escalier presque aussi silencieuses qu'un brouillard qui glisse le long d'une colline : cette apparition m'avait frappée par son élégance distinguée.

Adèle avait entr'ouvert la porte de la salle d'étude et s'était mise à regarder :

« Oh ! les belles dames ! s'écria-t-elle en anglais ; comme je serais contente d'aller avec elles ! Pensez-vous, me dit-elle, que M. Rochester nous envoie chercher après dîner ?

— Non, en vérité ; M. Rochester a bien autre chose à faire ; ne pensez plus aux dames aujourd'hui ; peut-être les verrez-vous demain. En attendant, voilà votre dîner. »

Comme elle avait très-faim, elle fut un moment distraite par le poulet et les tartes. J'avais été bien inspirée d'aller chercher ces quelques provisions à l'office ; car sans cela Adèle, moi et Sophie, que j'invitai à partager notre repas, nous aurions couru risque de ne pas dîner du tout. En bas, on était trop occupé pour penser à nous. Il était neuf heures passées lorsqu'on retira le dessert, et à dix heures on entendait encore les domestiques emporter les plateaux et les tasses où l'on avait pris le café. Je permis à Adèle de rester debout beaucoup plus tard qu'ordinairement, parce qu'elle prétendit qu'elle ne pourrait dormir tant qu'on ne cesserait pas d'ouvrir et de fermer les portes en bas. « Et puis, ajoutait-elle, M. Rochester pourrait nous envoyer chercher lorsque je serais déshabillée ; et alors quel dommage ! »

Je lui racontai des histoires aussi longtemps qu'elle voulut ; ensuite, pour la distraire, je l'emmenai dans le corridor : la lampe de la grande salle était allumée, et, en se penchant sur la rampe, elle pouvait voir passer et repasser les domestiques. Lorsque la soirée fut avancée, on entendit tout à coup des accords retentir dans le salon ; on y avait transporté le piano ; nous nous assîmes toutes deux sur les marches de l'escalier pour écouter. Une voix se mêla bientôt aux puissantes vibrations de l'instrument. C'était une femme qui chantait, et sa voix était pleine de douceur. Le solo fut suivi d'un duo et d'un chœur ; dans les intervalles, le murmure d'une joyeuse conversation arrivait jusqu'à nous. J'écoutai longtemps, étudiant toutes les voix et cherchant à distinguer au milieu de ce bruit confus les accents de M. Rochester, ce qui me fut facile ; puis je m'efforçai de comprendre ces sons que la distance rendait vagues.

Onze heures sonnèrent ; je regardai Adèle qui appuyait sa tête contre mon épaule ; ses yeux s'appesantissaient. Je la pris dans mes bras et je la couchai. Lorsque les invités regagnèrent leurs chambres, il était près d'une heure.

Le jour suivant brilla aussi radieux. Il fut consacré à une ex-cursion dans le voisinage; on partit de bonne heure, quelques-uns à cheval, d'autres en voiture. Je vis le départ et le retour.

De toutes les dames, Mlle Ingram seule montait à cheval, et, comme le jour précédent, M. Rochester galopait à ses côtés; tous deux étaient séparés du reste de la compagnie. Je fis re-marquer cette circonstance à Mme Fairfax, qui était à la fenêtre avec moi.

« Vous prétendiez l'autre jour, dis-je, qu'il n'y avait aucune probabilité de les voir mariés; mais regardez vous-même si M. Rochester ne la préfère pas à toutes les autres.

—Oui, il l'admire sans doute.

—Et elle l'admire aussi, ajoutai-je; voyez, elle se penche comme pour lui parler confidentiellement; je voudrais voir sa figure, je ne l'ai pas pu encore jusqu'ici.

—Vous la verrez ce soir, répondit Mme Fairfax. J'ai dit à M. Rochester combien Adèle désirait voir les dames; il m'a ré-pondu : « Eh bien, qu'elle vienne dans le salon après dîner, et « demandez à Mlle Eyre de l'accompagner. »

—Oui, il a dit cela par pure politesse; mais je n'irai certai-nement pas, répondis-je.

—Je lui ai dit que vous n'étiez pas habituée au monde, et qu'il vous serait probablement pénible de paraître devant tous ces étrangers; mais il m'a répondu de son ton bref : « Niaiseries ! « Si elle fait des objections, dites-lui que je le désire vivement, et « si elle résiste encore, ajoutez que j'irai moi-même la chercher. »

—Je ne lui donnerai pas cette peine, répondis-je; j'irai puis-que je ne puis pas faire autrement; mais j'en suis fâchée. Serez-vous là, madame Fairfax ?

— Non. J'ai plaidé et j'ai gagné mon procès. Voici comment il faut faire pour éviter une entrée cérémonieuse, ce qui est le plus désagréable de tout. Vous irez dans le salon pendant qu'il est vide, avant que les dames aient quitté la table; vous vous assoirez tranquillement dans un petit coin; vous n'aurez pas be-soin de rester longtemps après l'arrivée des messieurs, à moins que vous ne vous amusiez. Il suffit que M. Rochester vous ait vue; après cela vous pourrez vous retirer, personne ne fera at-tention à vous.

—Pensez-vous que tout ce monde restera longtemps au châ-teau ?

—Une ou deux semaines, certainement pas davantage. Après le départ des invités, sir John Lynn, qui vient d'être nommé membre de Millcote, se rendra à la ville. Je pense que M. Rochester l'accompagnera, car je suis étonnée qu'il ait fait un si long séjour à Thornfield. »

C'est avec crainte que je vis s'approcher le moment où je devais entrer dans le salon avec mon élève. Adèle avait passé tout le jour dans une perpétuelle extase, à partir du moment où on lui avait appris qu'elle allait être présentée aux dames, et elle ne se calma un peu que lorsque Sophie commença à l'habiller.

Quand ses cheveux furent arrangés en longues boucles bien brillantes, quand elle eut mis sa robe de satin rose, ses mitaines de dentelle noire, et qu'elle eut attaché autour d'elle sa longue ceinture, elle demeura grave comme un juge. Il n'y eut pas besoin de lui recommander de ne rien déranger dans sa toilette, lorsqu'elle fut habillée, elle s'assit soigneusement dans sa petite chaise, faisant bien attention à relever sa robe de satin de peur d'en salir le bas; elle promit de ne pas remuer jusqu'au moment où je serais prête. Ce ne fut pas long; j'eus bientôt mis ma robe de soie grise achetée à l'occasion du mariage de Mlle Temple et que je n'avais jamais portée depuis; je lissai mes cheveux; je mis mon épingle de perle et nous descendîmes.

Heureusement il n'était pas nécessaire de passer par la salle à manger pour entrer dans le salon, que nous trouvâmes vide; un beau feu brûlait silencieusement sur le foyer de marbre, et les bougies brillaient au milieu des fleurs exquises qui ornaient les tables. L'arche qui donnait du salon dans la salle à manger était fermée par un rideau rouge; quelque mince que fût cette séparation, les invités parlaient si bas qu'on ne pouvait rien entendre de leur conversation.

Adèle semblait toujours sous l'influence d'une impression solennelle. Elle s'assit sans dire un mot sur le petit tabouret que je lui indiquai. Je me retirai près de la fenêtre, et prenant un livre sur une des tables, je m'efforçai de lire. Adèle apporta son tabouret à mes pieds; au bout de quelque temps elle me toucha le genou.

« Qu'est-ce, Adèle? demandai-je.

— Est-ce que je ne puis pas prendre une de ces belles fleurs, mademoiselle? seulement pour compléter ma toilette.

— Vous pensez beaucoup trop à votre toilette, Adèle! » dis-je en prenant une rose que j'attachai à sa ceinture.

Elle soupira de satisfaction, comme si cette dernière joie eût mis le comble à son bonheur. Je me retournai pour cacher un sourire que je ne pus réprimer; il y avait quelque chose de comique et de triste dans la dévotion innée et sérieuse de cette petite Parisienne pour tout ce qui se rapportait à la toilette.

Tout à coup j'entendis plusieurs personnes se lever dans la chambre voisine. Le rideau de l'arche fut tiré et j'aperçus la salle à manger, dont le lustre répandait une vive lumière sur le service de cristal et d'argent qui couvrait une longue table Un groupe de dames était sous l'arche; elles entrèrent, et le rideau retomba derrière elles.

Elles étaient huit; mais quand elles entrèrent elles me parurent beaucoup plus nombreuses. Quelques-unes étaient grandes, plusieurs d'entre elles habillées de blanc et toutes couvertes de vêtements amples et ondoyants qui les rendaient plus imposantes, comme les nuages qui entourent la lune l'agrandissent à nos yeux. Je me levai et les saluai. Une ou deux me répondirent par un mouvement de tête; les autres se contentèrent de me regarder.

Elles se dispersèrent dans la chambre; la légèreté de leurs mouvements les faisait ressembler à un troupeau d'oiseaux blancs; quelques-unes s'étendirent à demi sur le sofa et les ottomanes, d'autres se penchèrent sur les tables pour regarder les fleurs et les livres; plusieurs, enfin, formèrent un groupe autour du feu et se mirent à parler d'une voix basse, mais claire, qui semblait leur être habituelle. J'appris plus tard comment elles se nommaient, et je puis dès à présent les désigner par leurs noms. Je vis d'abord Mme Eshton et ses deux filles. Elle avait dû être jolie et était encore bien conservée. Amy, l'aînée de ses filles, était petite; sa figure et ses manières étaient piquantes, bien que naïves et enfantines; sa robe de mousseline blanche et sa ceinture bleue s'harmonisaient bien avec sa personne. Sa sœur Louisa, plus grande et plus élégante, était fort jolie. Elle avait une de ces figures que les Français appellent minois chiffonné. Du reste, les deux sœurs étaient belles comme des lis.

Lady Lynn était une femme de quarante ans, grande et forte, à la taille droite, au regard hautain. Elle était richement drapée dans une robe de satin changeant; une plume bleu azur et un bandeau de pierres précieuses faisaient ressortir le brillant de ses cheveux noirs.

Mme Dent était moins splendide, mais elle était plus femme. Elle avait la taille mince, la figure douce et pâle, et les cheveux blonds. Je préférais sa robe de satin noir, son écharpe en dentelle et ses quelques ornements de perles au splendide éclat de la noble lady.

Mais trois personnes surtout se faisaient remarquer, en partie à cause de leur haute taille. C'étaient la douairière lady Ingram, et ses deux filles Blanche et Marie; toutes trois étaient prodigieusement grandes. La douairière avait de quarante à cinquante ans; sa taille était encore belle et ses cheveux encore noirs, du moins aux lumières. Ses dents me semblèrent avoir conservé toute leur blancheur. Eu égard à son âge, elle devait passer aux yeux de presque tout le monde pour très-belle, et elle l'était en effet; mais il y avait dans toute sa tenue et dans toute son expression une insupportable fierté. Elle avait des traits romains et un double menton qui se fondait dans son énorme cou. Ses traits me parurent gonflés, assombris et même sillonnés par l'orgueil, orgueil qui lui faisait tenir la tête tellement droite qu'on eût facilement cru la position surnaturelle; ses yeux étaient sauvages et durs : ils me rappelaient ceux de Mme Reed. Elle mâchait chacune de ses paroles. Sa voix était profonde, pompeuse, dogmatique, insupportable en un mot. Grâce à une robe en velours cramoisi et à un châle des Indes, qu'elle portait en turban, elle croyait avoir la dignité d'une impératrice.

Blanche et Marie étaient de sa taille, droites et grandes comme des peupliers; Marie était trop mince, mais Blanche était faite comme une Diane. Je la regardai avec un intérêt tout particulier : d'abord je désirais savoir si son extérieur s'accordait avec ce que m'en avait dit Mme Fairfax; ensuite si elle ressemblait à la miniature que j'en avais faite; enfin, il faut bien le dire, s'il y avait en elle de quoi plaire à M. Rochester.

Elle était bien telle que me l'avait dépeinte Mme Fairfax et telle que je l'avais reproduite; je reconnaissais cette taille noble, ces épaules tombantes, ces yeux et ces boucles noires dont m'avait parlé Mme Fairfax; mais sa figure était semblable à celle de sa mère : c'était lady Ingram, plus jeune et moins sillonnée; toujours le même front bas, les mêmes traits hautains, le même orgueil, moins sombre pourtant; elle riait continuellement; son rire était satirique, de même que l'expression habituelle de sa lèvre arquée.

On dit que le génie apprécie sa valeur; je ne sais si Mlle Ingram avait du génie, mais bien certainement elle appréciait sa valeur. Aussi commença-t-elle à parler botanique avec la douce Mme Dent, qui, à ce qu'il paraît, n'avait pas étudié cette science, bien qu'elle aimât beaucoup les fleurs, surtout les fleurs sauvages, disait-elle; Mlle Ingram l'avait étudiée, et elle débita tout son vocabulaire avec emphase.

Je m'aperçus qu'elle se riait de l'ignorance de Mme Dent : sa raillerie pouvait être habile; en tout cas, elle n'indiquait pas une bonne nature. Elle joua du piano; son exécution était bril-

lante ; elle chanta, sa voix était belle ; elle parla français avec
sa mère, et je pus m'apercevoir qu'elle s'exprimait facilement et
que sa prononciation était bonne.

Marie avait une figure plus ouverte que Blanche, des traits
plus doux et un teint plus clair. Mlle Ingram avait un vrai teint
d'Espagnole , mais Marie n'était pas assez animée. Sa figure
manquait d'expression, ses yeux de lumière. Elle ne parlait pas,
et, après avoir choisi une place, elle y resta immobile comme
une statue. Les deux sœurs étaient vêtues de blanc.

Mlle Ingram me semblait-elle propre à plaire à M. Rochester?
Je ne sais. Je ne connaissais pas son goût. S'il aimait les beautés majestueuses, Blanche était l'idéal; elle devait être généralement admirée, et j'avais déjà eu une preuve presque certaine
qu'elle plaisait à M. Rochester ; pour effacer mon dernier doute,
il ne me restait qu'à les voir ensemble.

Vous ne supposez pas, lecteur, qu'Adèle était restée tout ce
temps immobile à mes pieds; au moment où les dames entrèrent, elle se leva, s'avança vers elles , les salua cérémonieusement et leur dit avec gravité :

« Bonjour, mesdames. »

Mlle Ingram la regarda d'un air moqueur et s'écria :

« Oh ! quelle petite poupée !

— Je crois, dit lady Lynn, que c'est la pupille de M. Roch
ter, la petite fille française dont il nous a parlé. »

Mme Dent la prit doucement par la main et l'embrassa. Amy
et Louisa Eshton s'écrièrent ensemble :

« Oh ! l'amour d'enfant ! »

Elles l'emmenèrent sur le sofa, et elle se mit à parler soit en
français, soit en mauvais anglais, accaparant non-seulement les
deux jeunes filles , mais encore Mme Eshton et lady Lynn; elle
fut gâtée autant qu'elle pouvait le désirer.

Enfin, on apporta le café et on appela les messieurs. J'étais
assise dans l'ombre, si toutefois il y avait un seul coin obscur
dans un salon si bien éclairé; le rideau de la fenêtre me cachait à moitié. Le reste de la société arriva. L'apparition des
messieurs me parut imposante comme celle des dames. Ils étaient
tous habillés de noir; la plupart grands, et quelques-uns jeunes. Henry et Frédéric Lynn étaient ce qu'on appelle de brillants jeunes gens. Le colonel Dent me parut un beau militaire.
M. Eshton, magistrat du district, avait des manières de gentilhomme ; ses cheveux parfaitement blancs, ses sourcils et ses
moustaches noires, lui donnaient l'air d'un père noble. De même
que ses sœurs, lord Ingram était très-grand, et comme elles il

était beau ; mais il partageait l'apathie de Marie. Il semblait avoir plus de longueur dans les membres que de vivacité dans le sang et de vigueur dans le cerveau.

Où était M. Rochester ?

Il arriva enfin. Je ne regardais pas du côté de la porte, et pourtant je le vis entrer. Je m'efforçai de concentrer toute mon attention sur les mailles de la bourse à laquelle je travaillais ; j'aurais voulu ne penser qu'à l'ouvrage que j'avais dans les mains, aux perles d'argent et aux fils de soie posés sur mes genoux : et pourtant je ne pus m'empêcher de regarder sa figure et de me rappeler le jour où je l'avais vu pour la dernière fois, le moment où, après lui avoir rendu ce qu'il appelait un immense service, il prit mes mains et me regarda avec des yeux qui révélaient un cœur plein et prêt à déborder. Et j'avais été pour quelque chose dans cette émotion ; j'avais été bien près de lui à cette époque ! Qui est-ce qui avait pu changer ainsi nos positions relatives ? car désormais nous étions étrangers l'un pour l'autre, si étrangers que je ne comptais même pas l'entendre m'adresser quelques mots ; et je ne fus pas étonnée lorsque, sans m'avoir même regardée, il alla s'asseoir de l'autre côté de la chambre pour causer avec l'une des dames.

Lorsque je le vis absorbé par la conversation et que je fus convaincue que je pouvais examiner sans être observée moi-même, je ne tentai plus de me contenir ; je détournai mes yeux de mon ouvrage et je les fixai sur M. Rochester ; je trouvais dans cette contemplation un plaisir à la fois vif et poignant ; aiguillon de l'or le plus pur, mais aiguillon de souffrance ; ma joie ressemblait à l'ardente jouissance de l'homme qui, mourant de soif, se traîne vers une fontaine qu'il sait empoisonnée, et en boit l'eau néanmoins comme un divin breuvage.

Il est vrai que ce que certains trouvent laid peut sembler beau à d'autres. La figure olivâtre et décolorée de M. Rochester, son front carré et massif, ses sourcils de jais, ses yeux profonds, ses traits fermes, sa bouche dure, en un mot, l'expression énergique et décidée de sa figure, ne rentraient en rien dans les règles de la beauté ; mais pour moi son visage était plus que beau, il m'intéressait et me dominait. M. Rochester s'était emparé de mes sentiments et les avait liés aux siens. Je n'avais pas voulu l'aimer ; j'avais fait tout ce qui était en mon pouvoir pour repousser de mon âme ces premières atteintes de l'amour, et, dès que je le revoyais, toutes ces impressions se réveillaient en moi avec une force nouvelle. Il me contraignait à l'aimer sans même faire attention à moi.

Je le comparais à ses hôtes. Qu'étaient la grâce galante des MM. Lynn, l'élégance langoureuse de lord Ingram, et même là distinction militaire du colonel Dent, devant son regard plein d'une force native et d'une puissance naturelle? Leur extérieur, leur expression, n'éveillaient aucune sympathie en moi; et pourtant tout le monde les déclarait beaux et attrayants, tandis qu'on trouvait les traits de M. Rochester durs et son regard triste. Je les entendis rire. La bougie avait autant d'âme dans sa lumière qu'eux dans leur sourire. Je vis aussi M. Rochester sourire; ses traits s'adoucirent; ses yeux devinrent aimables, brillants et chercheurs. Il parlait dans ce moment à Louise et à Amy Eshton: je m'étonnai de les voir rester calmes devant ce regard qui m'avait semblé si pénétrant; je croyais que leurs yeux allaient se baisser, leurs joues se colorer, et je fus heureuse de ce qu'elles n'étaient nullement émues. « Il n'est pas pour elles ce qu'il est pour moi, pensai-je. Il n'est pas de leur nature et je crois qu'il est de la mienne; j'en suis même sûre : je sens comme lui; je comprends le langage de ses mouvements et de sa tenue; quoique le rang et la fortune nous séparent, j'ai quelque chose dans ma tête, dans mon cœur, dans mon sang et dans mes nerfs, qui forme entre nous une union spirituelle. Si, il y a quelques jours, j'ai dit que je n'avais rien à faire avec lui, si ce n'est à recevoir mon salaire ; si je me suis défendue de penser à lui autrement que comme à un maître qui me paye, j'ai proféré un blasphème contre la nature. Tout ce qu'il y a en moi de bon, de fort, de sincère, va vers lui. Je sais qu'il faut cacher mes sentiments, étouffer toute espérance, me rappeler qu'il ne peut pas faire grande attention à moi ; car, lorsque je prétends que je suis de la même nature que lui, je ne veux pas dire que j'ai sa force et son attrait, mais simplement que j'ai certains goûts et certaines sensations en commun avec lui. Il faut donc me répéter sans cesse que nous sommes séparés pour toujours, et que néanmoins je dois l'aimer tant que je vivrai. »

On passa le café. Depuis l'arrivée des messieurs, les dames sont devenues vives comme des alouettes. La conversation commence, joyeuse et animée. Le colonel Dent et M. Eshton parlent politique ; leurs femmes écoutent. Les deux orgueilleuses douairières lady Lynn et lady Ingram causent ensemble. Sir George, gentilhomme de campagne, gras et frais, se tient debout devant le sofa, sa tasse de café à la main, et place de temps en temps son mot. M. Frédéric Lynn est assis à côté de Marie Ingram et lui montre les gravures d'un beau livre; elle regarde et sourit de temps en temps, mais parle peu. Le grand et flegmatique lord Ingram se penche sur le dos de la chaise de la vivante petite Amy Eshton ; elle lui jette par moments un coup d'œil, et gazouille comme un roitelet, car elle préfère lord Ingram à M. Rochester. Henry prend possession d'une ottomane aux pieds de Louise ; Adèle est assise à côté de lui ; il tâche de parler français avec elle, et Louise rit de ses fautes. Avec qui ira Blanche Ingram? Elle est seule devant une table, gracieusement penchée sur un album ; elle semble attendre qu'on vienne la chercher ; mais, comme l'attente la fatigue, elle se décide à choisir elle-même son interlocuteur.

M. Rochester, après avoir quitté les demoiselles Eshton, se place devant le feu aussi solitairement que Blanche l'est devant la table ; mais Mlle Ingram va s'asseoir de l'autre côté de la cheminée, vis-à-vis de lui.

« Monsieur Rochester, dit-elle, je croyais que vous n'aimiez pas les enfants?

— Et vous aviez raison.

— Alors qui est-ce qui vous a décidé à vous charger de cette petite poupée-là? reprit-elle en montrant Adèle ; où avez-vous été la chercher?

— Je n'ai pas été la chercher ; on me l'a laissée sur les bras.

— Vous auriez dû l'envoyer en pension.

— Je ne le pouvais pas ; les pensions sont si chères!

— Mais il me semble que vous avez une gouvernante ; j'ai tout à l'heure vu quelqu'un avec votre pupille ; serait-elle partie? Oh non, elle est là derrière le rideau. Vous la payez sans doute. Je crois que c'est aussi cher que de la mettre en pension, et même plus, car vous avez à les entretenir toutes les deux. »

Je craignais, ou, pour mieux dire, j'espérais que cette allusion à ma présence forcerait M. Rochester à regarder de mon côté, et involontairement je m'enfonçai encore davantage dans l'ombre ; mais il ne tourna pas les yeux.

« Je n'y ai pas pensé, dit-il avec indifférence et regardant droit devant lui.

— Non, vous ne pensez jamais à ce qui est d'économie ou de bon sens. Si vous entendiez maman parler des gouvernantes, Mary et moi nous en avons eu au moins une douzaine, la moitié détestables, les autres ridicules, toutes insupportables ; n'est-ce pas, maman?

— Avez-vous parlé, ma chérie? »

La jeune fille réitéra sa question.

« Ma bien-aimée, ne me parlez pas des gouvernantes ; ce mot me fait mal. J'ai souffert le martyre avec leur inhabileté et leurs expressions. Je remercie le ciel de ne plus avoir affaire à elles. »

Mme Dent se pencha alors vers lady Ingram, et lui dit quelque chose tout bas. Je suppose, d'après la réponse, que Mme Dent lui faisait remarquer la présence d'un des membres de cette race sur laquelle elle venait de lancer un anathème.

« Tant pis, reprit la noble dame, j'espère que cela lui profitera! » Puis elle ajouta plus bas, mais assez haut pourtant pour que les sons arrivassent jusqu'à moi : « Je l'ai déjà examinée; je suis bon juge des physionomies, et dans la sienne je lis tous les défauts qui caractérisent sa classe.

— Et quels sont-ils? madame, demanda tout haut M. Rochester.

— Je vous les dirai dans un tête-à-tête, reprit-elle en secouant trois fois son turban d'une manière significative.

— Mais ma curiosité sera passée alors, et c'est maintenant qu'elle voudrait être satisfaite.

— Demandez-le donc à Blanche. Elle est plus près de vous que moi.

— Oh! ne me chargez pas de cette tâche, maman. Je n'ai du reste qu'un mot à dire sur toute cette espèce, c'est qu'elle ne peut que nuire. Non pas que les institutrices m'aient jamais fait beaucoup souffrir : Théodore et moi, nous n'avons épargné aucune taquinerie à nos gouvernantes; Marie était trop endormie pour prendre une part active à nos complots. C'est surtout à Mme Joubert que nous avons joué de bons tours. Mlle Wilson était une pauvre créature triste et malade; elle ne valait même pas la peine qu'on se serait donnée pour la vaincre. Mme Grey était dure et insensible; rien n'avait effet sur elle; mais Mme Joubert! je vois encore sa colère lorsque nous la poussions à bout; quand, après avoir renversé notre thé, émietté nos tartines, jeté nos livres au plafond, nous nous mettions à faire un charivari général avec les pupitres, les règles, le cendrier et le feu. Théodore, vous rappelez-vous ces jours de gaieté?

— Oui certainement, répondit lentement lord Ingram; et la pauvre vieille avait l'habitude de nous appeler méchants enfants; alors nous lui faisions des sermons où nous lui prouvions que c'était de la présomption à elle, ignorante comme elle l'était, de vouloir instruire des jeunes gens aussi habiles que nous.

— Oui, et vous savez, Théodore, je vous aidais aussi à persécuter votre précepteur, ce M. Vinning, à la figure couleur de petit-lait; nous l'avions surnommé le ministre malade de la pépie. Lui et Mlle Wilson prirent la liberté de tomber amoureux l'un de l'autre, ou du moins Théodore et moi nous le supposâmes ; nous avions surpris de tendres regards, des soupirs que nous avions interprétés comme des marques certaines de cette belle passion ; et je vous assure que bientôt le public fut au courant de notre découverte. Ce fut un moyen de se débarrasser de ce boulet que nous traînions à nos pieds ; dès que maman sut ce qui se passait, elle déclara que c'était immoral ; n'est-ce pas, maman ?

— Oui, ma chérie, et ce n'était pas à tort. Il y a mille raisons qui font que, dans une maison bien dirigée, on ne doit jamais laisser naître d'affection entre une gouvernante et un précepteur. D'abord....

— Oh ! ma gracieuse mère, épargnez-nous cette énumération ; au reste, nous la connaissons tous : mauvais exemple pour l'innocence des enfants ; négligence continuelle dans les devoirs de la gouvernante et du précepteur ; alliance et confiance mutuelles ; confidences qui en résultent ; insolence inévitable à l'égard des maîtres ; révolte et insurrection générale. Ai-je raison, baronne Ingram de Ingram-Park ?

— Oui, mon beau lis, vous avez raison comme toujours.

— Alors, il est inutile d'en parler plus longtemps ; changeons de conversation. »

Amy Eshton n'entendit pas cette phrase ou ne voulut pas y faire attention, car elle s'écria de sa voix douce et enfantine :

« Louisa et moi, nous avions aussi l'habitude de tourmenter notre gouvernante ; mais elle était si bonne qu'elle supportait tout ; rien ne l'irritait ; jamais elle ne se fâchait, n'est-ce pas, Louisa ?

— Oh ! non ; nous avions beau renverser son pupitre, sa boîte à ouvrage, mettre ses tiroirs en désordre, elle ne nous en voulait jamais ; elle était si bonne qu'elle nous donnait tout ce que nous lui demandions.

— Est-ce que par hasard, dit Mlle Ingram en mordant sa lèvre ironique, nous allons être obligés d'entendre le résumé de toutes les vertus des gouvernantes ? Pour éviter cet ennui, je demande de nouveau qu'on change de conversation. Monsieur Rochester, approuvez-vous ma pétition ?

— Oui, madame, je vous approuve en ceci, comme en tous points.

— Alors, c'est à moi de la faire exécuter. Signor Eduardo, êtes-vous en voix aujourd'hui ?

— Oui, si vous me le commandez, donna Bianca.

— Alors, signor, mon altesse vous ordonne de préparer

vos poumons, car on va vous les demander pour mon royal service.

« — Qui ne voudrait être le Rizzio d'une semblable Marie ?

« — Je me soucie bien de Rizzio, s'écria-t-elle en secouant ses boucles abondantes et en se dirigeant vers le piano ; à mon avis, le ménétrier David était un imbécile ; je préfère le noir Bothwell ; je trouve qu'un homme doit avoir en lui quelque chose de satanique, et, malgré tout ce que raconte l'histoire sur James Hepburn, il me semble que ce bandit devait être un de ces héros fiers et sauvages que j'aurais aimé à prendre pour époux.

« — Messieurs, vous l'entendez ; eh bien, quel est celui d'entre vous qui ressemble le plus à Bothwell ?

« — C'est sur vous que doit tomber notre choix, répondit l colonel Dent.

« — Sur mon honneur, je vous en remercie, » reprit M. Rochester.

Mlle Ingram s'était assise devant le piano avec une grâce orgueilleuse. Après avoir royalement étendu sa robe blanche, elle exécuta un prélude brillant, sans cesser néanmoins de parler. Ce soir-là, elle était enivrée ; ses paroles et son attitude semblaient vouloir exciter non-seulement l'admiration, mais aussi l'étonnement de ses auditeurs : elle désirait les frapper par son éclat. Quant à moi, elle me sembla très-hardie.

« Oh! reprit-elle en continuant à promener ses doigts sur l'instrument sonore, je suis fatiguée des jeunes gens de nos jours, pauvres misérables créatures, qui craindraient de dépasser la grille du parc de leur père, et même d'y aller sans la permission de leur mère ou de leur gouverneur ; qui ne songent qu'à leur belle figure, à leurs mains blanches et à leurs petits pieds : comme si les hommes avaient rien à faire avec la beauté! comme si le charme extérieur n'était pas l'héritage légitime et le privilége exclusif de la femme ! Je vous accorde qu'une femme laide est une tache dans la création, où tout est beau ; mais, quant aux hommes, ils ne doivent chercher que la force et le courage : leur occupation, c'est la chasse et le combat ; le reste ne vaut pas qu'on y pense. Voilà quelle serait ma devise, si j'étais homme!

« Quand je me marierai, continua-t-elle après une pause que personne n'interrompit, je ne veux pas trouver un rival dans mon mari ; je ne veux voir aucun prétendant près de mon trône. J'exigerai de lui un hommage complet ; je ne veux pas que son admiration soit partagée entre moi et la figure qu'il verra dans sa glace. Maintenant, chantez, monsieur Rochester, et je vais vous accompagner.

— Je ne demande qu'à vous obéir, répondit-il.

— Tenez, voilà un chant de corsaire; sachez que j'aime les corsaires; ainsi donc, je vous prie de chanter *con spirito*.

— Un ordre sorti des lèvres de Mlle Ingram animerait un marbre.

— Eh bien, alors, prenez garde; car si la manière dont vous allez chanter ne me plaît pas, pour vous faire honte, je vous montrerai moi-même comment cette romance doit être comprise.

— C'est offrir une prime à l'incapacité, et désormais je vais faire mes efforts pour me tromper.

— Gardez-vous-en bien; si vous vous trompez volontairement, la punition sera proportionnée à la faute.

— Mlle Ingram devrait être indulgente, car il lui est facile d'infliger un châtiment plus grand que ne pourrait le supporter un homme.

— Oh! expliquez-vous! s'écria la jeune fille.

— Pardon, madame; toute explication serait inutile; votre instinct a dû vous apprendre qu'un regard sévère lancé par vos yeux est une peine capitale.

— Chantez, dit-elle en recommençant l'accompagnement.

— Voilà le moment de m'échapper, » pensai-je; mais les notes qui frappèrent mes oreilles me forcèrent à rester.

Mme Fairfax m'avait annoncé que M. Rochester avait une belle voix; elle était puissante en effet et révélait la force de son âme, elle était pénétrante et éveillait en vous d'étranges sensations. J'écoutai jusqu'à la dernière vibration de ces notes pleines et sonores; j'attendis que le mouvement causé par les compliments d'usage se fût un peu calmé : alors je quittai mon coin, et je sortis par la porte de côté, qui heureusement était tout près de moi. Un corridor étroit conduisait dans la grande salle: je m'aperçus, en le traversant, que mon soulier était dénoué; je m'agenouillai sur le paillasson de l'escalier pour le rattacher; j'entendis tout à coup la porte de la salle à manger s'ouvrir et des pas d'homme se diriger de mon côté; je me relevai précipitamment, et je me trouvai face à face avec M. Rochester.

« Comment vous portez-vous? me demanda-t-il.

— Très-bien, monsieur.

— Pourquoi n'êtes-vous pas venue me parler dans le salon? »

Je pensai que j'aurais bien pu lui retourner sa question; mais n'osant pas prendre cette liberté, je lui répondis :

« Vous aviez l'air occupé, et je n'aurais pas osé vous déranger, monsieur.

« — Et qu'avez-vous fait pendant mon absence?

— Rien de particulier; j'ai continué à donner des leçons à Adèle.

— Et vous êtes devenue beaucoup plus pâle que vous n'étiez. Je l'ai remarqué tout de suite; dites-moi ce que vous avez.

— Je n'ai rien, monsieur.

— Avez-vous attrapé froid la nuit où vous m'avez à moitié noyé?

— Pas le moins du monde.

— Retournez au salon, vous êtes partie trop tôt.

— Je suis fatiguée, monsieur. »

Il me regarda un instant.

« Et un peu triste, ajouta-t-il; qu'avez-vous? dites-le-moi, je vous en prie.

— Rien, rien, monsieur; je ne suis pas triste.

— Je suis bien sûr du contraire; vous êtes si triste que le moindre mot amènerait des larmes dans vos yeux; tenez, en voilà une qui brille et se balance sur vos cils. Si j'avais le temps et si je ne craignais pas de voir apparaître quelque servante curieuse, je saurais ce que signifie tout cela; allons, pour ce soir je vous excuse; mais sachez qu'aussi longtemps que mes hôtes seront 'ci, je vous demande de venir tous les soirs dans le salon; je le désire vivement; faites-le, je vous en prie. Maintenant partez, et envoyez Sophie chercher Adèle. Bonsoir, ma.... »

Il s'arrêta, mordit ses lèvres et me quitta brusquement.

CHAPITRE XVIII.

Les jours se passaient joyeusement à Thornfield, et l'activité régnait désormais dans le château; quelle différence entre cette quinzaine et les trois mois de tranquillité, de monotonie et de solitude que j'avais passés dans ces murs! On avait chassé les sombres pensées et oublié les tristes souvenirs; partout et toujours il y avait de la vie et du mouvement; on ne pouvait pas traverser le corridor, silencieux autrefois, ni entrer dans une des chambres du devant, jadis inhabitées, sans y rencontrer une piquante femme de chambre ou un mirliflore de valet.

La cuisine, la salle des domestiques, la grande salle du château, étaient également animées; et le salon ne restait silencieux et vide que lorsqu'un ciel bleu et un beau soleil de printemps invitaient les hôtes du château à faire une petite promenade sur les terres de M. Rochester. Tout à coup le beau temps cessa et fut remplacé par des pluies continuelles; mais rien ne put détruire la gaieté qui régnait à Thornfield, et quand il fut impossible de chercher des distractions au dehors, les plaisirs qu'offrait le château devinrent plus animés et plus variés.

Lorsque les hôtes de M. Rochester déclarèrent qu'il fallait chercher des amusements nouveaux, je me demandai ce qu'ils pourraient inventer. On avait parlé de charades; mais, dans mon ignorance, je ne comprenais pas ce que cela voulait dire. On appela les domestiques pour retirer les tables de la salle à manger; les lumières furent disposées différemment, et les chaises placées en cercle vis-à-vis de l'arche. Pendant que M. Rochester et ses hôtes examinaient les préparatifs, les dames montaient et descendaient les escaliers en appelant leurs femmes de chambre. On demanda Mme Farfaix pour savoir ce qu'il y avait dans le château en fait de châles, de robes, de draperies de toute espèce; les jupes de brocart, les robes de satin, les coiffures de dentelle renfermées dans les armoires du troisième furent descendues par les femmes de chambre; on choisit ceux des vêtements qui pouvaient servir, et on les porta dans le boudoir attenant au salon.

M. Rochester appela les dames autour de lui, afin de choisir celles qui feraient partie de sa charade.

« Mlle Ingram est certainement pour moi, » dit-il, après avoir nommé les deux demoiselles Eshton et Mme Dent.

Il se tourna vers moi; je me trouvais près de lui au moment où il rattachait le bracelet de Mme Dent. « Voulez-vous jouer? » me demanda-t-il. Je secouai la tête; je craignais qu'il n'insistât, mais il n'en fit rien, et me permit de retourner tranquillement à ma place ordinaire.

Il se retira derrière le rideau avec ceux qui faisaient partie de la même charade que lui; le reste de la compagnie, présidé par le colonel Dent, s'assit sur les chaises devant l'arche. M. Eshton, m'ayant remarquée, demanda tout bas si l'on ne pourrait pas me faire une place; mais lady Ingram répondit aussitôt:

« Non, elle a l'air trop stupide pour comprendre ce jeu. »

Au bout de quelque temps, on sonna une cloche, et le rideau fut tiré. Sous l'arche apparaissait sir George Lynn, enveloppé d'un long vêtement blanc; un livre était ouvert sur une table placée devant lui; Amy Eshton, assise à ses côtés, était enveloppée dans le manteau de M. Rochester, et tenait un livre à la main. Quelqu'un d'invisible fit retentir joyeusement la cloche; Adèle, qui avait demandé à être avec son tuteur, bondit sur le théâtre et répandit autour d'elle le contenu d'une corbeille de fleurs qu'elle portait dans ses bras; alors apparut la belle Mlle Ingram, vêtue de blanc, enveloppée d'un long voile et le front orné d'une couronne de roses. M. Rochester marchait à côté d'elle, et tous deux s'approchèrent de la table; ils s'agenouillèrent; Mme Dent et Louisa Eshton, également habillées de blanc, se placèrent derrière eux. Alors commença une cérémonie dans laquelle il était facile de reconnaître la pantomime d'un mariage. Lorsque tout fut fini, le colonel Dent, après avoir un instant consulté ses voisins, s'écria :

« Bride (mariée)! »

M. Rochester s'inclina, et le rideau tomba.

Un temps assez long s'écoula avant qu'on recommençât, et lorsque le rideau fut tiré de nouveau, je m'aperçus que le théâtre avait été préparé avec plus de soin que précédemment. Le salon, comme je l'ai déjà dit, était de deux marches plus élevé que la salle à manger; on avait placé sur la plus haute de ces marches un grand bassin de marbre que je reconnus pour l'avoir vu dans la serre, où il était ordinairement entouré de plantes rares et rempli de poissons rouges; vu sa taille et son poids, on devait avoir eu beaucoup de peine à le transporter. M. Rochester, enveloppé dans des châles et portant un turban sur la tête, était assis à côté du bassin; ses yeux noirs et son teint basané s'harmonisaient bien avec son costume; on eût dit un émir de l'Orient; puis je vis s'avancer Mlle Ingram; elle aussi portait un costume oriental : une écharpe rouge était nouée autour de sa taille; un mouchoir brodé retombait sur ses tempes; ses bras bien modelés semblaient supporter un vase gracieusement posé sur sa tête ; son attitude, son teint, ses traits, toute sa personne enfin, rappelaient quelque belle princesse israélite du temps des patriarches; et c'était bien là en effet ce qu'elle voulait représenter.

Elle se pencha vers le bassin comme pour remplir la cruche qu'elle portait, et allait la poser de nouveau sur sa tête, lorsque l'homme couché se leva et s'approcha d'elle; il sembla lui faire une demande. Aussitôt elle souleva sa cruche pour lui donner à boire; alors l'étranger prit une cassette cachée sous ses vêtements, l'ouvrit et montra à la jeune fille des bracelets et des boucles d'oreilles magnifiques. Celle-ci manifesta son étonnement et son admiration ; l'étranger s'agenouilla près d'elle et mit la cassette à ses pieds; mais les regards et les gestes de la belle Israélite exprimèrent l'incrédulité et le ravissement; cependant l'inconnu, s'avançant vers elle, attacha les bracelets à ses bras et les boucles à ses oreilles : c'étaient Éliézer et Rébecca; les chameaux seuls manquaient au tableau.

M. Dent et ses compagnons se consultèrent de nouveau; mais il paraît qu'ils ne purent pas s'entendre sur le mot, car le colonel demanda à voir le dernier tableau avant de se décider. On baissa de nouveau le rideau.

Lorsqu'il fut tiré pour la troisième fois, on ne vit qu'une partie du salon; le reste était caché par des tentures sombres et grossières; le bassin de marbre avait été enlevé, et à la place on apercevait une table et une chaise de cuisine; ces objets étaient éclairés par une faible lueur provenant d'une lanterne; toutes les bougies avaient été éteintes.

Au milieu de cette triste scène était assis un homme; ses mains jointes retombaient sur ses genoux et ses yeux se fixaient à terre; je reconnus M. Rochester, malgré sa figure grimée, ses vêtements en désordre (une des manches de son habit pendait, séparée de son bras, comme si elle eût été déchirée dans une lutte), sa contenance désespérée, ses cheveux rudes et hérissés; il remua, et on entendit un bruit de fer, car ses mains étaient enchaînées.

« Bridewell! » s'écria aussitôt le colonel Dent. Et ce fut pour moi le signal que la charade était finie.

Lorsque les acteurs eurent repris leur costume ordinaire, ils rentrèrent dans la salle à manger; M. Rochester conduisait Mlle Ingram; elle le complimentait sur la manière dont il avait joué.

« Savez-vous, dit-elle, que c'est dans votre dernier rôle que je vous préfère? si vous étiez né quelques années plus tôt, vous auriez fait un galant bandit.

— Ai-je bien fait disparaître le fard de mon visage? demanda-t-il en se tournant vers elle.

— Oui, malheureusement, car il vous allait bien.

— Alors, vous aimeriez un héros de grands chemins?

— Oui, c'est ce que je préférerais après un bandit italien; et ce dernier ne pourrait être surpassé que par un pirate d'Orient.

— Eh bien, qui que je sois, rappelez-vous que vous êtes ma femme; nous avons été mariés il y a une heure, en la présence de tous ces témoins. »

Elle rougit et se mit à rire.

« Maintenant, colonel Dent, dit M. Rochester, c'est à votre tour. »

Et au moment où le colonel se retira avec sa bande, lui et ses compagnons s'assirent sur les siéges vides ; Mlle Ingram se mit à sa droite, et chacun choisit sa place. Je ne fis pas attention aux acteurs ; désormais le lever du rideau n'avait plus aucun intérêt pour moi ; les spectateurs absorbaient toute mon attention, mes yeux, fixés de temps en temps sur l'arche, étaient toujours attirés malgré moi par le groupe des spectateurs. Je ne me rappelle plus le mot choisi par le colonel Dent, ni la manière dont les acteurs s'acquittèrent de leurs rôles ; mais j'entends encore la conversation qui suivait chaque tableau ; je vois M. Rochester se tourner du côté de Mlle Ingram ; je la vois incliner sa tête vers lui, et laisser ses boucles noires toucher son épaule et se balancer près de ses joues ; j'entends encore leurs murmures ; je me rappelle les regards qu'ils échangeaient, et je me souviens même de l'impression que produisait sur moi ce spectacle.

J'ai dit que j'aimais le maître de Thornfield. Je ne pouvais pas faire taire ce sentiment, uniquement parce que M. Rochester ne prenait plus garde à moi, parce qu'il pouvait passer des heures près de moi sans tourner une seule fois les yeux de mon côté, parce que je voyais toute son attention reportée sur une grande dame qui aurait craint de laisser le bas de sa robe m'effleurer en passant, qui, lorsque son œil noir et impérieux s'arrêtait par hasard de mon côté, détournait bien vite son regard d'un objet si indigne de sa contemplation. Je ne pouvais pas cesser de l'aimer parce que je sentais qu'il épouserait bientôt cette jeune fille, parce que je lisais chaque jour dans la tenue de Mlle Ingram son orgueilleuse sécurité, parce qu'enfin, à chaque heure, je découvrais chez M. Rochester une sorte de courtoisie qui, bien qu'elle se fît rechercher plutôt qu'elle ne recherchait elle-même, était captivante dans son insouciance et irrésistible même dans son orgueil.

Toutes ces choses ne pouvaient ni bannir, ni même refroidir l'amour ; mais elles pouvaient créer le désespoir et engendrer la jalousie, si toutefois ce sentiment était possible entre une femme dans ma position et une jeune fille dans la position de Mlle Ingram. Non, je n'étais pas jalouse, ou du moins c'était très-rare ; ce mal ne saurait exprimer ma souffrance : Mlle Ingram était au-dessous de ma jalousie ; elle était trop inférieure pour l'exciter. Pardonnez-moi cette apparente absurdité ; je veux dire ce que je dis : elle était brillante, mais non pas remarquable ; elle était belle, possédait certains talents, mais son esprit était pauvre et son cœur sec. Aucune fleur sauvage ne s'était épanouie sur ce sol ; aucun fruit naturel n'y avait mûri ; elle n'était ni bonne ni originale ; elle répétait de belles phrases apprises dans des livres, mais elle n'avait jamais une opinion personnelle. Elle affectait le sentiment, et ne connaissait ni la sympathie ni la pitié; il n'y avait e... elle ni tendresse ni franchise; sa nature se manifestait quelquefois par la manière dont elle laissait percer son antipathie contre la petite Adèle. Lorsque l'enfant s'approchait d'elle, elle la repoussait en lui donnant quelque nom injurieux; d'autres fois, elle lui ordonnait de sortir de la chambre, et la traitait toujours avec aigreur et dureté. Je n'étais pas seule à étudier ces manifestations de son caractère: M. Rochester, l'époux futur, exerçait une incessante surveillance; cette conscience claire et parfaite des défauts de sa bien-aimée, cette complète absence de passion à son égard, étaient pour moi une torture sans cesse renaissante.

Je voyais qu'il allait l'épouser pour des raisons de famille, ou peut-être pour des raisons politiques, parce que son rang et ses relations lui convenaient. Je sentais qu'il ne lui avait pas donné son amour, et qu'elle n'était pas propre à gagner jamais ce précieux trésor; là était ma plus vive souffrance; c'était là ce qui nourrissait constamment ma fièvre : *elle ne pouvait pas lui plaire.*

Si elle eût gagné la victoire, si M. Rochester eût été sincèrement épris d'elle, j'aurais voilé mon visage; je me serais tournée du côté de la muraille et je serais morte pour eux, au figuré s'entend. Si Mlle Ingram avait été une femme bonne et noble, douée de force, de ferveur et d'amour, j'aurais eu à un moment une lutte douloureuse contre la jalousie et le désespoir, et alors brisée un instant, mais victorieuse enfin, je l'aurais admirée; j'aurais reconnu sa perfection et j'aurais été calme pour le reste de ma vie; plus sa supériorité eût été absolue, plus mon admiration eût été profonde. Mais voir les efforts de Mlle Ingram pour fasciner M. Rochester, la voir échouer toujours et ne pas même s'en douter, puisqu'elle croyait au contraire que chaque coup portait; m'apercevoir qu'elle s'enorgueillissait de son succès, alors que cet orgueil la faisait tomber plus bas encore aux yeux de celui qu'elle voulait séduire; être témoin de toutes ces choses, incessamment irritée et toujours forcée de me contraindre, voilà ce que je ne pouvais supporter

Chaque fois qu'elle manquait son but, je voyais si bien par quel moyen elle aurait pu réussir! Chacune de ces flèches lancées contre M. Rochester et qui retombaient impuissantes à ses pieds, je savais que, dirigées par une main plus sûre, elles auraient pu percer jusqu'au plus profond de ce cœur orgueilleux; elles auraient pu amener l'amour dans ces sombres yeux, et adoucir cette figure sardonique; et, même sans aucune arme, Mlle Ingram eût pu remporter une silencieuse victoire.

« Pourquoi n'a-t-elle aucune influence sur lui, pensais-je, elle qui peut l'approcher sans cesse? Non, elle ne l'aime pas d'une véritable affection; sans cela elle n'aurait pas besoin de ces continuels sourires, de ces incessants coups d'œil, de ces manières étudiées, de ces grâces multipliées : il me semble qu'il lui suffirait de s'asseoir tranquillement près de lui, de parler peu et de regarder moins encore, et elle arriverait plus directement à son cœur. J'ai vu sur les traits de M. Rochester une expression bien plus douce que celle qu'excitent chez lui les avances de Mlle Ingram, mais alors cette expression lui venait naturellement et n'était pas provoquée par des manœuvres calculées : il suffisait d'accepter ses questions, d'y répondre sans prétention, de lui parler sans grimace : alors il devenait plus doux et plus aimable, et vous échauffait de sa propre chaleur; comment fera-t-elle pour lui plaire lorsqu'ils seront mariés? Je ne crois pas qu'elle le puisse; et pourtant ce ne serait pas difficile, et une femme pourrait être bien heureuse avec lui. »

Rien de ce que j'ai dit jusqu'ici ne peut faire supposer que je blâmais M. Rochester de se marier par intérêt et pour des convenances. Je fus étonnée lorsque je découvris son intention; je ne croyais pas qu'il pût être influencé par de tels motifs dans le choix d'une femme : mais plus je considérais l'éducation, la position des deux époux futurs, moins je me sentais portée à les blâmer d'agir d'après des idées qui devaient leur avoir été inspirées dès leur enfance; dans leur classe, tous avaient les mêmes principes, et je comprenais qu'ils ne pussent pas voir les choses sous le même aspect que moi. Il me semblait qu'à sa place je n'aurais voulu prendre pour femme qu'une jeune fille aimée. « Mais les avantages d'une telle union, pensais-je, sont si évidents que tout le monde les verrait comme moi, s'il n'y avait pas quelque autre raison que je ne puis pas bien comprendre. »

Là, comme toujours, j'étais indulgente pour M. Rochester; j'oubliais ses défauts que j'avais jadis étudiés avec tant de soin. Autrefois, je m'étais efforcée de voir tous les côtés de son caractère, d'examiner ce qu'il y avait en lui de bon et de mauvais, afin que mon jugement fût équitable; mais je n'apercevais plus que le bon.

Le ton de sarcasme qui, quelques semaines auparavant, m'avait repoussée, la dureté qui m'avait révoltée, m'impressionnaient tout différemment: j'y trouvais une sorte d'âcreté savoureuse, un sel piquant qui semblait préférable à la fadeur; cette expression sinistre, douloureuse, fine ou désespérée, qu'un observateur attentif eût pu voir briller de temps en temps dans ses yeux, mais qui disparaissait avant qu'on eût pu en mesurer l'étrange profondeur ; cette vague expression qui me faisait trembler comme si, marchant sur des montagnes volcaniques, le sol avait tout à coup frémi sous mes pas; cette expression que je contemplais quelquefois tranquille et le cœur gonflé, mais sans jamais sentir mes nerfs se paralyser, au lieu de désirer la fuir, j'aspirais à la deviner. Je trouvais Mlle Ingram heureuse, parce que je me disais qu'un jour elle pourrait regarder dans l'abîme, en explorer les secrets, en analyser la nature.

Pendant que je ne pensais qu'à mon maître et à sa future épouse, que je ne voyais qu'eux, que je n'entendais que leurs discours, que je ne faisais attention qu'à leurs mouvements, les autres invités de M. Rochester étaient également occupés de leur intérêt et de leur plaisir. Lady Lynn et lady Ingram continuaient leurs solennelles conférences, baissaient leurs deux turbans l'un vers l'autre et agitaient leurs quatre mains avec surprise, mystère ou horreur, selon le sujet de leur commérage; la douce Mme Dent causait avec la bonne Mme Eshton, et toutes deux me souriaient de temps en temps, ou m'adressaient une parole aimable. Sir George Lynn, le colonel Dent et Mme Eshton discutaient sur la politique, la justice ou les affaires du comté; lord Ingram babillait avec Amy Eshton; Louisa jouait ou chantait avec un des messieurs Lynn, et Mary Ingram écoutait avec indolence les galants propos de l'autre. Quelquefois tous, comme par un consentement mutuel, suspendaient leur conversation pour observer les principaux acteurs : car après tout, M. Rochester et Mlle Ingram, puisqu'elle était intimement liée à lui, étaient la vie et l'âme de toute la société; si M. Rochester s'absentait une heure seulement, l'engourdissement s'emparait aussitôt de ses hôtes; et lorsqu'il rentrait, un nouvel élan était donné à la conversation, qui reprenait sa vivacité.

Le besoin de sa présence se fit particulièrement sentir un jour où il fut appelé à Millcote pour ses affaires; il ne devait revenir que tard.

Le temps était humide; on s'était proposé d'aller voir un camp de Bohémiens arrivés dernièrement dans une commune au delà de Hay; mais la pluie força d'abandonner ce projet; plusieurs messieurs partirent visiter les étables, les plus jeunes allèrent jouer au billard avec quelques dames. Lady Ingram et Lady Lynn se mirent tranquillement aux cartes; Blanche Ingram, après avoir fatigué par son silence dédaigneux Mme Dent et Mme Eshton, qui voulaient l'associer à leur conversation, se mit à fredonner une romance sentimentale en s'accompagnant

du piano; puis elle alla chercher un roman, se jeta d'un air
indifférent sur le sofa, et se prépara à charmer par une amu-
sante fiction les heures de l'absence. Toute la maison était silencieuse; de temps en temps seulement on entendait de joyeux
éclats de rire dans la salle de billard.

La nuit approchait; on avait déjà sonné la cloche pour avertir
que l'heure de s'habiller était venue, quand la petite Adèle,
agenouillée à mes pieds devant la fenêtre du salon, s'écria :

« Voilà M. Rochester qui revient. »

Je me retournai; Mlle Ingram se leva, et tout le monde regarda vers la fenêtre, car au même instant on entendit des
piétinements et un bruit de roues dans l'allée du château; on
vit avancer une chaise de poste.

« Pourquoi revient-il en voiture? dit Mlle Ingram; il est parti
sur son cheval Mesrour, et Pilote l'accompagnait; qu'a-t-il pu
faire du chien? »

En disant ces mots, elle approcha sa grande taille et ses
amples vêtements si près de la fenêtre, que je fus obligée de me
jeter brusquement en arrière : dans son empressement, elle ne
m'avait pas remarquée; mais lorsqu'elle me vit, elle releva dé-
daigneusement sa lèvre orgueilleuse et alla vers une autre
fenêtre. La chaise de poste s'arrêta. Le conducteur sonna et un
monsieur descendit en habit de voyage. Au lieu de M. Rochester, j'aperçus un étranger, grand et aux manières élégantes.

« Mon Dieu, que c'est irritant! s'écria Mlle Ingram; et vous,
insupportable petit singe, ajouta-t-elle en s'adressant à Adèle,
qui vous a perchée sur cette fenêtre pour donner de faux renseignements? »

Elle jeta un regard mécontent sur moi, comme si j'étais cause
de cette méprise.

On entendit parler dans la grande salle, et le nouveau venu
fut introduit; il salua lady Ingram, parce qu'elle lui parut la
dame la plus âgée de la société.

« Il paraît que j'ai mal choisi mon moment, madame, dit-il;
mon ami M. Rochester est absent; mais je viens d'un long
voyage, et je compte assez sur notre ancienne amitié pour m'installer ici jusqu'à son retour. »

Ses manières étaient polies; son accent avait quelque chose
de tout particulier; il ne me semblait ni étranger ni Anglais; il
pouvait avoir le même âge que M. Rochester, de trente à quarante ans. Si son teint n'avait pas été si jaune, le nouveau venu
aurait été beau, surtout au premier coup d'œil; en regardant de
plus près, on trouvait dans sa figure quelque chose qui déplai-

sait; ou plutôt il lui manquait ce qu'il faut pour plaire : ses traits étaient réguliers, mais mous; ses yeux grands et bien fendus, mais inanimés. Telle fut du moins l'impression qu'il me produisait

. La cloche dispersa les invités, et ce ne fut qu'après le dîner que je revis l'étranger; ses manières n'étaient plus gênées, mais sa figure me plut moins encore qu'avant; ses traits étaient à la fois immobiles et désordonnés; ses yeux erraient sur tous les objets, sans même en avoir conscience; son regard était étrange. Bien que sa figure fût assez belle et assez aimable, elle me repoussait; ce visage ovale manquait de puissance; cette petite bouche vermeille, de fermeté; il n'y avait rien de pensif dans ce front bas; ces yeux bruns et troubles n'exprimaient jamais le commandement.

Assise à ma place ordinaire, je pouvais le voir facilement, car il était éclairé en plein par les candélabres de la cheminée; il s'était placé dans le fauteuil le plus près du feu, et s'avançait de plus en plus vers la flamme, comme s'il avait froid. Je le comparai à M. Rochester; il me semble qu'entre un jars bien lisse et un faucon sauvage, entre une douce brebis et son gardien, le dogue à la peau rude et à l'œil aiguisé, la différence ne doit pas être beaucoup plus grande.

Il avait parlé de M. Rochester comme d'un ancien ami; curieuse amitié! Preuve évidente de la vérité de l'ancien dicton : les extrêmes se touchent.

Deux ou trois messieurs l'entouraient, et j'entendais de temps en temps des fragments de leur conversation; d'abord je ne pus pas bien comprendre. Louisa Eshton et Mary Ingram, qui étaient assises près de moi, m'empêchaient de tout entendre; elles aussi parlaient de l'étranger; toutes les deux le trouvaient très-beau; Louisa prétendait que c'était une charmante créature et qu'elle l'adorait; Marie faisait remarquer son nez délicat et sa petite bouche, qui lui semblaient d'une beauté idéale.

« Comme son front est doux! s'écria Louisa; son visage n'a aucune de ces irrégularités que je déteste tant; quelle tranquillité dans son œil et dans son sourire! »

A mon grand contentement, M. Henry Lynn les appela à l'autre bout de la chambre pour leur parler de l'excursion projetée à la commune de Hay.

Je pus alors concentrer toute mon attention sur le groupe placé près du feu; j'appris que le nouveau venu s'appelait M. Mason, qu'il venait de débarquer en Angleterre, et qu'il arrivait d'un pays chaud; je m'expliquai alors la couleur de sa figure, son empressement à s'approcher du feu, et je compris pourquoi il portait un manteau même à la maison. Les mots Jamaïque, Kingston, villes espagnoles, m'indiquèrent qu'il avait résidé aux Indes Occidentales. Je ne fus pas peu étonnée lorsque j'appris que c'était là qu'il avait vu M. Rochester pour la première fois, et il dit que son ami n'aimait pas les brûlantes chaleurs, les ouragans et les saisons pluvieuses de ces pays. Je savais par Mme Fairfax que M. Rochester avait voyagé, mais je croyais qu'il s'était borné à visiter l'Europe. Jusque-là, pas un mot n'avait pu me faire supposer qu'il eût erré sur des rives éloignées.

Je réfléchissais, lorsqu'un incident tout à fait inattendu vint rompre ma rêverie. M. Mason, qui grelottait chaque fois qu'on ouvrait une porte, demanda d'autre charbon pour mettre dans le feu, qui avait cessé de flamber, bien qu'un amas de cendres rouges répandît encore une grande chaleur. Le domestique, après avoir apporté le charbon, s'arrêta près de Mme Eshton, et lui dit quelque chose à voix basse; je n'entendis que ces mots : « Une vieille femme très-ennuyeuse. »

« Dites-lui qu'on la mettra en prison si elle ne veut pas partir, répondit le magistrat.

— Non, arrêtez, interrompit le colonel Dent, ne la renvoyez pas, Eshton; nous pouvons nous en servir; consultons d'abord les dames. » Et il continua à haute voix : « Mesdames, vous vouliez aller visiter le camp des Bohémiens à la commune de Hay; Sam vient de nous dire qu'une de ces vieilles sorcières est dans la salle des domestiques et demande à être présentée à la société pour dire la bonne aventure; désirez-vous la voir?

— Certainement, colonel, s'écria lady Ingram, vous n'encouragerez pas une si grossière imposture; renvoyez cette femme d'une façon ou d'une autre.

— Mais je ne puis la faire partir, madame, dit Sam, ni les autres domestiques non plus; dans ce moment-ci Mme Fairfax l'engage à se retirer, mais elle s'est assise au coin de la cheminée, et dit que rien ne l'en fera sortir jusqu'au moment où on l'aura présentée ici.

— Et que veut-elle? demanda Mme Esthon.

— Dire la bonne aventure, madame, et elle a juré qu'elle y réussirait.

— Comment est-elle? demandèrent les demoiselles Esthon.

— Oh! horriblement laide, mesdemoiselles; presque aussi noire que la suie.

— C'est une vraie sorcière alors, s'écria Frédéric Lynn; qu'on la fasse entrer!

— Certainement, répondit son frère, ce serait dommage de perdre ce plaisir.

— Mes chers enfants, y pensez-vous? s'écria lady Lynn.

— Je ne supporterai pas une semblable chose, ajouta lady Ingram.

— En vérité, ma mère? et pourtant il le faudra, s'écria la voix impérieuse de Blanche, en se tournant sur le tabouret du piano, où jusque-là elle était demeurée silencieuse à examiner de la musique; je suis curieuse d'entendre ma bonne aventure. Sam, faites entrer cette femme.

— Ma Blanche chérie! songez...

— Je sais tout ce que vous pourrez me dire, mais je veux qu'on m'obéisse. Allons, dépêchez-vous, Sam.

— Oui, oui, oui, s'écrièrent tous les jeunes gens et toutes les jeunes filles; faites-la entrer, cela nous amusera. »

Le domestique hésita encore un instant.

« Elle a l'air d'une femme si grossière! dit-il.

— Allez, » s'écria Mlle Ingram; et Sam partit.

Aussitôt l'animation se répandit dans le salon; un feu roulant de railleries et de plaisanteries avait déjà commencé lorsque Sam rentra.

« Elle ne veut pas venir maintenant, dit-il; elle prétend que ce n'est pas sa mission de paraître ainsi devant un vil troupeau (ce sont ses expressions). Il faut, dit-elle, que je la mène dans une chambre où ceux qui voudront la consulter viendront l'un après l'autre.

— Vous voyez, ma royale Blanche, elle devient de plus en plus exigeante; soyez raisonnable, mon bel ange.

— Menez-la dans la bibliothèque, s'écria impérieusement le bel ange. Ce n'est pas ma mission non plus de l'entendre devant un vil troupeau. Je veux l'avoir pour moi seule. Y a-t-il du feu dans la bibliothèque?

— Oui, madame; mais elle a l'air si intraitable!

— Cessez votre bavardage, lourdaud, et obéissez-moi. »

Sam sortit, et le mystère, l'animation, l'attente, s'emparèrent de nouveau des esprits.

« Elle est prête maintenant, dit le domestique en entrant, et désire savoir quelle est la première personne qu'elle va voir.

— Je crois bien que je ferais mieux de jeter un coup d'œil sur cette sorcière avant de laisser les dames s'entretenir avec elle, s'écria le colonel Dent; dites-lui, Sam, que c'est un monsieur qui va venir. »

Sam sortit et rentra bientôt.

« Elle ne veut pas, dit-elle, recevoir de messieurs; ils n'ont que faire de se déranger. » Puis il ajouta en réprimant avec peine un sourire : « Elle ne veut s'entretenir qu'avec les femmes jeunes t pas mariées.

— Par Dieu, elle a du goût, » s'écria Henri Lynn.

Mlle Ingram se leva avec solennité.

« J'irai la première, dit-elle d'un ton tragique.

— Oh! ma chérie, réfléchissez! » s'écria sa mère.

Mais Blanche passa silencieusement devant lady Ingram, franchit la porte que le colonel Dent tenait ouverte, et nous l'entendîmes entrer dans la bibliothèque.

Il s'ensuivit un silence relatif; lady Ingram pensa que c'était le cas de joindre les mains, et elle le fit en conséquence; Marie déclara que, quant à elle, elle n'oserait jamais s'aventurer; Amy et Louisa riaient tout bas et semblaient un peu effrayées.

Le temps parut long; un quart d'heure s'écoula sans qu'on entendît ouvrir la porte de la bibliothèque; enfin, Mlle Ingram revint par la salle à manger.

Allait-elle rire et prendre tout cela en plaisanterie? Tous les yeux se fixèrent sur elle avec curiosité. Elle répondit à ces regards par un coup d'œil froid; elle n'était ni gaie ni agitée; elle s'avança majestueusement vers sa place, et s'assit en silence.

« Eh bien! Blanche? dit lord Ingram.

— Que vous a-t-elle dit, ma sœur? demanda Marie.

— Que pensez-vous d'elle? Est-elle une vraie diseuse de bonne aventure? s'écrièrent les demoiselles Eshton.

— Mes bons amis, répondit Mlle Ingram, ne m'accablez pas ainsi de questions! Vraiment votre curiosité et votre crédulité sont facilement excitées : par l'importance que vous attachez tous, ma mère même, à tout ceci, on croirait que nous avons dans la maison quelque savant génie, ami du diable. J'ai simplement vu une Bohémienne vagabonde qui a étudié la science de la chiromancie; elle m'a dit ce que disent toujours ces gens-là; mais ma fantaisie est satisfaite, et je pense que M. Eshton fera bien de la jeter en prison demain, comme il l'en a menacée. »

Mlle Ingram prit un livre, se pencha sur sa chaise, et de cette manière coupa court à toute conversation. Je l'examinai une demi-heure environ; pendant ce temps elle ne tourna pas une seule page de son livre; son visage s'obscurcissait, devenait de plus en plus mécontent, et indiquait un évident désappointement. Certainement elle n'avait pas été charmée de ce qu'on lui avait dit; son silence et sa mauvaise humeur prolongée me prouvaient, malgré son indifférence affectée, qu'elle attachait une grande importance aux révélations qui venaient de lui être faites.

Marie Ingram, Amy et Louisa Eshton déclarèrent qu'elles n'oseraient point aller seules, et pourtant elles désiraient voir la sorcière; une négociation fut ouverte par le moyen de l'ambassadeur Sam. Il y eut tant d'allées et venues que le malheureux Sam devait avoir les jambes brisées. Pourtant, après avoir fait bien des difficultés, la rigoureuse sibylle permit enfin aux trois jeunes filles de venir ensemble.

Leur visite ne fut pas aussi tranquille que celle de Mlle Ingram: on entendait de temps en temps des ricanements et des petits cris; au bout de vingt minutes, elles ouvrirent précipitamment la porte, traversèrent la grande salle en courant et arrivèrent tout agitées.

« Ce n'est pas grand'chose de bon, s'écrièrent-elles toutes ensemble; elle nous a dit tant de choses! elle sait tout ce qui nous concerne! »

En prononçant ces mots, elles tombèrent essoufflées sur les siéges que les jeunes gens s'étaient empressés de leur apporter.

On leur demanda de s'expliquer plus clairement; elles déclarèrent que la sorcière leur avait répété ce qu'elles avaient fait et dit lorsqu'elles étaient enfants, qu'elle leur avait parlé des livres et des ornements qui se trouvaient dans leurs boudoirs, des souvenirs que leur avaient donnés leurs amis; elles affirmèrent aussi que la sorcière connaissait même leurs pensées, et qu'elle avait murmuré à l'oreille de chacune la chose qu'elle désirait le plus et le nom de la personne qu'elle aimait le mieux au monde.

Ici les jeunes gens demandèrent de plus amples explications sur les deux derniers points : mais les jeunes filles ne purent que rougir, balbutier et sourire; les mères présentèrent des éventails à leurs filles, et répétèrent encore qu'on avait eu tort de ne pas suivre leurs conseils; les vieux messieurs riaient, et les jeunes gens offraient leurs services aux jeunes filles agitées.

Au milieu de ce tumulte et pendant que j'étais absorbée par la scène qui se passait devant moi, quelqu'un me toucha le coude; je me retournai et je vis Sam.

« La sorcière dit qu'il y a dans la chambre une jeune fille à laquelle elle n'a pas encore parlé, et elle a juré de ne pas partir avant de l'avoir vue. J'ai pensé que ce devait être vous, car il n'y a personne autre; que dois-je lui dire?

— Oh! j'irai! » répondis-je.

J'étais contente de pouvoir satisfaire ainsi ma curiosité, qui venait d'être si vivement excitée. Je sortis de la chambre sans que personne me vît, car tout le monde était occupé des trois tremblantes jeunes filles.

« Si vous désirez, mademoiselle, me dit Sam, je vous attendrai dans la salle, dans le cas où elle vous ferait peur; vous n'auriez qu'à m'appeler et je viendrais tout de suite.

— Non, Sam, retournez à la cuisine; je n'ai pas peur le moins du monde. »

C'était vrai, je n'avais pas peur; mais tout cela m'intéressait et excitait ma curiosité.

CHAPITRE XIX.

La bibliothèque était tranquille; la sibylle, assise sur un fauteuil au coin de la cheminée, portait un manteau rouge, un chapeau noir, ou plutôt une coiffure à larges bords attachée au-dessous du menton à l'aide d'un mouchoir de toile; sur la table se trouvait une chandelle éteinte; la Bohémienne était penchée vers le foyer et lisait à la lueur des flammes un petit livre semblable à un livre de prières; en lisant elle marmottait tout haut, comme le font souvent les vieilles femmes. Elle n'interrompit pas sa lecture en me voyant entrer: il paraît qu'elle désirait finir un paragraphe.

Je m'avançai vers le feu, et je réchauffai mes mains qui s'étaient refroidies dans le salon, car je n'osais pas m'approcher de la cheminée. Je n'avais jamais été plus calme; du reste, rien dans l'extérieur de la Bohémienne n'était propre à troubler. Elle ferma son livre et me regarda lentement; le bord de son chapeau cachait en partie son visage; cependant, lorsqu'elle leva la tête, je pus remarquer que sa figure était singulière : elle était d'un brun foncé; on voyait passer sous le mouchoir blanc qui retenait son chapeau quelques boucles de cheveux qui venaient effleurer ses joues ou plutôt sa bouche. Elle fixa sur moi son regard direct et hardi.

« Eh bien! vous voulez savoir votre bonne aventure? dit-elle, d'une voix aussi décidée que son regard, aussi dure que ses traits

— Je n'y tiens pas beaucoup, ma mère; vous pouvez me la dire si cela vous plaît, mais je dois vous avertir que je ne crois pas à votre science.

— Voilà une impudence qui ne m'étonne pas de vous; je m'y attendais; vos pas me l'avaient annoncé, lorsque vous avez franchi le seuil de la porte.

— Vous avez l'oreille fine?

— Oui, et l'œil prompt et le cerveau actif.

— Ce sont trois choses bien nécessaires dans votre état.

— Surtout lorsque j'ai affaire à des gens comme vous; pourquoi ne tremblez-vous pas?

— Je n'ai pas froid.

— Pourquoi ne pâlissez-vous pas?

— Je ne suis pas malade.

— Pourquoi n'interrogez-vous pas mon art?

— Je ne suis pas niaise. »

La vieille femme cacha un sourire, puis prenant une pipe courte et noire, elle l'alluma et se mit à fumer; après avoir aspiré quelques bouffées de ce parfum calmant, elle redressa son corps courbé, retira la pipe de ses lèvres, et regardant le feu, elle dit d'un ton délibéré :

« Vous avez froid, vous êtes malade et niaise.

— Prouvez-le, dis-je.

— Je vais le faire, et en peu de mots : vous avez froid, parce que vous êtes seule; aucun contact n'a encore fait jaillir la flamme du feu qui brûle en vous : vous êtes malade, parce que vous ne connaissez pas le meilleur, le plus noble et le plus doux des sentiments que le ciel ait accordés aux hommes : vous êtes niaise, parce que vous auriez beau souffrir, vous n'inviteriez pas ce sentiment à s'approcher de vous; vous ne feriez même pas un effort pour aller le trouver là où il vous attend. »

Elle plaça de nouveau sa pipe noire entre ses lèvres, et recommença à fumer avec force.

« Vous pourriez dire cela à presque tous ceux qui vivent solitaires et dépendants dans une grande maison.

— Oui, je pourrais le dire; mais serait-ce vrai pour presque tous?

— Pour presque tous ceux qui sont dans ma position.

— Oui, dans votre position; mais trouvez-moi une seule personne placée exactement dans votre position.

— Il serait facile d'en trouver mille.

— Je vous dis que vous auriez peine à en trouver une. Si vous saviez quelle est votre situation! bien près du bonheur, au moment de l'atteindre; les éléments en sont prêts; il ne faut qu'un seul mouvement pour les réunir : le hasard les a éloignés les uns des autres; qu'ils soient rapprochés, et le résultat sera beau.

— Je ne comprends pas les énigmes; je n'ai jamais su les deviner.

— Vous voulez que je parle plus clairement? Montrez-moi la paume de votre main.

— Je suppose qu'il faut la croiser avec de l'argent?

— Certainement. »

Je lui donnai un schelling; elle le mit dans un vieux bas qu'elle retira de sa poche, et après l'avoir attaché, elle me dit d'ouvrir la main. J'obéis; elle l'approcha de sa figure et la regarda sans la toucher.

« Elle est trop fine, dit-elle, je ne puis rien faire d'une semblable main; elle n'a presque pas de lignes, et puis, que peut-on voir dans une paume? ce n'est pas là que la destinée est écrite.

— Je vous crois, répondis-je.

— Non, continua-t-elle, c'est sur la figure, sur le front, dans les yeux, dans les lignes de la bouche; agenouillez-vous et regardez-moi.

— Ah! vous approchez de la vérité, répondis-je en obéissant; je serai bientôt forcée de vous croire. »

Je m'agenouillai à un demi-mètre d'elle; elle remua le feu, et le charbon jeta une vive clarté. Mais elle s'assit de manière à être encore plus dans l'ombre; moi seule j'étais éclairée.

« Je voudrais savoir avec quel sentiment vous êtes venue vers moi, me dit-elle après m'avoir examinée un instant; je voudrais savoir quelles pensées occupent votre esprit pendant les longues heures que vous passez dans ce salon, près de ces gens élégants qui s'agitent devant vous comme les ombres d'une lanterne magique : car entre vous et eux il n'y a pas plus de communication et de sympathie qu'entre des hommes et des ombres.

— Je suis souvent fatiguée, quelquefois ennuyée, rarement triste.

— Alors quelque espérance secrète vous soutient et murmure à votre oreille de belles promesses pour l'avenir.

— Non; tout ce que j'espère, c'est de gagner assez d'argent our pouvoir un jour établir une école dans une petite maison que je louerai.

— Ces idées ne sont propres qu'à distraire votre imagination pendant que vous êtes assise dans le coin de la fenêtre; vous voyez que je connais vos habitudes.

— Vous les aurez apprises par les domestiques.

— Ah! vous croyez montrer de la pénétration; eh bien! à parler franchement, je connais ici quelqu'un, Mme Poole. »

Je tressaillis en entendant ce nom.

« Ah! ah! pensai-je, il y a bien vraiment quelque chose d'infernal dans tout ceci.

— N'ayez pas peur, continua l'étrange Bohémienne, Mme Poole est une femme sûre, discrète et tranquille; on peut avoir confiance en elle. Mais pendant que vous êtes assise au coin de votre fenêtre, ne pensez-vous qu'à votre future école? Parmi tous ceux qui occupent les chaises ou les divans du salon, n'y en a-t-il aucun qui ait pour vous un intérêt actuel? n'étudiez-vous aucune figure? N'y en a-t-il pas une dont vous suivez les mouvements, au moins avec curiosité?

— J'aime à observer toutes les figures et toutes les personnes.

— Mais n'en remarquez-vous pas une plus particulièrement, ou même deux?

— Oh! si, et bien souvent; lorsque les regards ou les gestes de deux personnes semblent raconter une histoire, j'aime à les regarder.

— Quel est le genre d'histoire que vous préférez?

— Oh! je n'ai pas beaucoup de choix; elles roulent presque toutes sur le même thème : l'amour, et promettent le même dénoûment : le mariage.

— Et aimez-vous ce thème monotone?

— Peu m'importe; cela m'est assez indifférent.

— Cela vous est indifférent? Quand une femme jeune, belle, pleine de vie et de santé, charmante de beauté, douée de tous les avantages du rang et de la fortune, sourit à un homme, vous....

— Eh bien!

— Vous pensez peut-être....

— Je ne connais aucun des messieurs ici; c'est à peine si j'ai échangé une parole avec l'un d'eux, et quant à ce que j'en pense, c'est facile à dire : quelques-uns me semblent dignes, respectables et d'un âge mur; d'autres jeunes, brillants, beaux et pleins de vie; mais certainement tous sont bien libres de recevoir les sourires de qui leur plaît, sans que pour cela je désire un seul instant être à la place des jeunes filles courtisées.

— Vous ne connaissez pas les messieurs qui demeurent au château? Vous n'avez pas échangé un seul mot avec eux, dites-vous? Oserez-vous me soutenir que vous n'avez jamais parlé au maître de la maison?

— Il n'est pas ici.

— Remarque profonde, ingénieux jeu de mots! il est parti
pour Millcote ce matin, et sera de retour ce soir ou demain;
est-ce que cette circonstance vous empêcherait de le connaître?

— Non, mais je ne vois pas le rapport qu'il y a entre M. Rochester et ce dont vous me parliez tout à l'heure.

— Je vous parlais des dames qui souriaient aux messieurs,
et dernièrement tant de sourires ont été versés dans les yeux de
M. Rochester, que ceux-ci débordent comme des coupes trop
pleines. Ne l'avez-vous pas remarqué?

— M. Rochester a le droit de jouir de la société de ses hôtes.

— Je ne vous questionne pas sur ses droits; mais n'avez-
vous pas remarqué que, de tous ces petits drames qui se jouaient
sous vos yeux, celui de M. Rochester était le plus animé?

— L'avidité du spectateur excite la flamme de l'acteur. »

En disant ces mots, c'était plutôt à moi que je parlais qu'à la
Bohémienne; mais la voix étrange, les manières, les discours de
cette femme, m'avaient jetée dans une sorte de rêve; elle me
lançait des sentences inattendues l'une après l'autre, jusqu'à
ce qu'elle m'eût complétement déroutée. Je me demandais quel
était cet esprit invisible qui, pendant des semaines, était resté
près de mon cœur pour en étudier le travail et en écouter les
pulsations.

« L'avidité du spectateur? répéta-t-elle; oui, M. Rochester est
resté des heures prêtant l'oreille aux lèvres fascinantes qui semblaient si heureuses de ce qu'elles avaient à communiquer, et
M. Rochester paraissait satisfait de cet hommage, et reconnaissant de la distraction qu'on lui accordait. Ah! vous avez remarqué cela?

— Reconnaissant! je ne me rappelle pas avoir jamais vu sa
figure exprimer la gratitude.

— Vous l'avez donc analysée? qu'exprimait-elle alors? »

Je ne répondis pas.

« Vous y avez vu l'amour, n'est-ce pas? et, regardant dans
l'avenir, vous avez vu M. Rochester marié et sa femme heureuse?

— Non pas précisément; votre science vous fait quelquefois
défaut.

— Alors, que diable avez-vous vu?

— N'importe; je venais vous interroger et non pas me confesser; c'est une chose connue que M. Rochester va se marier.

— Oui, avec la belle Mlle Ingram.

— Enfin!

— Les apparences, en effet, semblent toutes annoncer ce ma-

riage, et ce sera un couple parfaitement heureux, bien que avec
une audace qui mériterait un châtiment, vous sembliez en douter; il aimera cette femme noble, belle, spirituelle, accomplie
en un mot. Quant à elle, il est probable qu'elle aime M. Rochester, ou du moins son argent; je sais qu'elle considère les do-
maines de M. Rochester comme dignes d'envie, quoique, Dieu
me le pardonne, je lui ai dit tout à l'heure sur ce sujet quelque
chose qui l'a rendue singulièrement grave; les coins de sa bouche se sont abaissés d'un demi-pouce. Je conseillerai à son triste
adorateur de faire attention : car si un autre vient se présenter
avec une fortune plus brillante et moins embrouillée, c'en est
fait de lui.

— Je ne suis pas venue pour entendre parler de la fortune
de M. Rochester, mais pour connaître ma destinée, et vous ne
m'en avez encore rien dit.

— Votre destinée est douteuse; quand j'examine votre figure,
un trait en contredit un autre. La fortune a mis en réserve pour
vous une riche moisson de bonheur; je le sais, je le savais avant
de venir ici : car je l'ai moi-même vue faire votre part et la
mettre de côté. Il dépend de vous d'étendre la main et de la
prendre; et j'étudie votre visage pour savoir si vous le ferez.
Agenouillez-vous encore sur le tapis.

— Ne me gardez pas trop longtemps ainsi; le feu me brûle. »

Je m'agenouillai. Elle ne s'avança pas vers moi, mais elle se
contenta de me regarder, en s'appuyant le dos sur sa chaise;
puis elle se mit à murmurer :

« Voilà des yeux remplis de flamme et qui scintillent comme
la rosée; ils sont doux et pleins de sentiment : mon jargon les
fait sourire; ainsi donc ils sont susceptibles : les impressions
se suivent rapidement dans leur transparent orbite; quand ils
cessent de sourire, ils deviennent tristes : une lassitude, dont
ils n'ont même pas conscience, appesantit leurs paupières; cela
indique la mélancolie résultant de l'isolement : ils se détournent
de moi, ils ne veulent pas être examinés plus longtemps; ils
semblent nier, par leur regard moqueur, la vérité de mes découvertes, nier leur sensibilité et leur tristesse; mais cet orgueil et
cette réserve me confirment dans mon opinion. Les yeux sont
favorables.

« Quant à la bouche, elle se plaît quelquefois à rire; elle est
disposée à raconter tout ce qu'a conçu le cerveau, mais elle
reste silencieuse sur ce qu'a éprouvé le cœur; elle est mobile et
flexible, et n'a jamais été destinée à l'éternel silence de la solitude; c'est une bouche faite pour parler beaucoup, sourire sou-

vent, et avoir pour interlocuteur un être aimé. Elle aussi est propice.

« Dans le front seulement, je vois un ennemi de l'heureuse destinée que j'ai prédite. Ce front a l'air de dire : « Je peux vivre « seule, si ma dignité et les circonstances l'exigent; je n'ai pas « besoin de vendre mon âme pour acheter le bonheur; j'ai un « trésor intérieur, né avec moi, qui saura me faire vivre si les « autres joies me sont refusées, ou s'il faut les acheter à un « prix que je ne puis donner; ma raison est ferme et tient les « rênes; elle ne laissera pas mes sentiments se précipiter dans « le vide; la passion pourra crier avec fureur, en vraie païenne « qu'elle est; les désirs pourront inventer une infinité de choses « vaines, mais le jugement aura toujours le dernier mot, et sera « chargé de voter toute décision. L'ouragan, les tremblements « de terre et le feu pourront passer près de moi; mais j'écou- « terai toujours la douce voix qui interprète les volontés de la « conscience. »

« Le front a raison, continua la Bohémienne, et sa déclara- tion sera respectée; oui, j'ai fait mon plan et je le crois bon: car, en le formant, j'ai écouté le cri de la conscience et les con- seils de la raison. Je sais combien vite la jeunesse se fanerait et la fleur périrait, si dans la coupe de joie se trouvait mélangée une seule goutte de honte ou de remords!

« Je ne veux ni sacrifice, ni ruine, ni tristesse; je désire éle- ver et non détruire; mériter la reconnaissance, et non pas faire couler le sang et les larmes. Ma moisson sera douce, et se fera au milieu de la joie et des sourires! Mais je m'égare dans un ravissant délire. Oh! je voudrais prolonger cet instant indéfini- ment, mais je n'ose pas; jusqu'ici, je me suis entièrement do- miné; j'ai agi comme j'avais dessein d'agir; mais, si je conti- nuais, l'épreuve pourrait être au-dessus de mes forces. Debout, mademoiselle Eyre, et laissez-moi; la comédie est jouée! »

Etais-je endormie ou éveillée? avais-je rêvé, et mon rêve con- tinuait-il encore? La voix de la vieille femme était changée; son accent, ses gestes, m'étaient aussi familiers que ma propre figure; je connaissais son langage aussi bien que le mien; je me levai, mais je ne partis pas. Je la regardais; j'attisai le feu pour la mieux voir, mais elle ramena son chapeau et son mouchoir plus près de son visage et me fit signe de m'éloigner; la flamme éclairait la main qu'elle étendait; mes soupçons étaient éveil- lés; j'examinai cette main : ce n'était pas le membre flétri d'une vieille femme, mais une main potelée, souple, et des doigts ronds et doux; un large anneau brillait au petit doigt.

Je m'avançai pour le regarder, et j'aperçus une pierre que j'avais vue cent fois déjà; je contemplai de nouveau la figure, qui ne se détourna plus de moi; au contraire, le chapeau avait été jeté en arrière, ainsi que le mouchoir, et la tête était dirigée de mon côté.

« Eh bien, Jane, me reconnaissez-vous? demanda la voix familière.

— Retirez ce manteau rouge, monsieur, et alors...

— Il y a un nœud, aidez-moi.

— Cassez le cordon, monsieur.

— Eh bien donc! loin de moi, vêtements d'emprunt! et M. Rochester s'avança, débarrassé de son déguisement.

— Mais, monsieur, quelle étrange idée avez-vous eue là?

— J'ai bien joué mon rôle; qu'en pensez-vous?

— Il est probable que vous vous en êtes fort bien acquitté avec les dames.

— Et pas avec vous?

— Avec moi, vous n'avez pas joué le rôle d'une Bohémienne.

— Quel rôle ai-je donc joué? suis-je resté moi-même?

— Non, vous avez joué un rôle étrange; vous avez cherché à me dérouter; vous avez dit des choses qui n'ont pas de sens, pour m'en faire dire également; c'est tout au plus bien de votre part, monsieur.

— Me pardonnez-vous? Jane.

— Je ne puis pas vous le dire avant d'y avoir pensé; si, après mûre réflexion, je vois que vous ne m'avez pas fait tomber dans de trop grandes absurdités, j'essayerai d'oublier : mais ce n'était pas bien à vous de faire cela.

— Oh! vous avez été très-sage, très-prudente et très-sensible. »

Je réfléchis à tout ce qui s'était passé et je me rassurai; car j'avais été sur mes gardes depuis le commencement de l'entretien : je soupçonnais quelque chose; je savais que les Bohémiennes et les diseuses de bonne aventure ne s'exprimaient pas comme cette prétendue vieille femme; j'avais remarqué sa voix feinte, son soin à cacher ses traits; j'avais aussitôt pensé à Grace Poole, cette énigme vivante, ce mystère des mystères; mais je n'avais pas un instant songé à M. Rochester.

« Eh bien! me dit-il, à quoi rêvez-vous? Que signifie ce grave sourire?

— Je m'étonne de ce qui s'est passé, et je me félicite de la conduite que j'ai tenue, monsieur; mais il me semble que vous m'avez permis de me retirer.

— Non, restez un moment, et dites-moi ce qu'on fait dans 'o
salon.

— Je pense qu'on parle de la Bohémienne.

— Asseyez-vous et racontez-moi ce qu'on en disait.

— Je ferais mieux de ne pas rester longtemps, monsieur, il est
près de onze heures; savez-vous qu'un étranger est arrivé ici
ce matin?

— Un étranger! qui cela peut-il être? je n'attendais personne.
Est-il parti?

— Non; il dit qu'il vous connaît depuis longtemps et qu'il peut
prendre la liberté de s'installer au château jusqu'à votre retour.

— Diable! a-t-il donné son nom?

— Il s'appelle Mason, monsieur; il vient des Indes Occidentales, de la Jamaïque, je crois. »

M. Rochester était debout près de moi; il m'avait pris la main,
comme pour me conduire à une chaise : lorsque j'eus fini de
parler, il me serra convulsivement le poignet; ses lèvres cessèrent de sourire; on eût dit qu'il avait été subitement pris d'un
spasme.

« Mason, les Indes Occidentales! dit-il du ton d'un auto-
mate qui ne saurait prononcer qu'une seule phrase; Mason,
les Indes Occidentales! » répéta-t-il trois fois. Il murmura ces
mêmes mots, devenant de moment en moment plus pâle; il semblait savoir à peine ce qu'il faisait.

« Êtes-vous malade, monsieur? demandai-je.

— Jane! Jane! j'ai reçu un coup, j'ai reçu un coup! et il
chancela.

— Oh! appuyez-vous sur moi, monsieur.

— Jane, une fois déjà vous m'avez offert votre épaule; don-
nez-la-moi aujourd'hui encore.

— Oui, monsieur, et mon bras aussi. »

Il s'assit et me fit asseoir à côté de lui; il prit ma main dans
les siennes et la caressa en me regardant; son regard était triste
et troublé.

« Ma petite amie, dit-il, je voudrais être seul avec vous dans
une île bien tranquille, où il n'y aurait plus ni trouble, ni danger, ni souvenirs hideux.

— Puis-je vous aider, monsieur? je donnerais ma vie pour
vous servir.

— Jane, si j'ai besoin de vous, ce sera vers vous que j'irai.
Je vous le promets.

— Merci, monsieur; dites-moi ce qu'il y a à faire, et j'essayerai du moins.

« Eh bien, Jane, allez me chercher un verre de vin dans la salle à manger. On doit être à souper; vous me direz si Mason est avec les autres et ce qu'il fait. »

J'y allai et je trouvai tout le monde réuni dans la salle à manger pour le souper, ainsi que me l'avait annoncé M. Rochester. Mais personne ne s'était mis à table; le souper avait été arrangé sur le buffet, les invités avaient pris ce qu'ils voulaient et s'étaient réunis en groupe, portant leurs assiettes et leurs verres dans leurs mains. Tout le monde riait; la conversation était générale et animée. M. Mason, assis près du feu, causait avec le colonel et Mme Dent; il semblait aussi gai que les autres. Je remplis un verre de vin; Mlle Ingram me regarda d'un air sévère; elle pensait probablement que j'étais bien audacieuse de prendre cette liberté : je retournai ensuite dans la bibliothèque.

L'extrême pâleur de M. Rochester avait disparu; il avait l'air triste, mais ferme; il prit le verre de mes mains et s'écria :

« A votre santé, esprit bienfaisant! »

Après avoir bu le vin, il me rendit le verre et me dit :

« Eh bien, Jane, que font-ils?

— Ils rient et ils causent, monsieur.

— Ils n'ont pas l'air grave et mystérieux, comme s'ils avaient entendu quelque chose d'étrange?

— Pas le moins du monde; ils sont au contraire pleins de gaieté.

— Et Mason?

— Rit comme les autres.

— Et si, au moment où j'entrerai dans le salon, tous se précipitaient vers moi pour m'insulter, que feriez-vous, Jane?

— Je les renverrais de la chambre, si je pouvais, monsieur. »

Il sourit à demi.

« Mais, continua-t-il, si, quand je m'avancerai vers mes convives pour les saluer, ils me regardent froidement, se mettent à parler bas et d'un ton railleur; si enfin ils me quittent tous l'un après l'autre, les suivrez-vous, Jane?

— Je ne pense pas, monsieur; je trouverai plus de plaisir à rester avec vous.

— Pour me consoler?

— Oui, monsieur; pour vous consoler autant qu'il serait en mon pouvoir.

— Et s'ils lançaient sur vous l'anathème, pour m'être restée fidèle?

— Il est probable que je ne comprendrais rien à leur anathème, et en tout cas je n'y ferais point attention.

— Alors vous pourriez braver l'opinion pour moi ?

— Oui, pour vous, ainsi que pour tous ceux de mes amis qui,
comme vous, sont dignes de mon attachement.

— Eh bien, retournez dans le salon ; allez tranquillement vers
M. Mason et dites-lui tout bas que M. Rochester est arrivé et
désire le voir ; puis vous le conduirez ici et vous nous laisse-
rez seuls.

— Oui, monsieur. »

Je fis ce qu'il m'avait demandé ; tout le monde me regarda en
me voyant passer ainsi au milieu du salon ; je m'acquittai de
mon message envers M. Mason, et, après l'avoir conduit à
M. Rochester, je remontai dans ma chambre.

Il était tard et il y avait déjà quelque temps que j'étais
couchée lorsque j'entendis les habitants du château rentrer
dans leurs chambres ; je distinguai la voix de M. Rochester qui
disait :

« Par ici, Mason ; voilà votre chambre. »

Il parlait gaiement, ce qui me rassura tout à fait, et je m'endormis bientôt.

CHAPITRE XX.

J'avais oublié de fermer mon rideau et de baisser ma jalousie ;
la nuit était belle, la lune pleine et brillante, et, lorsque ses
rayons vinrent frapper sur ma fenêtre, leur éclat, que rien ne
voilait, me réveilla. J'ouvris les yeux et je regardai cette belle
lune d'un blanc d'argent et claire comme le cristal : c'était magnifique, mais trop solennel ; je me levai à demi et j'étendis le
bras pour fermer le rideau.

Mais, grand Dieu ! quel cri j'entendis tout à coup !

Un son aigu, sauvage, perçant, qui retentit d'un bout à
l'autre de Thornfield, venait de briser le silence et le repos de
la nuit.

Mon pouls s'arrêta ; mon cœur cessa de battre ; mon bras étendu
se paralysa. Mais le cri ne fut pas renouvelé ; du reste, aucune
créature humaine n'aurait pu répéter deux fois de suite un semblable cri ; non, le plus grand condor des Andes n'aurait pas pu,

deux fois de suite, envoyer un pareil hurlement vers le ciel : il fallait bien se reposer, avant de renouveler un tel effort.

Le cri était parti du troisième ; il sortait de la chambre placée au-dessus de la mienne. Je prêtai l'oreille, et j'entendis une lutte, une lutte qui devait être terrible, à en juger d'après le bruit ; une voix à demi étouffée cria trois fois de suite :

« Au secours ! au secours ! Personne ne viendra-t-il ? » continuait la voix ; et pendant que le bruit des pas et de la lutte continuait à se faire entendre, je distinguai ces mots : « Rochester, Rochester, venez, pour l'amour de Dieu ! »

Une porte s'ouvrit ; quelqu'un se précipita dans le corridor ; j'entendis les pas d'une nouvelle personne dans la chambre où se passait la lutte ; quelque chose tomba à terre, et tout rentra dans le silence.

Je m'étais habillée, bien que mes membres tremblassent d'effroi. Je sortis de ma chambre ; tout le monde s'était levé, on entendait dans les chambres des exclamations et des murmures de terreur ; les portes s'ouvrirent l'une après l'autre, et le corridor fut bientôt plein ; les dames et les messieurs avaient quitté leurs lits.

« Eh ! qu'y a-t-il ? disait-on. Qui est-ce qui est blessé ? Qu'est-il arrivé ? Allez chercher une lumière. Est-ce le feu, ou sont-ce des voleurs ? Où faut-il courir ?

Sans le clair de lune on aurait été dans une complète obscurité ; tous couraient çà et là et se pressaient l'un contre l'autre, quelques-uns sanglotaient, d'autres tremblaient ; la confusion était générale.

« Où diable est Rochester ? s'écria le colonel Dent ; je ne puis pas le trouver dans son lit.

— Me voici, répondit une voix ; rassurez-vous tous, je viens. »

La porte du corridor s'ouvrit et M. Rochester s'avança avec une chandelle ; il descendait de l'étage supérieur ; quelqu'un courut à lui et lui saisit le bras : c'était Mlle Ingram.

« Quel est le terrible événement qui vient de se passer ? dit-elle ; parlez et ne nous cachez rien.

— Ne me jetez pas par terre et ne m'étranglez pas ! répondit-il ; car les demoiselles Esthon se pressaient contre lui, et les deux douairières, avec leurs amples vêtements blancs, s'avançaient à pleines voiles. Il n'y a rien ! s'écria-t-il ; c'est bien du bruit pour peu de chose ; mesdames, retirez-vous, ou vous allez me rendre terrible. »

Et, en effet, son regard était terrible ; ses yeux noirs étincelaient ; faisant un effort pour se calmer, il ajouta :

« Une des domestiques a eu le cauchemar, voilà tout ; elle est irritable et nerveuse; elle a pris son rêve pour une apparition ou quelque chose de semblable, et a eu peur. Mais, maintenant, retournez dans vos chambres; je ne puis pas aller voir ce qu'elle devient, avant que tout soit rentré dans l'ordre et le silence. Messieurs, ayez la bonté de donner l'exemple aux dames; mademoiselle Ingram, je suis persuadé que vous triompherez facilement de vos craintes; Amy et Louisa, retournez dans vos nids comme deux petites tourterelles; mesdames, dit-il, en s'adressant aux douairières, si vous restez plus longtemps dans ce froid corridor, vous attraperez un terrible rhume. »

Et ainsi, tantôt flattant et tantôt ordonnant, il s'efforça de renvoyer chacun dans sa chambre. Je n'attendis pas son ordre pour me retirer; j'étais sortie sans que personne me remarquât, je rentrai de même.

Mais je ne me recouchai pas; au contraire, j'achevai de m'habiller. Le bruit et les paroles qui avaient suivi le cri n'avaient probablement été entendus que par moi; car ils venaient de la chambre au-dessus de la mienne, et je savais bien que ce n'était pas le cauchemar d'une servante qui avait jeté l'effroi dans toute la maison : je savais que l'explication donnée par M. Rochester n'avait pour but que de tranquilliser ses hôtes. Je m'habillai pour être prête en tout cas; je restai longtemps assise devant la fenêtre, regardant les champs silencieux, argentés par la lune, et attendant je ne sais trop quoi. Il me semblait que quelque chose devait suivre ce cri étrange et cette lutte.

Pourtant le calme revint; tous les murmures s'éteignirent graduellement, et, au bout d'une heure, Thornfield était redevenu silencieux comme un désert; la nuit et le sommeil avaient repris leur empire.

La lune était au moment de disparaître; ne désirant pas rester plus longtemps assise au froid et dans l'obscurité, je quittai la fenêtre, et, marchant aussi doucement que possible sur le tapis, je me dirigeai vers mon lit pour m'y coucher tout habillée; au moment où j'allais retirer mes souliers, une main frappa légèrement à ma porte.

« A-t-on besoin de moi? demandai-je.

— Êtes-vous levée? me répondit la voix que je m'attendais bien à entendre, celle de M. Rochester.

— Oui, monsieur.

— Et habillée?

— Oui.

— Alors, venez vite. »

J'obéis. M. Rochester était dans le corridor, tenant une lumière à la main.

« J'ai besoin de vous, dit-il, venez par ici; prenez votre temps et ne faites pas de bruit. »

Mes pantoufles étaient fines, et sur le tapis on n'entendait pas plus mes pas que ceux d'une chatte. M. Rochester traversa le corridor du second, monta l'escalier, et s'arrêta sur le palier du troisième étage, si lugubre à mes yeux; je l'avais suivi et je me tenais à côté de lui.

« Avez-vous une éponge dans votre chambre? me demanda-t-il très-bas.

— Oui, monsieur.

— Avez-vous des sels volatils?

— Oui.

— Retournez chercher ces deux choses. »

Je retournai dans ma chambre; je pris l'éponge et les sels, et je remontai l'escalier; il m'attendait et tenait une clef à la main. S'approchant de l'une des petites portes, il y plaça la clef; puis, s'arrêtant, il s'adressa de nouveau à moi, et me dit:

« Pourrez-vous supporter la vue du sang?

— Je le pense, répondis-je; mais je n'en ai pas encore fait l'épreuve. »

Lorsque je lui répondis, je sentis en moi un tressaillement, mais ni froid ni faiblesse.

« Donnez-moi votre main, dit-il; car je ne peux pas courir la chance de vous voir vous évanouir. »

Je mis mes doigts dans les siens.

« Ils sont chauds et fermes, » dit-il; puis, tournant la clef, il ouvrit la porte.

Je me rappelai avoir vu la chambre où me fit entrer M. Rochester, lorsque Mme Fairfax m'avait montré la maison. Elle était tendue de tapisserie; mais cette tapisserie était alors relevée dans un endroit et mettait à découvert une porte qui, autrefois, était cachée; la porte était ouverte et menait dans une chambre éclairée, d'où j'entendis sortir des sons ressemblant à des cris de chiens qui se disputent. M. Rochester, après avoir posé la chandelle à côté de moi, me dit d'attendre une minute, et il entra dans la chambre; son entrée fut saluée par un rire bruyant qui se termina par l'étrange « ah! ah! » de Grace Poole. Elle était donc là, et M. Rochester faisait quelque arrangement avec elle; j'entendis aussi une voix faible qui parlait à mon maître. Il sortit et ferma la porte derrière lui.

« C'est ici, Jane, » me dit-il.

Et il me fit passer de l'autre côté d'un grand lit dont les rideaux fermés cachaient une partie de la chambre; un homme était étendu sur un fauteuil placé près du lit. Il paraissait tranquille et avait la tête appuyée; ses yeux étaient fermés. M. Rochester approcha la chandelle, et, dans cette figure pâle et inanimée, je reconnus M. Mason; je vis également que le linge qui recouvrait un de ses bras et un de ses côtés était souillé de sang.

« Prenez la chandelle! » me dit M. Rochester, et je le fis; il alla chercher un vase plein d'eau, et me pria de le tenir; j'obéis.

Il prit alors l'éponge, la trempa dans l'eau, et inonda ce visage semblable à celui d'un cadavre. Il me demanda mes sels et les fit respirer à M. Mason, qui, au bout de peu de temps, ouvrant les yeux, fit entendre une espèce de grognement; M. Rochester écarta la chemise du blessé, dont le bras et l'épaule étaient enveloppés de bandages, et il étancha le sang qui continuait à couler.

« Y a-t-il un danger immédiat? murmura M. Mason

— Bah! une simple égratignure! ne soyez pas si abattu, montrez que vous êtes un homme. Je vais aller chercher moi-même un chirurgien, et j'espère que vous pourrez partir demain matin. Jane! continua-t-il.

— Monsieur?

— Je suis forcé de vous laisser ici une heure ou deux; vous étancherez le sang comme vous me l'avez vu faire, quand il recommencera à couler; s'il s'évanouit, vous porterez à ses lèvres ce verre d'eau que vous voyez là, et vous lui ferez respirer vos sels; vous ne lui parlerez sous aucun prétexte, et vous, Richard, si vous prononcez une parole, vous risquez votre vie; si vous ouvrez les lèvres, si vous remuez un peu, je ne réponds plus de rien. »

Le pauvre homme fit de nouveau entendre sa plainte; il n'osait pas remuer. La crainte de la mort, ou peut-être de quelque autre chose, semblait le paralyser M. Rochester plaça l'éponge entre mes mains, et je me mis à étancher le sang comme lui; il me regarda faire une minute et me dit:

« Rappelez-vous bien : ne dites pas un mot! »

Puis il quitta la chambre.

J'éprouvai une étrange sensation lorsque la clef cria dans la serrure et que je n'entendis plus le bruit de ses pas.

J'étais donc au troisième, enfermée dans une chambre mystérieuse, pendant la nuit, et ayant devant les yeux le spectacle d'un homme pâle et ensanglanté; et l'assassin était séparé de moi par une simple porte; voilà ce qu'il y avait de plus terrible:

le reste, je pouvais le supporter ; mais je tremblais à la pensée de voir Grace Poole se précipiter sur moi.

Et pourtant il fallait rester à mon poste, regarder ce fantôme, ces lèvres bleuâtres auxquelles il était défendu de s'ouvrir ; ces yeux tantôt fermés, tantôt errant autour de la chambre, tantôt se fixant sur moi, mais toujours sombres et vitreux ; il fallait sans cesse plonger et replonger ma main dans cette eau mêlée de sang et laver une blessure qui coulait toujours. Il fallait voir la chandelle, que personne ne pouvait moucher, répandre sur mon travail sa lueur lugubre. Les ombres s'obscurcissaient sur la vieille tapisserie, sur les rideaux du lit, et flottaient étrangement au-dessus des portes de la grande armoire que j'avais en face de moi ; cette armoire était divisée en douze panneaux, dans chacun desquels se trouvait une tête d'apôtre enfermée comme dans une châsse ; au-dessus de ces douze têtes on apercevait un crucifix d'ébène et un Christ mourant.

Selon les mouvements de la flamme vacillante, c'était tantôt saint Luc à la longue barbe qui penchait son front, tantôt saint Jean dont les cheveux paraissaient flotter, soulevés par le vent ; quelquefois la figure infernale de Judas semblait s'animer pour prendre la forme de Satan lui-même.

Et, au milieu de ces lugubres tableaux, j'écoutais toujours si je n'entendrais pas remuer cette femme enfermée dans la chambre voisine ; mais on eût dit que, depuis la visite de M. Rochester, un charme l'avait rendue immobile ; pendant toute la nuit, je n'entendis que trois sons à de longs intervalles : un bruit de pas, un grognement semblable à celui d'un chien hargneux, et un profond gémissement.

Mais j'étais accablée par mes propres pensées : quel était ce criminel enfermé dans cette maison, et que le maître du château ne pouvait ni chasser ni soumettre ? quel était ce mystère qui se manifestait tantôt par le feu, tantôt par le sang, aux heures les plus terribles de la nuit ? Quelle était cette créature qui, sous la forme d'une femme, prenait la voix d'un démon railleur, ou faisait entendre le cri d'un oiseau de proie à la recherche d'un cadavre ?

Et cet homme sur lequel j'étais penchée, ce tranquille étranger, comment se trouvait-il enveloppé dans ce tissu d'horreurs ? Pourquoi la furie s'était-elle précipitée sur lui ? Pourquoi, à cette heure où il aurait dû être couché, était-il venu dans cette partie de la maison ? J'avais entendu M. Rochester lui assigner une chambre en bas ; pourquoi était-il monté ? Qui l'avait amené ici et pourquoi supportait-il avec tant de calme une violence ou une

trahison? Pourquoi acceptait-il si facilement le silence que lui
imposait M. Rochester, et pourquoi M. Rochester le lui imposait-
il? Son hôte venait d'être outragé; quelque temps auparavant
on avait comploté contre sa propre vie, et il voulait que ces deux
attaques restassent dans le secret. Je venais de voir M. Mason
se soumettre à M. Rochester; grâce à sa volonté impétueuse,
mon maître avait su s'emparer du créole inerte; les quelques
mots qu'ils avaient échangés me l'avaient prouvé : il était évident que dans leurs relations précédentes les dispositions pas-
sives de l'un avaient subi l'influence de l'active énergie de l'autre
D'où venait donc le trouble de M. Rochester, lorsqu'il apprit
l'arrivée de M. Mason? Pourquoi le seul nom de cet homme sans
volonté, qu'un seul mot faisait plier comme un enfant, pourquoi
ce nom avait-il produit sur M. Rochester l'effet d'un coup de
tonnerre sur un chêne?

Je ne pouvais point oublier son regard et sa pâleur lorsqu'il
murmura : « Jane, j'ai reçu un coup! » Je ne pouvais pas oublier le tremblement de son bras, lorsqu'il l'appuya sur mon
épaule, et ce n'était pas peu de chose qui pouvait affaisser ainsi
l'âme résolue et le corps vigoureux de M. Rochester.

« Quand reviendra-t-il donc? » me demandai-je; car la nuit avançait, et mon malade continuait à perdre du sang, à se plaindre
et à s'affaiblir; aucun secours n'arrivait, et le jour tardait à
venir. Bien des fois j'avais porté le verre aux lèvres pâles de
Mason et je lui avais fait respirer les sels; mes efforts semblaient
vains : la souffrance physique, la souffrance morale, la perte du
sang, ou plutôt ces trois choses réunies, amoindrissaient ses
forces d'instant en instant; ses gémissements, son regard à la
fois faible et égaré, me faisaient craindre de le voir expirer, et je
ne devais même pas lui parler. Enfin, la chandelle mourut; au
moment où elle s'éteignit, j'aperçus sur la fenêtre les lignes
d'une lumière grisâtre : c'était le matin qui approchait. Au même
instant, j'entendis Pilote aboyer dans la cour. Je me sentis re-
naître, et mon espérance ne fut pas trompée; cinq minutes après,
le bruit d'une clef dans la serrure m'avertit que j'allais être re
levée de garde; du reste, je n'aurais pas pu continuer plus de
deux heures; bien des semaines semblent courtes auprès de cette
seule nuit

M. Rochester entra avec le chirurgien.

« Maintenant, Carter, dépêchez-vous, dit M. Rochester au
médecin; vous n'avez qu'une demi-heure pour panser la blessure, mettre les bandages et descendre le malade.

— Mais est-il en état de partir?

—Sans doute, ce n'est rien de sérieux; il est nerveux, il faudra exciter son courage. Venez et mettez-vous à l'œuvre. »

M. Rochester tira le rideau et releva la jalousie, afin de laisser entrer le plus de jour possible; je fus étonnée et charmée de voir que l'aurore était si avancée. Des rayons roses commençaient à éclairer l'orient; M. Rochester s'approcha de M. Mason, qui était déjà entre les mains du chirurgien.

« Comment vous trouvez-vous maintenant, mon ami? demanda-t-il.

—Je crois qu'elle m'a tué, répondit-il faiblement.

—Pas le moins du monde; allons, du courage! c'est à peine si vous vous en ressentirez dans quinze jours; vous avez perdu un peu de sang et voilà tout. Carter, affirmez-lui qu'il n'y a aucun danger.

—Oh! je puis le faire en toute sûreté de conscience, dit Carter, qui venait de détacher les bandages; seulement, si j'avais été ici un peu plus tôt, il n'aurait pas perdu tant de sang. Mais qu'est-ce que ceci? La chair de l'épaule est déchirée, et non pas seulement coupée; cette blessure n'a pas été faite avec un couteau : il y a eu des dents là.

—Oui, elle m'a mordu, murmura-t-il; elle me déchirait comme une tigresse, lorsque Rochester lui a arraché le couteau des mains.

—Vous n'auriez pas dû céder, dit M. Rochester, vous auriez dû lutter avec elle tout de suite.

—Mais que faire dans de semblables circonstances? répondit Mason. Oh! c'était horrible, ajouta-t-il en frémissant, et je ne m'y attendais pas; elle avait l'air si calme au commencement!

—Je vous avais averti, lui répondit son ami; je vous avais dit de vous tenir sur vos gardes lorsque vous approcheriez d'elle; d'ailleurs vous auriez bien pu attendre jusqu'au lendemain, et alors j'aurais été avec vous : c'était folie que de tenter une entrevue la nuit et seul.

—J'espérais faire du bien.

—Vous espériez, vous espériez! cela m'impatiente de vous entendre parler ainsi. Du reste, vous avez assez souffert et vous souffrirez encore assez pour avoir négligé de suivre mon conseil; aussi je ne dirai plus rien. Carter, dépêchez-vous, le soleil sera bientôt levé, et il faut qu'il parte.

—Tout de suite, monsieur. J'ai fini avec l'épaule; mais il faut que je regarde la blessure du bras; là aussi je vois la trace de ses dents.

—Elle a sucé le sang, répondit Mason; elle prétendait qu'elle voulait retirer tout le sang de mon cœur. »

Je vis M. Rochester frissonner; une forte expression de dégoût, d'horreur et de haine, contracta son visage, mais il se contenta de dire :

« Taisez-vous, Richard; oubliez ce qu'elle a fait et n'en parlez jamais.

— Je voudrais pouvoir oublier, répondit-il.

— Vous oublierez quand vous aurez quitté ce pays, quand vous serez de retour aux Indes Occidentales; vous supposerez qu'elle est morte, ou plutôt vous ferez mieux de ne pas penser du tout à elle.

— Impossible d'oublier cette nuit!

— Non, ce n'est point impossible. Ayez un peu d'énergie; il y a deux heures vous vous croyiez mort, et maintenant vous êtes vivant et vous parlez. Carter a fini avec vous, ou du moins à peu près, et dans un instant vous allez être habillé. Jane, me dit-il en se tournant vers moi pour la première fois depuis son arrivée, prenez cette clef, allez dans ma chambre, ouvrez le tiroir du haut de ma commode, prenez-y une chemise propre et une cravate; apportez-les et dépêchez-vous. »

Je partis; je cherchai le meuble qu'il m'avait indiqué; j'y trouvai ce qu'il me demandait et je l'apportai.

« Maintenant, allez de l'autre côté du lit pendant que je vais l'habiller, me dit M. Rochester; mais ne quittez pas la chambre nous pourrons avoir encore besoin de vous. »

J'obéis.

« Avez-vous entendu du bruit lorsque vous êtes descendue, Jane? demanda M. Rochester.

— Non, monsieur; tout était tranquille.

— Il faudra bientôt partir, Dick; cela vaudra mieux, tant pour votre sûreté que pour celle de cette pauvre créature qui est enfermée là. J'ai lutté longtemps pour que rien ne fût connu, et je ne voudrais pas voir tous mes efforts rendus vains. Carter, aidez-le à mettre son gilet. Où avez-vous laissé votre manteau oublé de fourrure? je sais que vous ne pouvez pas faire un mille sans l'avoir dans notre froid climat. Il est dans votre chambre. Jane, descendez dans la chambre de M. Mason, celle qui est à côté de la mienne, et apportez le manteau que vous y trouverez. »

Je courus de nouveau, et je revins bientôt, portant un énorme manteau garni de fourrure.

« Maintenant j'ai encore une commission à vous faire faire,

me dit mon infatigable maître. Quel bonheur, Jane, que vous ayez des souliers de velours ! un messager moins léger ne me servirait à rien ; eh bien donc, allez dans ma chambre, ouvrez le tiroir du milieu de ma toilette, et vous y trouverez une petite fiole et un verre que vous m'apporterez. »

Je partis et je rapportai ce qu'on m'avait demandé.

« C'est bien. Maintenant, docteur, je vais administrer à notre malade une potion dont je prends toute la responsabilité sur moi. J'ai eu ce cordial à Rome, d'un charlatan italien que vous auriez roué de coups, Carter ; c'est une chose qu'il ne faut pas employer légèrement, mais qui est bonne dans des occasions comme celle-ci. Jane, un peu d'eau. »

Je remplis la moitié du petit verre.

« Cela suffit ; maintenant mouillez le bord de la fiole. »

Je le fis, et il versa douze gouttes de la liqueur rouge dans le verre qu'il présenta à Mason.

« Buvez, Richard, dit-il ; cela vous donnera du courage pour une heure au moins.

— Mais cela me fera mal ; c'est une liqueur irritante.

— Buvez, buvez. »

M. Mason obéit, parce qu'il était impossible de résister. Il était habillé ; il me parut bien pâle encore ; mais il n'était plus souillé de sang. M. Rochester le fit asseoir quelques minutes lorsqu'il eut avalé le cordial, puis il le prit par le bras.

« Maintenant, dit-il, je suis persuadé que vous pourrez vous tenir debout ; essayez. »

Le malade se leva.

« Carter, soutenez-le sous l'autre bras. Voyons, Richard, soyez courageux ; tâchez de marcher. Voilà qui va bien.

— Je me sens mieux, dit Mason.

— J'en étais sûr. Maintenant, Jane, descendez avant nous ; ouvrez la porte de côté ; dites au postillon que vous trouverez dans la cour ou bien dehors, car je lui ai recommandé de ne pas faire rouler sa voiture sur le pavé, dites-lui de se tenir prêt, que nous arrivons ; si quelqu'un est déjà debout, revenez au bas de l'escalier et toussez un peu. »

Il était cinq heures et demie et le soleil allait se lever ; néanmoins la cuisine était encore sombre et silencieuse ; la porte de côté était fermée ; je l'ouvris aussi doucement que possible, et j'entrai dans la cour que je trouvai également tranquille : mais les portes étaient toutes grandes ouvertes, et dehors je vis une chaise de poste attelée et le cocher assis sur son siége. Je m'approchai de lui et je lui dis que les messieurs allaient venir ; puis je regardai et j'écoutai attentivement. L'aurore répandait son calme partout ; les rideaux des fenêtres étaient encore fermés dans les chambres des domestiques ; les petits oiseaux commençaient à sautiller sur les arbres du verger tout couverts de fleurs, et dont les branches retombaient en blanches guirlandes sur les murs de la cour ; de temps en temps, les chevaux frappaient du pied dans les écuries ; tout le reste était tranquille.

Je vis alors apparaître les trois messieurs. Mason, soutenu par M. Rochester et le médecin, semblait marcher assez facilement ; ils l'aidèrent à monter dans la voiture, et Carter y entra également.

« Prenez soin de lui, dit M. Rochester au chirurgien ; gardez-le chez vous jusqu'à ce qu'il soit tout à fait bien ; j'irai dans un ou deux jours savoir de ses nouvelles. Comment vous trouvez-vous maintenant, Richard ?

— L'air frais me ranime, Fairfax.

— Laissez la fenêtre ouverte de son côté, Carter ; il n'y a pas de vent. Adieu, Dick.

— Fairfax !

— Que voulez-vous ?

— Prenez bien soin d'elle ; traitez-la aussi tendrement que possible ; faites.... »

Il s'arrêta et fondit en larmes.

« Jusqu'ici j'ai fait tout ce que j'ai pu et je continuerai, répondit-il ; puis il ferma la portière et la voiture partit. Et pourtant, plût à Dieu que tout ceci fût fini ! » ajouta M. Rochester, en fermant les portes de la cour.

Puis il se dirigea lentement et d'un air distrait vers une porte donnant dans le verger ; supposant qu'il n'avait plus besoin de moi, j'allais rentrer, lorsque je l'entendis m'appeler : il avait ouvert la porte et m'attendait.

« Venez respirer l'air frais pendant quelques instants, dit-il. Ce château est une vraie prison ; ne le trouvez-vous pas ?

— Il me semble très-beau, monsieur.

— Le voile de l'inexpérience recouvre vos yeux, répondit-il, vous voyez tout à travers un miroir enchanté ; vous ne remarquez pas que les dorures sont misérables, les draperies de soie semblables à des toiles d'araignée, les marbres mesquins, les boiseries faites avec des copeaux de rebut et de grossières écorces d'arbres. Ici, dit-il en montrant l'enclos où nous venions d'entrer, ici, tout est frais, doux et pur. »

Il marchait dans une avenue bordée de buis ; d'un côté, se voyaient des poiriers, des pommiers et des cerisiers ; de l'autre, des œillets de poëte, des primeroses, des pensées des aurones, des aubépines et des herbes odoriférantes; elles étaient aussi belles qu'avaient pu les rendre le soleil et les ondées d'avril suivis d'un beau matin de printemps; le soleil perçait à l'orient, faisait briller la rosée sur les arbres du verger, et dardait ses rayons dans l'allée solitaire où nous nous promenions.

« Jane, voulez-vous une fleur? » me demanda M. Rochester.

Et il cueillit une rose à demi épanouie, la première du buisson, et me l'offrit.

« Merci, monsieur, répondis-je.

— Aimez-vous le lever du soleil, Jane? ce ciel couvert de nuages légers qui disparaîtront avec le jour? aimez-vous cet air embaumé?

— Oh! oui, monsieur, j'aime tout cela.

— Vous avez passé une nuit étrange, Jane.

— Très-étrange, monsieur.

— Cela vous a rendue pâle; avez-vous eu peur quand je vous ai laissée seule avec Mason?

— Oui, j'avais peur de voir sortir quelqu'un de la chambre du fond.

— Mais j'avais fermé la porte, et j'avais la clef dans ma poche; j'aurais été un berger bien négligent, si j'avais laissé ma brebis, ma brebis favorite, à la portée du loup; vous étiez en sûreté.

— Grace Poole continuera-t-elle à demeurer ici, monsieur?

— Oh! oui; ne vous creusez pas la tête sur son compte, oubliez tout cela.

— Mais il me semble que votre vie n'est pas en sûreté tant qu'elle demeure ici.

— Ne craignez rien, j'y veillerai moi-même.

— Et le danger que vous craigniez la nuit dernière est-il passé maintenant, monsieur?

— Je ne puis pas en être certain tant que Mason sera en Angleterre, ni même lorsqu'il sera parti; vivre, pour moi, c'est me tenir debout sur le cratère d'un volcan qui d'un jour à l'autre peut faire éruption.

— Mais M. Mason semble facile à mener : vous avez tout pouvoir sur lui; jamais il ne vous bravera ni ne vous nuira volontairement.

— Oh non! Mason ne me bravera ni ne me nuira volontairement; mais, sans le vouloir, il peut, par un mot dit trop légèrement, me priver sinon de la vie, du moins du bonheur.

— Recommandez-lui d'être attentif, monsieur, dites-lui ce que vous craignez, et montrez-lui comment il doit éviter le danger. »

Je vis sur ses lèvres un sourire sardonique ; il prit ma main, puis la rejeta vivement loin de lui.

« Si c'était possible, reprit-il, il n'y aurait aucun danger ; depuis que je connais Mason, je n'ai eu qu'à lui dire : « Faites cela, » et il l'a fait. Mais dans ce cas je ne puis lui donner aucun ordre ; je ne peux pas lui dire : « Gardez-vous de me faire du mal, Richard ! » car il ne doit pas savoir qu'il est possible de me faire du mal. Vous avez l'air intriguée ; eh bien, je vais vous intriguer encore davantage. Vous êtes ma petite amie, n'est-ce pas ?

— Monsieur, je désire vous être utile et vous obéir dans tout ce qui est bien.

— Précisément, et je m'en suis aperçu ; j'ai remarqué une expression de joie dans votre visage, dans vos yeux et dans votre tenue, lorsque vous pouviez m'aider, me faire plaisir, travailler pour moi et avec moi : mais, comme vous venez de le dire, vous ne voulez faire que ce qui est bien. Si, au contraire, je vous ordonnais quelque chose de mal, il ne faudrait plus compter sur vos pieds agiles et vos mains adroites ; je ne verrais plus vos yeux briller et votre teint s'animer ; vous vous tourneriez vers moi, calme et pâle, et vous me diriez : « Non, monsieur, cela est « impossible, je ne puis pas le faire, parce que cela est mal ; » et vous resteriez aussi ferme que les étoiles fixes. Vous aussi vous avez le pouvoir de me faire du mal ; mais je ne vous montrerai pas l'endroit vulnérable, de crainte que vous ne me perciez aussitôt, malgré votre cœur fidèle et aimant.

— Si vous n'avez pas plus à craindre de M. Mason que de moi, monsieur, vous êtes en sûreté.

— Dieu le veuille ! Jane, voici une grotte ; venez vous asseoir. »

La grotte était creusée dans le mur et toute garnie de lierre ; il s'y trouvait un banc rustique. M. Rochester s'y assit, laissant néanmoins assez de place pour moi ; mais je me tins debout devant lui.

« Asseyez-vous, me dit-il ; le banc est assez long pour nous deux. Je pense que vous n'hésitez pas à prendre place à mes côtés ; cela serait-il mal ? »

Je répondis en m'asseyant, car je voyais que j'aurais tort de refuser plus longtemps.

« Ma petite amie, continua M. Rochester, voyez, le soleil boit la rosée, les fleurs du jardin s'éveillent et s'épanouissent, les oiseaux vont chercher la nourriture de leurs petits, et les abeilles laborieuses font leur première récolte : et moi, je vais vous poser une question, en vous priant de vous figurer que le cas dont je vais vous parler est le vôtre. D'abord, dites-moi si vous vous sentez à votre aise ici, si vous ne craignez pas de me voir commettre une faute en vous retenant, et si vous-même n'avez pas peur de mal agir en restant avec moi.

— Non, monsieur, je suis contente.

— Eh bien ! Jane, appelez votre imagination à votre aide : supposez qu'au lieu d'être une jeune fille forte et bien élevée, vous êtes un jeune homme gâté depuis son enfance; supposez que vous êtes dans un pays éloigné, et que là vous tombez dans une faute capitale, peu importe laquelle et par quels motifs, mais une faute dont les conséquences doivent peser sur vous pendant toute votre vie et attrister toute votre existence. Faites attention que je n'ai pas dit un crime : je ne parle pas de sang répandu ou de ces choses qui amènent le coupable devant un tribunal; j'ai dit une faute dont les conséquences vous deviennent plus tard insupportables. Pour obtenir du soulagement, vous avez recours à des mesures qu'on n'emploie pas ordinairement, mais qui ne sont ni coupables ni illégales; et pourtant vous continuez à être malheureux, parce que l'espérance vous a abandonné au commencement de la vie ; à midi, votre soleil est obscurci par une éclipse qui doit durer jusqu'à son coucher; votre mémoire ne peut se nourrir que de souvenirs tristes et amers; vous errez çà et là, cherchant le repos dans l'exil, le bonheur dans le plaisir : je veux parler des plaisirs sensuels et bas, de ces plaisirs qui obscurcissent l'intelligence et souillent le sentiment. Le cœur fatigué, l'âme flétrie, vous revenez dans votre patrie après des années d'exil volontaire; vous y rencontrez quelqu'un, comment et où, peu importe; vous trouvez chez cette personne les belles et brillantes qualités que vous avez vainement cherchées pendant vingt ans, nature saine et fraîche que rien n'a encore flétrie; près d'elle vous renaissez à la vie, vous vous rappelez des jours meilleurs, vous éprouvez des désirs plus élevés, des sentiments plus purs; vous souhaitez commencer une vie nouvelle, et pendant le reste de vos jours vous rendre digne de votre titre d'homme. Pour atteindre ce but, avez-vous le droit de surmonter l'obstacle de l'habitude, obstacle conventionnel, que la raison ne peut approuver, ni la conscience sanctifier ? »

M. Rochester s'arrêta et attendit une réponse. Que pouvais-je dire? Oh! si quelque bon génie était venu me dicter une réponse juste et satisfaisante ! Vain désir! le vent soufflait dans le lierre autour de moi, mais aucune divinité n'emprunta son souffle pour me parler; les oiseaux chantaient dans les arbres, mais leurs chants ne me disaient rien.

M. Rochester posa de nouveau sa question :

« Est-ce mal, dit-il, à un homme repentant et qui cherche le repos, de braver l'opinion du monde, pour s'attacher à tout jamais cet être bon, doux et gracieux, et d'assurer ainsi la paix de son esprit et la régénération de son âme?

— Monsieur, répondis-je, le repos du voyageur et la régénération du coupable ne peuvent dépendre d'un de ses semblables; les hommes et les femmes meurent, les philosophes manquent de sagesse et les chrétiens de bonté. Si quelqu'un que vous connaissez a souffert et a failli, que ce ne soit pas parmi ses égaux, mais au delà, qu'il aille chercher la force et la consolation.

— Mais l'instrument, l'instrument! Dieu lui-même qui a fait l'œuvre a prescrit l'instrument. Je vous dirai sans plus de détours que j'ai été un homme mondain et dissipé; je crois avoir trouvé l'instrument de ma régénération dans.... »

Il s'arrêta. Les oiseaux continuaient à chanter et les feuilles à murmurer; je m'attendais presque à entendre tous ces bruits s'arrêter pour écouter la révélation : mais ils eussent été obligés d'attendre longtemps. Le silence de M. Rochester se prolongeait; je levai les yeux sur lui, il me regardait avidement.

« Ma petite amie, » me dit-il d'un ton tout différent, et sa figure changea également : de douce et grave, elle devint dure et sardonique; « vous avez remarqué mon tendre penchant pour Mlle Ingram; pensez-vous que, si je l'épousais, elle pourrait me régénérer? »

Il se leva, se dirigea vers l'autre bout de l'allée et revint en chantonnant.

« Jane, Jane, dit-il en s'arrêtant devant moi, votre veille vous a rendue pâle; ne m'en voulez-vous pas de troubler ainsi votre repos?

— Vous en vouloir? oh! non, monsieur.

— Donnez-moi une poignée de main pour me le prouver. Comme vos doigts sont froids! ils étaient plus chauds que cela la nuit dernière, lorsque je les ai touchés à la porte de la chambre mystérieuse. Jane, quand veillerez-vous encore avec moi?

— Quand je pourrai vous être utile, monsieur.

— Par exemple, la nuit qui précédera mon mariage, je suis sûr que je ne pourrai pas dormir; voulez-vous me promettre de rester avec moi et de me tenir compagnie? à vous, je pourrai parler de celle que j'aime, car maintenant vous l'avez vue et vous la connaissez.

— Oui, monsieur.

— Il n'y en a pas beaucoup qui lui ressemblent, n'est-ce pas, Jane?

— C'est vrai, monsieur.

— Elle est belle, forte, brune et souple; les femmes de Carthage devaient avoir des cheveux comme les siens. Mais voilà Dent et Lynn dans les écuries; tenez, rentrez par cette porte. »

J'allai d'un côté et lui de l'autre; je l'entendis parler gaiement dans la cour.

« Mason, disait-il, a été plus matinal que vous tous; il est parti avant le lever du soleil; j'étais debout à quatre heures pour lui dire adieu. »

FIN DU TOME PREMIER.

Coulommiers. — Typog. P. BRODARD et GALLOIS.

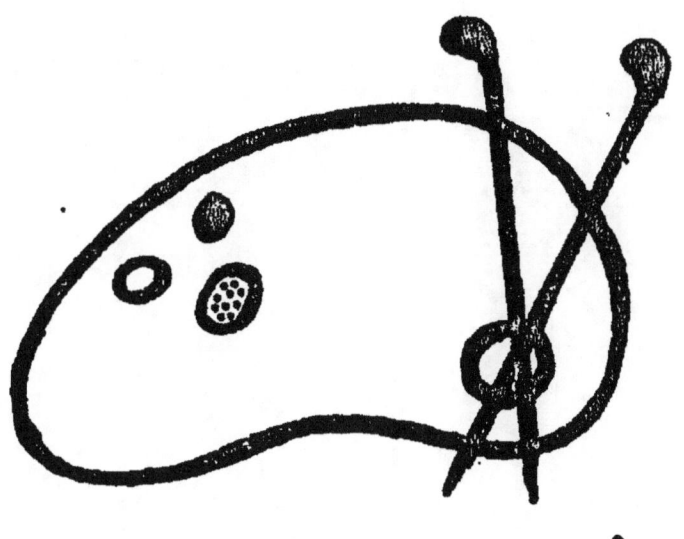

Original en couleur

NF Z 43-120-8